grafit

Die finnische Originalausgabe »Punainen pallotuoli« erschien 2004 bei
Otava, Helsinki

Deutsche Erstausgabe

Chemnitzer Str. 31, D-44139 Dortmund
Internet: http://www.grafit.de
E-Mail: info@grafit.de

Umschlaggestaltung: Peter Bucker
unter Verwendung eines Fotos von Alfred Büllesbach, VISUM
Druck und Bindearbeiten: Clausen & Bosse, Leck
ISBN-13: 978-3-89425-551-0
ISBN-10: 3-89425-551-X
1. 2. 3. 4. 5. / 2008 2007 2006

Outi Pakkanen

Der rote Sessel

Kriminalroman

Aus dem Finnischen von
Regine Pirschel

grafit

Die Autorin

Outi Pakkanen ist eine der erfolgreichsten finnischen Kriminalschriftstellerinnen. Alle ihre temporeichen, psychologisch dichten Geschichten spielen in der Highsociety von Helsinki. Bisher erschienen bei Grafit ihre Romane *Macbeth ist tot* (2001), *Party-Killer* (2002) und *Aus dem Spiel* (2003).

Freitag, 12. März

1

»Wissen Sie, Panikattacken sind eine Modeerscheinung«, sagte Doktor Sakari Mäkilä im Plauderton und schwenkte seine Lesebrille. »Jedenfalls in den meisten Fällen«, schränkte er ein, als das Mädchen, das steif auf der Stuhlkante saß, nicht reagierte.

Der Computer summte leise. Die Dreifachfenster des Medizinischen Zentrums dämpften den Lärm des nachmittäglichen Berufsverkehrs auf der Mannerheimintie. Am Kaufhaus *Stockmann* wehten lautlos die leuchtend gelben Reklamefahnen der Rabattaktion. Nur der stoßweise Atem des Mädchens war deutlich im Raum zu hören. Die blaurot geschminkten Lippen hatte sie zu einem schmalen Strich zusammengekniffen. Das untere Augenlid zuckte leicht.

Mäkilä setzte die Brille wieder auf, musterte noch einmal das Mädchen und sah dann auf das Formular nieder, das er kurz zuvor ausgefüllt hatte. Noora Leppänen, 22 Jahre alt, eine junge Frau also, obwohl sie trotz der starken Schminke, oder vielleicht gerade deshalb, wie eine Siebzehnjährige wirkte.

Noora Leppänen war neu als Patientin, es gab keinen Eintrag über frühere Besuche.

»In der Tat eine Modeerscheinung«, wiederholte er etwas lauter und hustete in die Hand.

»Wie bitte?«

Noora sprach überraschend deutlich, aber ihre großen, braunen Augen blieben ausdruckslos. Sie sah ein wenig an dem Arzt vorbei, so wie sie es bereits beim Eintritt getan hatte. *Ihre Augen stehen im Kopf*, an diese Redensart hatte Mäkilä sofort denken müssen. Der Ausdruck in ihren Augen veränderte sich tatsächlich überhaupt nicht.

Mäkilä rückte die Brille zurecht und seufzte innerlich. Hielt es die Patientin nicht mal für nötig zuzuhören? Oder war sie einfach nur dumm? Schön, aber dumm.

Das Mädchen, vielmehr die junge Frau, war gleichsam hereingeglitten, mit gebeugten Schultern. Sie war bemerkenswert groß und schlank. Ein Modeltyp, hatte Mäkilä gedacht, als er ihr die Hand gereicht hatte. Sie hatte seine Hand nicht ergriffen, sondern nur kurz genickt und sich dann auf die Stuhlkante gesetzt, die Waden kindlich gekreuzt.

»Ich glaube, ja also … ich habe Panikanfälle«, hatte sie zur Antwort gemurmelt, als Mäkilä gefragt hatte, was ihr fehle und ob es sich vielleicht um eine Frühjahrsgrippe handle.

Viel mehr hatte sie dann auch nicht von sich gegeben. Sie hatte ihre Beschwerden nicht näher definieren können und auf Mäkiläs allgemein gehaltene Fragen einsilbig oder überhaupt nicht geantwortet.

Mäkilä, der ein gewöhnlicher Allgemeinmediziner war, hatte das Gefühl, sich auf dünnem Eis zu bewegen. Er hegte eine Abneigung gegen all diese neumodischen psychischen Störungen, über die die Medien mehr schwadronierten als über die wirklichen Probleme der Gesellschaft. Ein Promi nach dem anderen erklärte, unter Depressionen oder Panikattacken zu leiden, war dann aber erstaunlich schnell geheilt, wenn ihm irgendein Klatschblatt einen Erholungsaufenthalt finanziert hatte, *unter Palmen in südlicher Sonne, wo auch die Seele ausruht.*

Einmal hatte Mäkilä im Kollegenkreis in feuchtfröhlicher Runde erklärt, dass die ständige öffentliche Diskussion um die neuen Modekrankheiten vermutlich ein probates Mittel seien, das Interesse des Publikums wach zu halten und die eigene Zunft zu ernähren. Seinem Ausbruch war betretenes Schweigen gefolgt, woraufhin er einfach für alle einen ausgegeben hatte.

»Vielleicht habe ich Angst«, hatte Noora schließlich gemurmelt und wieder an Mäkilä vorbeigesehen.

»Sie haben also Angst. Und wovor genau?« Es hatte ihm von Anfang an widerstrebt, die junge Frau zu siezen, aber er hatte sich strikt an seine Regel gehalten. Das Duzen würde die Situation zu intim machen, zu viel Nähe zwischen Arzt und Patientin entstehen lassen.

»Ich weiß nicht ..., vielleicht ..., vielleicht davor, dass ich sterbe oder dass ich etwas tue, was nicht ...« Sie hatte begonnen, mit ihren langen, mageren Fingern zu knacken.

»Dass Sie sich selbst etwas antun?« Mäkilä hatte den Stift in die Hand genommen, und im selben Moment hatte das Handy vor ihm auf dem Tisch geklingelt. Mäkilä hatte auf das Display geblickt und sich entschuldigend zum Fenster umgedreht.

»Hei ... Sekunde mal ... Ich bin gerade beschäftigt, es ist also ... Heute noch?« Er war aufgesprungen und hatte auf seine kompliziert aussehende Uhr gesehen: 14.35 Uhr, Freitag, 12. März. »Ich habe etwas vor, außerdem muss ich am Wochenende vielleicht den Bereitschaftsdienst übernehmen, sodass ...« Das Gespräch wurde abgebrochen. Er hatte das Handy in die Tasche gesteckt und seufzend die Hände ausgebreitet.

»Entschuldigung«, hatte er mit einem Lachen gesagt und sich wieder hingesetzt. »Eine Privatangelegenheit, aber eine wichtige. Es war meine Tochter, die dort«, er hatte auf das Foto gezeigt, das an der Ecke des schwarzen Brettes steckte. »Die Kinder sind das Wichtigste, kommen immer an erster Stelle«, hatte er pathetisch hinzugefügt. »Zumindest sollte es so sein, unabhängig von ihrem Alter.«

Noora Leppänen hatte das Foto keines Blickes gewürdigt, sondern stattdessen die Hände des Arztes gemustert, an denen kein Ring steckte. Sie hatte sich bewegt, so als wäre ein wenig Leben in sie gekommen. Das Ganze hatte allerdings nur einen kurzen Moment gedauert, dann waren ihre Schultern wieder herabgesunken.

»Entschuldigen Sie nochmals«, wiederholte Mäkilä ein wenig verlegen. Wieso hatte er überhaupt Erklärungen abgegeben? Privatangelegenheiten waren tatsächlich privat und gehörten nicht in die Arztsprechstunde, schon gar nicht, wenn es um erwachsene Töchter ging. »Wo waren wir stehen geblieben?«, er räusperte sich und rückte mit dem Zeigefinger die Brille zurecht.

»Ich sagte, dass ich Angst habe. Davor, dass ich irgendetwas tue oder …«

»Dass Sie jemandem etwas antun?« Mäkilä hatte den Faden wieder gefunden. »Sich selbst?«

Noora antwortete nicht sofort. »Ja … oder vielleicht jemand anderem«, flüsterte sie dann. Ihre Finger knackten wieder. »Ich weiß nicht …«

»Panikattacken«, sagte Mäkilä noch einmal, wobei er jede Silbe betonte. Vielleicht sollte er der Patientin eine Therapie, professionelle Hilfe, empfehlen. Echte Angststörungen musste man natürlich immer ernst nehmen, aber …

»Wie ich vorhin schon sagte, sind Panikattacken derzeit anscheinend in Mode«, Mäkilä kehrte dennoch zu seiner ursprünglichen Theorie zurück. »Bis vor Kurzem wurde noch alles mit einem Burn-out erklärt, wie Sie sich sicherlich erinnern, und jetzt haben wir also die Panikattacken.« Die Modekrankheit der Möchtegernmodels, dachte er bei sich. Wenn der Schädel ein bisschen brummt und man zu nichts Lust hat, dann hat man eben eine Panikattacke oder eine Depression, oder zumindest ist eines von beidem im Anmarsch.

»Aber …«, Nooras Kopf zuckte hin und her wie der eines Vogeljungen. Ihre Augen glänzten leicht, waren aber immer noch ohne Ausdruck.

»Ja?«, Mäkilä sah auf die Uhr. Der nächste Patient hatte schon allzu lange warten müssen, eigentlich war der ganze Zeitplan bereits durcheinander gewesen, als Noora Leppänen kam. Sein Magen knurrte; nach dem Morgenkaffee und einer verbrannten Toastbrotscheibe hatte er nichts mehr zu sich genommen.

»Ich … Könnte ich nicht irgendetwas dagegen bekommen …?«, Noora verstummte. Ihre mageren Hände beschrieben hilflos einen Bogen in der Luft. Auf den abgekauten Nägeln wiederholte sich das bläuliche Rot der Lippen. Sie hüstelte, heftete den Blick auf das Poster mit dem menschlichen Skelett, das ihr gegenüber an der Wand hing, und holte tief Luft. »Ich meine, könnten Sie mir nicht etwas verschreiben …, etwas …«

»Zur Beruhigung?«

Noora erschrak über Mäkiläs scharf gestellte Frage und sank noch mehr in sich zusammen. Ihr Rücken schmerzte, das tat er, solange sie denken konnte.

»Na ja …, irgendwas …«

»Hören Sie mal.« Mäkilä schlug so schwungvoll die Beine übereinander, dass der an der Spitze abgestoßene schwarze Holzschuh in hohem Bogen auf den Fußboden polterte. Zwischen der heruntergerutschten Tennissocke und dem Saum der Jeans war ein Streifen weißer, unbehaarter Wade zu sehen, obwohl der Mann sonst auffallend dunkelhaarig war. Er angelte mit dem Fuß nach dem Schuh.

Ein Schamane, hatte Noora gedacht, als sie hereingekommen war. Danach war sie kaum mehr im Stande gewesen zu denken. Sie hatte vollauf damit zu tun gehabt, sich aufs Atmen zu konzentrieren.

»Ich schlage vor, dass Sie einfach versuchen, sich zu beruhigen, und zwar ganz ohne Medikamente«, sagte der Arzt in väterlichem Ton und war drauf und dran, seiner Patientin das Knie zu tätscheln. Vielleicht hatte er zuvor noch etwas anderes gesagt, aber das war an Nooras Ohren vorbeigerauscht. »Ich schreibe generell nicht gern Rezepte aus für etwas so ....«

»Undefinierbares?«, Noora schluchzte das Wort fast.

Der Holzschuh polterte erneut herunter.

»Nun, nennen wir es ruhig so«, erwiderte Mäkilä. »Offen gesagt, kann ich mir kein rechtes Bild von Ihrem Leiden machen, sodass ... Ich schlage in der Tat vor, dass Sie jetzt brav nach Hause gehen und versuchen, ohne Medikamente wieder fit zu werden.«

Nooras Unterlippe begann zu zittern und Mäkilä änderte sofort seine Meinung. »Sie könnten natürlich einen Fachmann konsultieren und ...«

»Einen Psychiater?«, unterbrach Noora ihn schrill. »Halten Sie mich etwa für verrückt?«

»Nein, natürlich nicht«, beruhigte Mäkilä sie. »Aber diese Dinge gehören nun mal in die Hand eines Spezialisten. Warten Sie einen Moment.« Er griff zum Telefon und sprach mit der Zentrale. Dann informierte er seine Patientin, dass zwei Psychiater noch Kapazitäten frei hatten. »Lassen Sie sich einfach unten am Empfang einen Termin geben. Das wird dann schon!«, fügte er noch forsch hinzu.

Was und wie?, fragte sich Noora bitter. Es war völlig überflüssig, diesem Weißkittel irgendetwas erklären zu wollen. Und er würde auch noch für nichts und wieder nichts Geld verlangen.

In der Tat schrieb Mäkilä gerade die Rechnung aus, die Feder flog nur so über das Papier.

»Gehen Sie doch anschließend drüben bummeln, um sich aufzumuntern.« Dort verwirklicht momentan vermutlich die Hälfte der Frauen dieser Stadt ihre Träume, fügte er im Stillen hinzu. Mäkilä deutete auf die gelben Fahnen am Kaufhaus *Stockmann*, mit der anderen Hand überreichte er Noora die Rechnung. »Eine unserer Schwestern hat sich angeblich schon vor acht Uhr draußen angestellt und tatsächlich eine billige Reise nach New York ergattert.«

»Dahin gehe ich garantiert nicht«, murmelte Noora. »In Menschenmassen kriege ich noch mehr Panik.«

»Ich übrigens auch«, Mäkilä lachte. Zumindest in einer von Kaufhysterie befallenen Horde von Frauen, dachte er im Stillen. »Aber diese Art Panik ist keineswegs gefährlich. Ich würde sie sogar eher gesund nennen.«

Noora nahm die Rechnung und glitt, wieder ohne dem Arzt die Hand zu reichen, aus der Tür.

Mäkilä stand mit ausgestreckter Hand da, eine Schulter etwas hochgezogen. Sein Holzschuh war beim zweiten Fall unter den Tisch gerollt.

Er angelte nach dem Schuh und nahm einen Schokoriegel aus der Schublade seines Schreibtisches, er brauchte dringend etwas zu beißen.

Als er den Riegel zur Hälfte verzehrt hatte, stand er auf und wollte den nächsten Patienten hereinrufen, kehrte aber noch einmal an den Tisch zurück. Er überprüfte ein Detail auf Noora Leppänens Patientenblatt und starrte dann aus dem Fenster.

Es hatte begonnen zu schneien, große, nasse Flocken fielen sacht auf den Asphalt, wo sie sofort schmolzen. Regenschirme wurden geöffnet und ein gleichmäßig dichter Menschenstrom schob sich durch die Schwingtüren von *Stockmann*. Wie es hieß, machte das Warenhaus während dieser Rabattaktion mindestens so gute Geschäfte wie im lebhaftesten Weihnachtsbetrieb.

Noora besorgte sich keinen Termin beim Psychiater. Sie bezahlte an der Kasse Mäkiläs Rechnung und verließ anschließend fast fluchtartig die Halle. Jemand rief ihr nach: »Einen schönen Tag noch«, aber sie drehte sich nicht um. Sie lief die Stufen hinunter und holte anschließend tief Luft, wobei sie sich fest an die Hauswand drückte. Auf dem Bürgersteig herrschte regelrechtes Gedränge und niemand schien in normalem Schritttempo zu gehen. Mindestens jeder zweite Passant trug eine oder auch mehrere gelbe Tragetaschen.

Als Noora wieder gleichmäßig atmen konnte, ging sie los, allerdings nicht nach Hause, sondern in die entgegengesetzte Richtung. Die Eingangstür des Cafés an der Ecke der Kalevankatu stand offen und in einer momentanen Eingebung trat Noora ein.

»Kaffee«, sagte sie und wühlte in ihrer Tasche. »Ich nehme nur einen normalen Kaffee.«

»Hier ist Selbstbedienung, wie man sieht. Tassen sind dort auf dem Turm.« Die Frau hinter dem Tresen wies mit ihrer Schulter leicht in Richtung Tür.

»Auf dem Turm?« Nooras Kehle brannte. Sie konnte keinen Turm sehen, vielleicht hatte sie sich verhört. Vielleicht sollte sie den Kaffee einfach vergessen.

Bleib locker, bleib locker ..., wiederholte sie mit geschlossenen Augen die bekannte Formel, die aber in keiner Weise half. Die Panik meldete sich und Noora war unfähig sich zu rühren.

Sie hob langsam ihre Hand und starrte sie an. Was musste sie damit machen?

»Dort auf dem Ständer«, rief die Frau an der Kasse so laut, dass die Gäste am nächststehenden Tisch erstaunt aufblickten. Mitten am helllichten Tag schon solche Deppen!, dachte sie. »Im Fachjargon nennen wir ihn Turm«, erklärte sie dann. »Meinst du, dass du ihn selbst findest, oder muss ich dich hinführen?«

»Nein ..., ich werde schon ...«, Noora machte ein paar Schritte zur Tür und blieb an einem schmalen Tisch stehen. Löffel, Teller, Servietten, Gebäck, Plunderstücke, Croissants – und Tassen, die in einem Gestell tatsächlich zu einer Art Turm übereinander gestapelt waren, sodass die Henkel aus einer schmalen Öffnung herausschauten.

Noora zog am Henkel der obersten Tasse, aber sie bewegte sich nicht. Noora stand da, ihr Kopf dröhnte, der Zeigefinger steckte im Henkel der Tasse. Sie war weder im Stande die Tasse zu bewegen noch ihren Finger zu lösen. Sie würde für immer dort stehen bleiben.

»Klemmst du fest?«

Eine freundliche Stimme brachte Noora zur Besinnung und sie sah überrascht den Mann an, der neben ihr aufgetaucht war. Genau so war es, sie klemmte fest, aber der Mann lachte nur und hob die oberste Tasse vom Turm.

»Kaffee oder Tee?«

»Kaffee, bitte.«

Der Mann griff nach der Glaskanne. »Milchrand?«, fragte er dann.

»Was?«

»Soll ich Platz für Milch lassen?«

»Danke ..., oder vielmehr nein danke. Ich trinke ihn immer schwarz.«

Sie ging mit ihrer Tasse zum Tresen, ohne nach rechts und links zu blicken, dabei war sie sich quälend bewusst, dass der Mann jede ihrer Bewegungen beobachtete. Sie bezahlte bei der mürrischen Kassiererin und trug ihre Tasse dann langsam zum hintersten Ecktisch, wo sich gerade vier Männer lärmend erhoben. Aus dem Geräuschpegel und der Anzahl der leeren Gläser zu schließen, hatten sie dort länger beim Bier gesessen.

»Silwuplee.« Einer der Männer verbeugte sich tief und schob im Gehen ein paar Gläser zusammen, damit Nooras Tasse auf dem Tisch Platz fand. »Das richtige Abräumen besorgt wohl das Personal – oder auch nicht.«

Noora nickte kurz und ließ sich auf den Stuhl fallen. Sie schielte nach der Abendzeitung, die die Männer auf dem Sofa zurückgelassen hatten, konnte aber nur mit Mühe die Überschriften erkennen. Immerhin entnahm sie ihnen so viel, dass Mattis Biografie erschienen und dass Mervi wieder mit von der Partie war.

Das *Baker's* war verraucht, schmuddelig und dunkel, was Nooras Wünschen sehr entgegenkam. Sie konnte sich in der Ecke verkriechen und sich einbilden, unsichtbar zu sein. Außerdem war das *Baker's* eines der wenigen

Cafés in der Stadt, in denen man noch rauchen durfte. Noora rauchte nur gelegentlich, aber sie hatte etwas gegen offizielle Verbote, derer es immer mehr zu geben schien. Bald würde es vermutlich sogar verboten werden, in der Öffentlichkeit laut zu lachen. Das würde Noora allerdings kalt lassen, sie konnte sich gar nicht erinnern, wann sie zuletzt richtig gelacht hatte.

2

Eila Airaksinen saß schon seit fast einer Stunde in der Bar des *Klaus Kurki*. Sie hatte draußen auf der Straße unangenehm lange warten müssen, ehe der vertraute Tisch an der Wand frei wurde. Sie würde sich nie an einen anderen Tisch setzen.

Mein Stammplatz, hatte Eila gedacht, während sie gewartet und fröstelnd ihre Zehen in den Schuhen mit den zu dünnen Sohlen bewegt hatte. Noch war kein richtiger Frühling, auch wenn die Sonne ab und zu versuchte, das Gegenteil zu beweisen. Ich habe so oft an dem Tisch gesessen, dass sie dort eine Tafel mit meinem Namen anbringen könnten, dachte Eila. So etwas gab es, in einer Kneipe in Espoo hatte man den Stuhl eines Schriftstellers anlässlich seines sechzigsten Geburtstags mit einer Messingtafel versehen. Das hatte Stil. Wieso musste der Mensch normalerweise immer erst unter der Erde liegen, ehe seiner gedacht wurde?

Eila drehte zerstreut ihr leeres Glas in den Händen. Auf ein zweites hatte sie keine Lust.

Wie lange sie dort auch saß, sie würde nie mehr als nur ein Glas trinken. Bier vom Fass, die Sorte spielte keine

Rolle, Hauptsache, das Bier war kalt und schäumte nicht zu stark.

Eila erinnerte sich, irgendwo gelesen zu haben, dass die Deutschen sich über die Trinkgewohnheiten der Finnen lustig machten. Ihrer Meinung nach durfte man Bier eigentlich nicht kalt trinken. Nun, mochten die Deutschen denken, was sie wollten, Eila kannte das Land nicht und würde vermutlich auch nie hinfahren. Falls sie überhaupt je verreisen würde, dann in eine warme Gegend. Oder vielleicht an einen Badeort, zum Beispiel in Estland, wo es angeblich sehr preisgünstig war. Allerdings hatte sie gar nicht die Absicht zu verreisen, ihr gefiel es daheim in der Fredrikinkatu und der vertrauten Umgebung. Sie war in Helsinki geboren und würde auch dort sterben, irgendwann einmal.

Die Bar war bereits fast voll, obwohl es noch nicht einmal drei Uhr nachmittags war. Nach vier Uhr würde richtiges Gedränge herrschen, wenn die Angestellten des nahe gelegenen Verlages und die selbstbewussten Mitarbeiter der IT-Firmen auf ihrem Heimweg den ersten Zwischenstopp einlegen würden, um fürs Wochenende in Fahrt zu kommen. »Das hier ist wie eine Startrampe«, hatte vor ein paar Wochen ein junger Schlaumeier, der sich mit zwei Kollegen an Eilas Tisch gezwängt hatte, die Freitagsfunktion der Bar definiert.

Eila hatte nicht in das Gelächter eingestimmt, nicht einmal mit den Mundwinkeln gezuckt. Sie beteiligte sich nie an Gesprächen, was vermutlich auch niemanden kümmerte. Sie war sich ganz sicher, dass nicht einmal das Personal sie in irgendeiner Weise beachtete. Sie kam ab und zu in die Bar, trank ihr Bier, blieb eine Weile sitzen und ging wieder. Sie konnte sich nicht erinnern, dass ihr mal irgendjemand nachgeblickt oder einen Gruß hinterhergerufen hatte.

Das Freitagsbier war ihr seit dem Herbst fast zur Gewohnheit geworden, und zwar im Grunde genommen durch Zufall. Sie hatte auf dem Markt am Südhafen ihr Gemüse fürs Wochenende eingekauft, und gerade als sie am *Klaus Kurki* vorbeigekommen war, hatte ihr Rücken auf einmal so heftig geschmerzt, dass sie sich für einen Moment hatte hinsetzen müssen. Sie hatte sich ein Bier vom Tresen geholt und sich dann an eben diesem Tisch niedergelassen.

Nach einer Weile waren zwei junge Frauen in die Bar gekommen, die, nach ihren eleganten Tragetaschen zu schließen, die teuren Boutiquen der Innenstadt leer gekauft hatten. Sie hatten ihre Jacken nachlässig über die Stuhllehnen geworfen, die Taschen fast auf Eilas Füße fallen gelassen und sich dann vom Tresen je ein Glas Weißwein geholt.

Als sie wieder an den Tisch zurückgekehrt waren, war eine der beiden mit dem Fuß halb aus Versehen gegen Eilas Einkaufskorb gestoßen und hatte sich dann hingesetzt, ohne sich zu entschuldigen. Die Asche ihrer Zigarette hatte sie direkt in Eilas Korb geschnippt.

Eila hatte es die Sprache verschlagen. Sie hatte bestürzt beobachtet, wie die Asche auf die Tüte mit den Tomaten fiel, und der Frau den Aschenbecher, der auf dem Tisch stand, vor die Nase geschoben. Die hatte nur ein wenig die Brauen gerunzelt und sich weiter mit ihrer Freundin unterhalten. Als sie sich nach einer Weile eine neue Zigarette angezündet hatte, war Eila aufgestanden und hatte ihren Korb gepackt. Beim Gehen hatte sie über einen Berg von Tragetaschen hinwegsteigen müssen.

Nie wieder dorthin, hatte sich Eila geschworen, während sie nach Hause marschiert war, aber es war anders gekommen. Schon zwei Wochen später hatte sie mit ihrem Bier wieder an demselben Tisch gesessen. Auch diesmal hatte ihr niemand Aufmerksamkeit geschenkt – ebenso nicht bei allen folgenden Malen.

Ich könnte die ganze Bar im Detail beschreiben, dachte Eila. Jenen schrecklichen Kronleuchter aus Kunststoff und diese verschlissenen Sessel voller Brandflecken, aus denen man so schwer wieder hochkommt, die genaue Anordnung der Flaschenreihen und die Länge des Pferdeschwanzes des Barmannes, sogar den Ausblick durchs Fenster. Ich könnte schildern, wie sich im Herbst die Bäume drüben im Park bei der Alten Kirche verfärben, wie sie ihre Blätter abwerfen und wie die Zweige schließlich unter einer Schneelast verschwinden. Aber wer könnte mich beschreiben?

Eila warf einen Blick zum Nachbartisch, wo ein etwa dreißigjähriger Mann mit Besorgnis erregend dickem Bauch konzentriert auf seinem Palmtop herumtippte. Nach einer Weile stand er auf, zog seine von der Taille heruntergerutschte Designerjeans hoch und marschierte zum Tresen, um sich einen neuen Whisky zu holen. Der Palmtop blieb auf dem Tisch zurück.

Was würde wohl passieren, wenn ich jetzt aufstehen, mir das Ding schnappen und damit seelenruhig die Bar verlassen würde?, fragte sich Eila und gab sich gleich selbst die Antwort: Der Mann würde in seinen Taschen und in seinem Aktenkoffer suchen, sich auf dem Tisch und dem Boden umsehen, schließlich nervös werden und das Personal und die anderen Gäste fragen, ob irgendjemand etwas bemerkt hatte. Wer hat vorhin dort am

Nachbartisch gesessen? Ein Mann oder eine Frau? Wie hat die Person ausgesehen, war sie dunkelhaarig oder blond, dick oder dünn, was hat sie angehabt, wie alt war sie?

Die Leute würden den Kopf schütteln: Tja, es war ... eine ganz gewöhnliche Person ..., oder ich weiß nicht, ich hab' eigentlich gar nichts gesehen. Hat dort überhaupt jemand gesessen?

Niemand würde etwas merken, sagte sich Eila und kicherte im Stillen. Sie stand auf und ging hinaus. Ich bin unsichtbar, sagte sie sich.

Der Schneefall, der ganz sacht begonnen hatte, war zum Gestöber geworden, begleitet von heftigen Windstößen.

Die Menschen kämpften sich mit vorgehaltenem Regenschirm vorwärts, aber Eila stülpte nur die Kapuze ihres weiten Wintermantels über den Kopf. Sie benutzte nie einen Schirm.

Da sie keine Frisur hatte, brauchte sie auch keine zu schützen. Lockenwickler besaß sie gar nicht erst, von einem Fön ganz zu schweigen. Für ihr kurzes, derbes, eisengraues Haar reichten Wäsche und ein grobzinkiger Kamm völlig aus.

Nachdem Eila vom Bulevardi in die Annankatu abgebogen war, betrat sie den Schreibwarenladen, um die Nachmittagszeitung zu kaufen. Die hätte sie natürlich auch anderswo bekommen, aber sie hielt dem Geschäft die Treue, sie kaufte dort aus Prinzip und aus Solidarität. Zu Hause quollen ihre Schubladen allmählich über von all den Radiergummis und Bleistiften und kleinen Notizheftchen, die sie nur wegen des Vergnügens gekauft hatte, den altmodischen Geruch des Ladens schnuppern und ein paar Worte mit der netten Besitzerin wechseln zu können. Heutzutage wurde man kaum noch irgendwo so zuvorkommend und freundlich bedient.

Eila war manchmal drauf und dran gewesen, die Frau nach ihren Plänen für eine mögliche Pensionierung zu fragen, hatte sich aber nicht getraut. Sie fürchtete sich nämlich vor dem Tag, da das Schild *Geschäftsaufgabe* an der Tür hängen würde. Eigentlich wunderte sie sich schon lange, dass der Laden überhaupt noch existierte. Vermutlich rentierte er sich gar nicht und war für die Besitzerin nur eine Art Hobby.

»Wo ist …?« Eila blieb überrascht neben dem Drehständer mit den Ansichtskarten stehen, als aus dem Hinterzimmer, das durch einen Vorhang abgetrennt war, ein Mann mittleren Alters kam.

»Meine Mutter?«, sagte er lachend. »Sie musste ins Krankenhaus. Es ist nichts Ernstes«, fügte er hinzu, als er Eilas erschrockenen Blick sah. »Sie ist auf der Treppe ausgeglitten und hat sich den Knöchel gebrochen. Meine Tochter und ich vertreten sie hier ein paar Wochen, soweit es unsere eigene Arbeit zulässt. Es wird schwierig werden, möglicherweise müssen wir für einige Zeit schließen.«

»Sehr bedauerlich«, sagte Eila seufzend und steckte die Zeitung ein. »Ich meine, das mit dem Knöchel Ihrer Mutter. Grüßen Sie sie bitte.«

Erst auf der Straße fiel ihr ein, dass sie gar nicht ihren Namen genannt hatte.

Was soll's, sagte sie sich dann. Die Besitzerin wusste sowieso nicht, wie sie hieß, und der Sohn hatte die ganze Sache vermutlich vergessen, noch ehe sich die Tür hinter ihr geschlossen hatte. Und der Countdown für das Geschäft lief auf jeden Fall.

Eila stellte den Einkaufskorb vor ihrer Haustür ab, wartete, bis die Ampel grün wurde, und lief rasch hinüber auf die andere Seite.

3

Das Einrichtungsgeschäft war am ersten August, vor gut einem halben Jahr, eröffnet worden. Gegen Ende des Frühjahrs hatten zwei nebeneinander liegende Läden geschlossen, und die Trennmauer war entfernt worden. Unmittelbar danach hatte der eigentliche Umbau begonnen. Auf dem braunen Packpapier, mit dem die Fenster abgedeckt worden waren, war der in schwungvoller Handschrift und mit großen, schwarzen Buchstaben geschriebene Text aufgetaucht: *Bevor die Birkenblätter gelb werden, eröffnet hier RETRODESIGN. Gedulde dich bis dahin und genieße den Sommer.*

Eila hatte diesen Sommer allerdings nicht genossen und sich auch nur schwer gedulden können. Zwei große Container waren auf der Straße abgestellt worden und dicker Staub hatte die Luft während der ohnehin außergewöhnlichen Hitze zusätzlich belastet. Eilas Wohnung lag im ersten Stock, das Fenster des kombinierten Wohn- und Schlafzimmers ging zur Straße und sie konnte es nur einen Spalt breit öffnen, damit die Katze nicht hinaussprang. Sie hatte schon lange an die Anschaffung eines Fliegengitters gedacht, aber es war bei der bloßen Absicht geblieben. Solche Dinger wurden vermutlich auch gar nicht mehr hergestellt.

Den Lärm hätte Eila noch ertragen, denn der gehörte zum normalen Leben in der Innenstadt, aber der ständige Staub hatte ihr schwer zu schaffen gemacht.

Am Nachmittag des letzten Tages im Juli war das Packpapier von den Fenstern entfernt worden und in dem großen Ausstellungsraum mit den weißen Wänden hatte die ganze Nacht hindurch das Licht gebrannt. Bohrmaschinen oder andere Arbeitsgeräte hatten nicht mehr gelärmt. Stattdessen waren bis weit in den nächsten Tag hinein Leute aus und ein gegangen. Orangefarbene und giftgrüne Tücher, die bis auf den Boden reichten, waren über Tische gebreitet und hohe, vielarmige Leuchter darauf platziert worden, ein Partyservice hatte Geschirr und Speisen gebracht und kistenweise waren Sekt und andere edle Getränke angeliefert worden.

Am Abend des ersten August, einem Freitag, hatte Eila dann an ihrem Fenster gestanden und das bunte und überaus geräuschvolle Spektakel verfolgt, das bis in die frühen Morgenstunden angehalten hatte. Die Eröffnung war ein regelrechtes Promitreffen gewesen und Eila hatte sich damit unterhalten, die aus Fernsehen und Klatschpresse bekannten Gesichter zu identifizieren.

Es war eine warme und windstille Nacht, sodass die Gäste auch den Bürgersteig draußen bevölkerten. Sie standen da mit ihren Getränken und wackeligen Papptellern, plauderten, musterten einander verstohlen und posierten für die Fotografen, die natürlich ebenfalls zur Stelle waren.

Das orangefarbene Reklameschild *RETRODESIGN* leuchtete bei Tagesanbruch nur mehr sehr blass. Noch am Vormittag lagen ein paar einsame hellgrüne Servietten auf dem Bürgersteig, bis Eila sie aufsammelte und in den

Abfallbehälter warf. Sie hasste unsaubere Straßen und Parks.

An dem Wochenende nach der Eröffnungsparty hatte der Laden geschlossen, aber in den Räumen wurde dennoch fleißig gearbeitet. Am Montag öffneten sich dann die Türen endlich für das Publikum und Eila schloss sich den anderen Neugierigen an und ging hinein.

Die Kunden wurden nicht mehr so üppig bewirtet wie die geladenen Gästen am Freitag, es gab lediglich gewöhnlichen, aber unleugbar guten und starken Kaffee in grellorangefarbenen Plastikbechern aus den Siebzigerjahren. Auf einem Tisch mitten im Laden prangte eine stattliche Torte, ein riesiges, sahniges Gebilde, verziert mit einem *R* aus dunkler Schokolade.

Eila nahm sich zunächst nur ein ganz kleines Stück, holte sich aber sofort ein weiteres, denn die Torte war wirklich gut und schmeckte trotz der cremigen Außenschicht nach frischen Beeren.

Mittelpunkt in all dem Trubel war ein großer Mann, dessen glänzender Pferdeschwanz so pechschwarz war wie seine Kleidung. Das Lächeln wich nicht für einen Moment von seinem gebräunten Gesicht und redete pausenlos: dass die Sechziger- und Siebzigerjahre jetzt überall auf der Welt das absolute Zauberwort bei Einrichtung und Mode seien, dass sich im Angebot von *Retrodesign* alles nur Erdenkliche und auch noch ein bisschen mehr fand, von den Plastikkästen von Palaset bis hin zu den Kugel- und Schalensesseln von Aarnio, von den goldfarbenen Kerzenleuchtern und dem bunten Holzschmuck von Aarikka bis hin zu den originalen Mohnblumenmodellen von Marimekko, und wenn nach Meinung des Kunden irgendetwas fehlte, so würde es besorgt. Die Preise nannte er natürlich nicht und keines der Produkte war mit einem Preisschild versehen.

Vielleicht wird in diesem Laden der Preis nach Augenschein festgelegt, dachte Eila bei sich, als sie ging. Sie steckte eine der Visitenkarten ein, die auf einem grünen Plastiktablett lagen. Auf der Karte prangte die rote Version eines Kugelsessels und der Text: *Retrodesign, VauPe Vainio, künstlerischer Leiter.*

Zu Hause studierte Eila die Karte eingehend: *VauPe ...* Sollte das etwa der Name eines erwachsenen Mannes sein? Und früher nannte man diese Leute Kaufmann oder höchstens Verkaufsleiter. Aber wenn dieser VauPe Vainio künstlerischer Leiter war, wer war dann der Inhaber?

Die Antwort stand in der darauf folgenden Woche in der Sondernummer einer Frauenzeitschrift über den Einrichtungs- und Modestil der Sechziger- und Siebzigerjahre. Darin wurde auch VauPe Vainio mit seinem neuen Laden vorgestellt. Demzufolge betrieb er zwar das Geschäft, aber die eigentliche Kraft im Hintergrund und somit die Geschäftsinhaberin war seine Frau Virve Vainio, die hauptberuflich in der Immobilienbranche tätig war.

»Wenn sie ihre Luxusbuden an den Mann bringt, kann sie nebenbei ein paar Einrichtungstipps geben und entsprechende gute Adressen erwähnen«, hatte VauPe Vainio lachend in dem Interview gesagt. »Aber Spaß beiseite. Meine Frau macht ihre Arbeit und ich die meine. *Retrodesign* ist für mich eine ausgesprochene Herzenssache.«

Alle Besucher, die am Eröffnungstag gekommen waren, hatten einen lilafarbenen Schlüsselanhänger aus Holz geschenkt bekommen. Zu Hause hatte Eila ihn probehalber hin- und hergeschwenkt und ihn schließlich im Flur an den Nagel gehängt, an dem bereits ein Kalender mit Stadtmotiven hing, der gratis an die Haushalte verschickt worden war. Sie mochte Lila nicht besonders, aber gratis war gratis und so hing der Schlüsselanhänger immer noch an seinem Nagel.

Retrodesign lief von Anfang an mit offensichtlichem Erfolg. Kunden gingen ein und aus, sogar an den heißen Wochenenden im August, und Eila verfolgte die ständig wechselnde und überaus einfallsreiche Dekoration der eleganten Schaufenster, als befände sie sich in einer Kunstausstellung.

VauPe Vainio agierte von morgens bis abends in seinem Laden, stets schwarz gekleidet. Vielleicht will er sich auf diese Weise von seiner farbenfrohen Warenkollektion abheben, dachte Eila. Andererseits musste sie zugeben, dass er einen gewissen Stil besaß, wenngleich sie fand, dass Pferdeschwänze besser zu kleinen Mädchen passten.

Nach dem Eröffnungstag hatte Eila den Laden kein einziges Mal mehr betreten. Sie benötigte nichts, zu Hause waren die Schränke ohnehin voller Zeug, lauter nutzlosen Gegenständen, die sich im Laufe der Jahre angesammelt hatten.

Trotzdem schien es ihr jetzt, nur ein halbes Jahr später, als hätte es *Retrodesign* schon immer auf der Fredrikinkatu gegeben, als fröhlich bunter Farbklecks war der Laden zu einem wesentlichen Bestandteil des Straßenbildes geworden. Die übrigen Geschäfte des Viertels wirkten daneben geradezu blass.

Tatsächlich, Ostern naht, dachte Eila, während sie jetzt vor dem Schaufenster stand und die Auslagen betrachtete. Alles in Gelb: Plastikbestecke und -geschirr, gelb gefärbte Weidenkätzchen in hohem gelben Vasen und gleichsam als Krönung ein leicht verbeultes Exemplar der altbekannten Emaillekaffeekanne von Nurmesniemi.

Angesichts der im Fenster ausgestellten Stücke kam Eila zu dem Schluss, dass kleine Beulen anscheinend zum Konzept von *Retrodesign* gehörten, sie galten vermutlich als Garant für Echtheit.

Während in ihrem Kopf ein Gedanke zu reifen begann, öffnete sich die Ladentür und VauPe Vainio erschien auf der Schwelle.

»Man darf auch eintreten«, sagte er, lächelte breit und lehnte sich mit gekreuzten Armen an den Pfosten. »Sie können sich gern drinnen umsehen, bei uns gibt es keinen Kaufzwang.«

»Danke, aber ich wollte nur …«, murmelte Eila und spürte, wie ihre Wangen glühten. Peinlich, so überrascht zu werden. »Ich sehe mir nur die Schaufenster an … Kann sein, dass ich mal irgendwann komme …«

Ein Taxi, das mit überhöhter Geschwindigkeit durch die Straße fuhr, hupte wütend, als Eila eilig die Fahrbahn überquerte. Sie griff nach ihrem Einkaufskorb und betrat rasch das Haus.

Nachdem sie die Einkäufe sorgfältig im Schrank verstaut hatte, füllte sie der schneeweißen Katze mit dem buschigen Schwanz Futter in den Napf, kochte sich dann einen Kaffee und stellte sich mit der Tasse in der Hand ans Wohnzimmerfenster. Die Katze folgte ihr und sprang behände auf ihren Lieblingsplatz auf der Fensterbank neben einem großen Drachenbaum.

VauPe Vainio stand nicht mehr in der Tür und im Laden war er auch nicht zu sehen.

»VauPe Vainio«, Eila sprach den Namen laut vor sich

hin. »Veli-Pekka, so lautet vermutlich sein richtiger Vorname.«

Der Gedanke, der ihr vorhin gekommen war, reifte immer weiter. Sie spülte ihre Tasse sorgfältig aus und stellte sie in den Trockenschrank, dann nahm sie die Trittleiter und holte aus dem Oberschrank im Flur den ersten Pappkarton herunter.

Zwei Stunden später war sie verschwitzt und von oben bis unten mit Staub bedeckt, aber sie wollte ihre Arbeit im Flur unbedingt zu Ende bringen, da sie einmal damit angefangen hatte.

Eila Airaksinen war nicht ganz so unsichtbar, wie sie selbst glaubte. Allerdings hätte VauPe Vainio nicht genau sagen können, wann er auf die Frau aufmerksam geworden war. Vielleicht war sie schon am Eröffnungstag da gewesen, aber damals hatte großes Gedränge geherrscht, und Fakt war, dass weder ihr Aussehen noch ihre Kleidung in irgendeiner Weise interessant oder einprägsam waren.

Sie war um die sechzig, vielleicht etwas darüber oder darunter, hatte kurzes, graues Haar, die typisch finnische, gedrungene Figur, und sie trug unauffällige, farblose Kleidung. Solche Frauen gab es in der Stadt vermutlich zu tausenden, sie unterschieden sich kaum voneinander. Sie machten kein Aufhebens von sich und forderten keine Aufmerksamkeit; sie verschmolzen mit der Masse.

Die Frau stand fast täglich draußen vor dem Schaufenster, woraus VauPe geschlossen hatte, dass sie irgendwo in der Nähe wohnte. Regelmäßiger Arbeit ging sie anscheinend nicht nach, da sie zu den unterschiedlichsten Tageszeiten auftauchte. Vielleicht war sie Frührentnerin oder arbeitslos. Von Zinsen oder irgendwelchen hohen Dividenden lebte sie jedenfalls nicht, dafür wirkte sie insgesamt zu bescheiden. VauPe hatte sich immer damit gebrüstet, dass er auf den ersten Blick erkennen konnte, wie ein Mensch finanziell gestellt war.

Anfangs hatte es ihn amüsiert, wenn die Frau hinter dem Fenster auftauchte, aber nach und nach wurde er ungehalten. Warum kam sie nie herein und sah sich die Auswahl im Laden an? Und vor allem ärgerte er sich darüber, dass ihr Interesse offenbar nicht dem Schaufenster, sondern vielmehr dem Laden galt. Er fühlte sich beobachtet. Wenn er mit einem Kunden beschäftigt war, spürte er die Blicke der Frau in seinem Rücken. Ein unangenehmes Gefühl.

Auch jetzt stand die Frau wieder draußen vor dem Schaufenster, wegen des Schneeregens hatte sie die Kapuze so tief ins Gesicht gezogen, dass kaum ihre Augen zu sehen waren.

VauPe ließ die Kundin, die sich schon seit geraumer Zeit im Laden aufhielt, bei der Begutachtung von Plastikaschenbechern allein und trat vor die Tür.

Die Frau draußen erschrak, murmelte auf seine freundlichen Worte eine vage Antwort und flüchtete fast über die Straße, wo sie ihren Einkaufskorb nahm und hinter einer Tür verschwand.

Da drüben wohnt sie also, dachte VauPe, tätschelte flüchtig den Rauhaardackel, der vor dem Laden wartete, und ging wieder hinein.

Die Kundin, eine außergewöhnlich große und dünne Frau, hatte einen erneuten Rundgang durch den Laden gemacht und stand wieder bei den Aschenbechern.

»Eigentlich völlig überflüssig«, sagte sie lachend. »Ich

rauche gar nicht und paffende Gäste schicke ich immer nach draußen. Aber die hier sind irgendwie so …«

»Typisch für jene Zeit, nicht wahr?«, ergänzte VauPe. »Vor zwanzig, dreißig Jahren sah man überhaupt keine anderen Aschenbecher, jedenfalls nicht in öffentlichen Einrichtungen.«

»Stimmt, es war die Zeit, als bei Sitzungen neun von zehn Teilnehmern rauchten.«

»Und jetzt ist es genau umgekehrt«, VauPe lachte. »Und die eine bedauernswerte Person muss zum Rauchen vor die Tür gehen.«

»Was ihr ganz recht geschieht.« Die Frau sah VauPe amüsiert an und ergänzte eilig: »Sonst bin ich nicht so streng, das bilde ich mir zumindest ein. Andererseits sagt man ja auch, dass aus ehemaligen Alkoholikern die fanatischsten Abstinenzler werden.«

»Soll ich den Aschenbecher also einpacken?«, fragte VauPe hoffnungsvoll, aber die Frau schüttelte unschlüssig den Kopf.

»Eigentlich möchte ich einen braunen, obwohl ich die Farbe nicht einmal mag«, sagte sie. »Braun hätte jedoch mehr Seltenheitswert und irgendwie erinnere ich mich, dass es in den Siebzigerjahren auch noch andere Farben als nur Orange und Olivgrün gab.«

»No problem«, erklärte VauPe sofort und wiederholte seinen Standardsatz, dass alles, was bei *Retrodesign* aktuell nicht im Angebot sei, besorgt werde, früher oder später.

»Gib' mir deine Nummer, dann benachrichtige ich dich.«

Er trat an den Verkaufstisch und nahm einen Kugelschreiber aus einem weißen Plastikständer. »Also?«

»Moment.« Die Frau kramte in ihrer riesigen Schultertasche. »Ich müsste irgendwo meine Visitenkarten haben. Hier!«

»Danke. Ich rufe dann sofort an, wenn mir ein brauner Aschenbecher über den Weg läuft. Es wird bestimmt nicht lange dauern.«

»Am liebsten würde ich den hier nehmen«, die Frau strich sanft mit der Hand über die glänzende, aber leicht verschrammte Oberfläche eines roten Kugelsessels. Nur dass mir meine Einkünfte den Kauf nie gestatten würden, fügte sie in Gedanken wehmütig hinzu, aber VauPe ging sofort auf das Thema ein: »Die Dinger sind wirklich gefragt! Vor etwa einem Jahr hat ein Kunde fünf Stück für irgendeine Privatsuite auf dem Kennedy-Airport in New York bestellt. Er hätte sogar noch mehr genommen, aber er akzeptierte nur vollkommen fehlerfreie Exemplare. Bei den Yankees muss anscheinend sogar das Alte neu aussehen«, mokierte er sich. »Sessel dieser Art werden nach wie vor hergestellt, aber die alten und originalen haben für uns Finnen einen ausgesprochenen nostalgischen Wert. Ohne diese Patina empfinden wir sie einfach nicht als echt.«

»Diesen hier hast du aber noch nicht verkauft?« Die Frau schwenkte den Sessel einmal herum.

»Aber nein«, VauPe lachte. »Der steht auch gar nicht zum Verkauf. Er ist meine allererste Anschaffung und ist für mich unbezahlbar. Der Sessel dient quasi als Maskottchen für *Retrodesign.* Es würde Unglück bringen, wenn ich ihn verkaufen würde.«

»Nun, das Risiko sollte man nicht eingehen«, die Frau lachte und bedankte sich.

Kurz darauf beobachtete VauPe durchs Fenster, wie sie draußen die Leine des Dackels vom Stopper der Eingangstür löste und in Richtung Bulevardi davonging. Der Saum ihres langen, schwarzen Mantels wehte im Wind.

VauPe warf einen Blick auf die Visitenkarte: *Anna Laine, Grafikerin.*

4

Im Hinterzimmer des kleinen, engen Ladens waren Laute zu hören, ein leises Wimmern, das allmählich zu anhaltendem Geschrei wurde.

Sie könnte wenigstens mal zwischendurch Luft holen, dachte Jonna Kaarela und warf den Bleistift auf das halb ausgefüllte Kreuzworträtsel der Nachmittagszeitung; fast hatte sie das Wort mit sieben Buchstaben und einem K in der Mitte gefunden. Wenn die Kleine so weiterschrie, würde ihr die Lunge platzen.

Jonna schloss gewohnheitsmäßig die Kasse ab – eine vollkommen überflüssige Handlung, denn schon lange hatte sich kein Kunde mehr blicken lassen – und eilte ins Hinterzimmer.

Das Baby schrie wütend, sein kleines Gesicht war dunkelrot und verzerrt und es hörte auch nicht mit dem Geschrei auf, als Jonna es aus dem Wagen nahm und beruhigend an ihre Schulter drückte.

»Blinke, blinke, kleiner Stern ...«, summte Jonna, so wie einst im Kindergarten gemeinsam mit Noora. Sie waren ein unschlagbares Duo gewesen, die eine dunkelhaarig, die andere blond, und beide vor allem laut.

Das Lied schien nicht zu den Lieblingsstücken des Babys zu gehören, denn es schrie nur noch lauter. Die rosa Strampelhose fühlte sich feucht an, war sogar völlig durchnässt, sodass sich auf dem Laken bereits ein dunkler Fleck gebildet hatte.

»Du meine Güte, alles nass, dabei habe ich dich doch vorhin erst gewickelt!« Jonna legte das wild strampelnde Baby auf einen kleinen Beistelltisch, zog es bis aufs Hemdchen aus und wischte es mit weichen Küchentüchern ab. Beißender Geruch stieg ihr in die Nase.

»Dass ein so kleiner Mensch dermaßen stinken kann! Ein Luftbad tut gut, pflegte meine Oma zu sagen«, ergänzte sie dann lachend und schwenkte die Beine des Kindes. Dabei fiel ihr ein, dass diese Windel auch die letzte gewesen war.

»Was machen wir jetzt?«, fragte sie und untersuchte die mit Kleidung voll gestopften Regale und Kartons. Schließlich steckte sie zusammengefalteten Küchenkrepp zwischen die Beine des Babys und wickelte es anschließend in ein großes Frotteehandtuch. »Damit du's weißt, dies ist eine anständige Windel und kein Wegwerflappen. Früher hatten die Babys gar keine Pampers oder Fixies.«

Die Kleine hörte schlagartig auf zu weinen. Jonna rechnete damit, dass sie Schluckauf bekäme, aber sie blickte nur mit ihren großen, dunkelblauen Augen, die von ungewöhnlich dichten und langen Wimpern überschattet waren, um sich.

Was magst du wohl denken?, fragte sich Jonna, während sie das schmutzige Laken aus dem Wagen nahm und es zusammen mit dem nassen Strampler in einen Plastikbeutel steckte. Manchmal machte ihr der prüfende Blick des Babys regelrecht Angst. Es kam ihr vor, als wüsste und verstünde es viel mehr, als die Erwachsenen ahnten.

Jonna musste daran denken, wie sie im Frühjahr ihre an schwerer Demenz leidende Oma besucht hatte, die im

Krankenhaus im Sterben lag. Die alte Frau hatte kaum mehr auf etwas reagiert, sondern nur mit geschlossenen Augen dagelegen und stoßweise geatmet. Manchmal hatte ihr Atem gestockt, und Jonna war sicher gewesen, dass das jetzt das Ende war, aber dann hatte die Alte wieder Luft geholt und sich sogar ein wenig bewegt. Jonna hatte am Bett gesessen und die schlaffe, feuchte Hand gehalten, und dann hatte die alte Frau plötzlich die Augen geöffnet und sie so fest angesehen, dass es ihr unheimlich war. Bald darauf hatte sie ihren letzten Atemzug getan und war entschlafen.

Jetzt fand Jonna, dass der forschende Blick des kleinen Babys manchmal etwas ganz Ähnliches ausdrückte, eine unerklärbare und geheimnisvolle ewige Weisheit.

Sie gab dem Baby den Schnuller, den es jedoch sofort wieder ausspuckte. »Dann nicht, und vielleicht ist es auch besser, so kriegst du keine schiefen Zähne.« Sie schaukelte die Kleine im Arm. »So, Merituuli, was meinst du, wollen wir an die Tür gehen und Kunden hereinlocken?«

Nachdem sie eine Weile im Windfang gestanden hatte, gab sie es auf. Sie hatte sich gründlich verschätzt, als sie das Schaufenster in herbstlichen Farben, in Braun, Beige und dunklem Orange, dekoriert hatte. Wer mochte bei diesem Wetter an Herbst denken? Alle, die da draußen durch den Schneeregen trabten, träumten von Frühling und Sommer und Sonne. Ein Passant warf immerhin einen Blick in das Schaufenster, aber niemand blieb stehen. Außerdem zog es im Windfang und Merituuli begann wieder zu wimmern.

»Ich werde mir am Wochenende etwas anderes ausdenken«, erklärte sie dem Baby. »In das Fenster muss irgendwas Neues, etwas Hübsches und Fröhliches.« Allerdings wäre das Neue in diesem Falle alt, denn im Laden wurde nur gebrauchte Kleidung verkauft. Aktuelle Mode zum kleinen Preis, lautete das Motto.

Jonna sah auf die Uhr: kurz vor vier. »Wo deine Mama bloß wieder bleibt?«, fragte sie ärgerlich. »Zeitgefühl hatte diese Frau noch nie.«

Jonna ersetzte das feuchte Laken im Wagen durch ein weichgespültes Frotteehandtuch und legte Merituuli hinein, worauf sofort wütender Protest folgte. Eine Schaukelliege besaß sie nicht, also musste sie das Baby notgedrungen wieder auf den Arm nehmen. Um es auf dem Boden krabbeln zu lassen, war der Raum viel zu eng. Außerdem war der Fußboden unangenehm kalt, schon den ganzen Winter hindurch. Jonna hatte sich mehrmals beim Vermieter über die Heizung oder vielmehr deren Fehlen beschwert, aber es war nichts geschehen. Man hatte ihr gesagt, dass man bei diesen alten Läden, die sich im Steinsockel eines Hauses befanden, nichts machen könne. »Halten Sie die Eingangstür geschlossen, damit die Kälte nicht hereinkommt«, hatte ihr der Hausmeister geraten. »Und die Kunden?«, hatte sie gefragt. Darauf hatte der Mann nichts erwidert.

Verflixt nochmal, fluchte Jonna im Stillen. Sollte sie sich Sorgen machen oder wütend werden? Zwar hatten sie keine genaue Zeit vereinbart, aber immerhin war Merituuli schon seit dem Vormittag bei ihr im Laden. Die letzte Windel war verbraucht und bald würde die Kleine vor Hunger brüllen, aber das Fläschchen war so gut wie leer.

Jonna versuchte anzurufen. Keine Antwort, nicht mal die Mailbox. Sie zählte langsam bis zwanzig und versuchte es erneut. Wieder keine Antwort.

»Shit!«, zischte sie durch die Zähne und tippte dann eine kurze Textnachricht ein: *Komm her, aber sofort!!!*

Noora ging gerade am Erottaja den Hügel hinauf, als das Handy in ihrer Schultertasche klingelte. Sie ging weiter und drückte die Tasche enger an sich, so als könne sie dadurch das Geräusch zum Verstummen bringen.

Als sie sich vor dem Kino *Diana* befand, klingelte das Handy erneut.

Nora kramte es hervor, warf einen Blick auf das Display und ließ es wieder in die Tasche gleiten. Nach dem siebten Klingelton verstummte es. Zwei Minuten später waren zwei Pieptöne zu hören: eine Textnachricht. Das Handy blieb in der Tasche.

»Müssen Sie den ganzen Bürgersteig einnehmen?«, schimpfte eine Passantin und schubste Noora unfreundlich beiseite. Noora verspürte einen Schmerz an der Schläfe, eine Strebe des Regenschirms der Frau hatte sie getroffen.

Sie stellte sich vor den Schaukasten des Kinos und drückte das Gesicht an die Scheibe. So war sie niemandem im Wege, brauchte sich nicht schubsen zu lassen.

Im *Diana* lief der deutsche Film *Goodbye, Lenin,* den Jonna, die ein Filmfan war, in den höchsten Tönen gelobt hatte. Die nächste Vorstellung begann um siebzehn Uhr. Wenn sie solange irgendwo wartete, könnte sie sich um fünf in den dunklen Zuschauerraum setzen und hätte zwei Stunden lang ihre Ruhe. Sie könnte wenigsten vorübergehend alles vergessen.

Ein guter Gedanke, aber sinnlos. Noora seufzte und ging langsam weiter. Als sie in die Iso Roobertinkatu eingebogen war, blieb sie erneut stehen.

Das *D* in der Leuchtreklame des Secondhandshops war erloschen. Irgendwie passte es ins Gesamtbild, in das bunt gemischte stillos stilvolle Angebot der Boutique.

Noora fror in ihrer engen, dünnen Jacke. Der nasse Schnee hatte ihr Haar längst durchfeuchtet und die Wimperntusche war vermutlich zu stattlichen Pandaringen zerlaufen.

»Kommst du auf ein Bier?« Ein freundlich wirkender Mann hielt die Tür auf, indem er seinen Fuß, der in einem schwarz-weißen Stiefel mit Schlangenmuster steckte, dagegen stemmte.

Noora erschrak. Sie hatte gar nicht gemerkt, dass sie vor der Bar stehen geblieben war. Sie schüttelte nur den Kopf, wobei sie fest auf den Boden starrte, holte dann ein paarmal ganz tief Luft und ging langsam und steif über die Straße zum Secondhandshop.

»Aha, du kommst also doch noch«, Jonnas Stimme bebte vor Wut. »Wie nett!«

Noora sagte nichts, nickte nicht einmal, versuchte aber, das Baby anzulächeln, was ihr nicht gelang. Sie nahm die Schultertasche ab und ließ sie unschlüssig in der Hand baumeln.

Das Baby ruderte zur Begrüßung mit den Armen, wollte aber nicht von Jonna weg. Nach einer Weile legte es den Kopf an Jonnas Schulter und steckte den Daumen in den Mund.

»Dir fällt nicht zufällig etwas auf?«, fragte Jonna schließlich, als das Schweigen lange genug gedauert hatte.

»Und was?«, fragte Noora zurück und sah sich ausdruckslos um. Alle Ständer und Regale waren mit Kleidungsstücken überladen, und auf dem Fußboden standen große Pappkartons, ebenfalls voll gestopft mit Kleidung.

Wenn es Jonna gelänge, auch nur einen Bruchteil davon zu verkaufen, dann würde der Laden florieren.

»Dein Kind hat nichts Anständiges an.« Jonna fasste das Baby unter den Achseln und hielt es hoch. »Es hatte nichts zum Wechseln dabei, weil seine Mutter vergessen hat, etwas einzupacken, und dieser Laden hat keine Kindersachen im Angebot. Die letzte Windel ist vor einer Stunde in den Müll gewandert und die Babynahrung ist alle. Das Glas war nicht einmal voll.« Jonna hob die Stimme. »Merituuli ist dein Kind, falls du es vergessen haben solltest.«

»Gib sie mir.« Noora nahm das Baby steif in den Arm. »Mamas kleiner Liebling …«, sagte sie, weil es sich so gehörte.

Das Baby begann zu weinen und krallte die erstaunlich scharfen, kleinen Fingernägel in ihre Wangen. »Könntest du …«

Ohne ein Wort zu sagen, riss Jonna das Kind wieder an sich. Sie fegte einen Stapel T-Shirts, die noch ausgezeichnet werden mussten, von einem Stuhl und setzte sich.

»Nun, und was hat man dir gegeben?«, fragte sie dann so ruhig wie möglich. Trotz allem tat Noora ihr irgendwie leid. In erster Linie ging sie ihr auf die Nerven, aber gleichzeitig tat sie ihr leid.

»Was meinst du?«

»Was hat dir der Arzt verschrieben?«, fauchte Jonna. Das Gefühl von Mitleid verschwand ebenso schnell, wie es gekommen war.

»Nichts«, sagte Noora ausdruckslos.

Sie stand immer noch mitten im Raum, hatte nicht einmal die nasse Jacke ausgezogen. Sie knackte wieder mit den Fingern.

»Wieso nicht, verdammt nochmal? Und hör mit dem schrecklichen Geknacke auf! Hast du ihm überhaupt richtig erklärt, was dir fehlt?«

»Ich habe es versucht, aber …«

»Du hast es also nicht gepackt«, unterbrach Jonna sie barsch. »Du bist hingegangen, hast aber deinen Mund nicht aufgekriegt. Ein Wunder, dass er dich nicht gleich sonst wohin geschickt hat.«

Noora fuhr zusammen. Sie würde nie im Leben zugeben, dass der Arzt ihr tatsächlich den Besuch beim Psychiater vorgeschlagen hatte.

»Ich habe es wirklich versucht«, sagte sie kraftlos. »Aber er hat bloß dauernd gesagt, dass Panikattacken eine Modekrankheit sind, und …«

»Von deinen Depressionen solltest du erzählen!«, unterbrach Jonna sie. »Gerade davon.«

»Ich bin nicht dazu gekommen, weil er bloß immer von diesen Panikattacken geredet hat. Er … ach, nichts.«

»Was heißt ›nichts‹?«, Jonna fing den Satzfetzen auf. »Was hat er sonst noch gesagt?«

»Nichts.« Noora starrte auf ihre Hände. »Na ja, er hat gesagt, ich soll mich beruhigen und zu *Stockmann* einkaufen gehen.«

»Großer Gott, was für ein Mistkerl! Wie hieß er? Ich ruf ihn an und mach ihn fertig.« Jonna geriet wieder in Fahrt. »Ärzte müssen ihre Patienten ernst nehmen. Wie hieß er?«, bohrte sie.

»Ich weiß nicht mehr. Mäkinen oder so ähnlich …, ich weiß es wirklich nicht mehr.«

»Etwa Mäkilä?«, fragte Jonna plötzlich.

»Kann sein«, sagte Noora fast eifrig und kramte in ihrer Tasche. »Warte mal, ich habe hier irgendwo die Rechnung, darauf steht bestimmt sein Name. Ja, hier ist sein Stempel, Sakari Mäkilä. Irgendwie ein seltsamer Typ.«

»Nun, da könnt ihr euch ja die Hand reichen«, murmelte Jonna in Merituulis Haar. Das Baby war in ihren Armen eingeschlafen. »Verrückt«, sagte sie dann laut.

»Wer?«, Noora versuchte zu lachen. »Ich oder der Mäkilä?«

Jonna antwortete nicht. Sie ging ins Hinterzimmer und legte das Baby vorsichtig in den Kinderwagen. Es schlug kurz die Augen auf und schlief sofort wieder ein. Der kleine Daumen wanderte in den Mund.

Vorn im Laden knarrte es, Noora hatte sich anscheinend endlich hingesetzt.

»Wir gehen mal gucken, was sie dort treibt«, flüsterte Jonna dem schlafenden Baby zu. Die Türöffnung war so eng, dass sie den Wagen nur mit Mühe hindurchbugsieren konnte.

Noora saß am Ladentisch und versuchte, ihr verschmiertes Augen-Make-up vorsichtig mit den Fingerspitzen abzuwischen, aber es zerlief nur noch mehr. Sie hielt den Spiegel auf Armlänge von sich, drehte den Kopf hin und her und steckte den Spiegel schließlich wieder in die Tasche. Als Jonna kam, erhob sie sich leicht, so als wollte sie in den Wagen schauen, ließ sich aber wieder auf den Stuhl fallen und blieb sitzen, die Hände im Schoß.

Jonna hob die T-Shirts auf, die sie auf den Fußboden geworfen hatte, legte sie auf den Ladentisch und faltete und stapelte sie ordentlich, nicht nach Größen, sondern nach Farben: Pink, Hellblau und Mintgrün. Nun muss nur noch der Sommer kommen, dachte sie sehnsüchtig.

»Du hast wenigstens eine gewisse Ordnung in deinem Leben«, sagte Noora plötzlich.

Das Schweigen hatte schon so lange gedauert, dass Jonna bei den Worten zusammenfuhr. Sie legte den Stapel mit den T-Shirts ins Regal und sagte nur, dass es eine Frage des Willens sei, Ordnung zu halten. »Dasselbe trifft angeblich auch auf die Liebe zu, das behaupten jedenfalls die Experten.« Und auf die Mutterschaft, fügte sie im Stillen hinzu. Diesen Satz laut zu äußern, konnte sie sich sparen. Es war sinnlos, einem Menschen helfen zu wollen, der ganz offensichtlich gar keine Hilfe wünschte.

Noora holte ihre Zigaretten aus der Tasche, aber noch ehe ihr Feuerzeug schnippte, explodierte Jonna: »Hier wird, verdammt nochmal, nicht geraucht! Und du rauchst doch auch eigentlich gar nicht«, fügte sie ein wenig sanfter hinzu. »Jedenfalls sollte es so sein.«

»Natürlich nicht.« Noora drehte die Schachtel in den Händen und steckte sie schließlich wieder ein. »Aber manchmal beruhigt es mich.«

»Na gut, wenn es unbedingt sein muss, dann stell dich vor die Tür«, willigte Jonna gnädig ein. »Immerhin ist ein Dach drüber. Außerdem schneit es gar nicht mehr.«

Noora schüttelte nur den Kopf und fragte dann, wann Jonna den Laden schließen wollte.

Jonna sah kurz nach draußen. Es hatte tatsächlich aufgehört zu schneien, aber der Himmel war noch so dicht bewölkt, dass es fast so dunkel war wie im Winter.

»Jetzt«, entschied Jonna und drehte das schwarz-weiße Emailleschild an der Ladentür um: *closed.* Es würde sich wohl kaum jemand beschweren, auch wenn der Laden an Werktagen offiziell von zehn bis siebzehn Uhr geöffnet hatte. Die letzte der insgesamt vier Kundinnen des Tages war um halb drei gekommen, hatte sich T-Shirts und Jeans angesehen und war schließlich, so wie die anderen vor ihr, stillschweigend gegangen, ohne etwas zu kaufen oder wenigstens anzuprobieren.

Der Handel ernährt seinen Mann, dass ich nicht lache, schimpfte Jonna im Stillen. Welcher Schlaumeier hatte sich das nur ausgedacht? Sie würde wieder bei ihrem Vater anklopfen müssen, da die Miete fällig war. Er würde nichts sagen und ihr das Geld brav überweisen, aber in seinem Blick würde sie den altbekannten Vorwurf lesen: Du solltest etwas Vernünftiges machen, zum Beispiel studieren oder dir einen richtigen Job suchen.

In Wahrheit hatte Jonna nicht die leiseste Absicht, ihr Leben zu ändern. Sie liebte ihren Laden und den Geruch und den Anblick gebrauchter Kleidung, ob nun genug Kunden kamen oder nicht. Außerdem war es heutzutage billig, Schulden zu machen, und ihr Vater würde nicht ewig leben. Danach wäre sie alle Sorgen los.

»Hast du Pläne fürs Wochenende?«, fragte sie in möglichst lockerem Ton. An das Erbe zu denken, das sie irgendwann in ferner Zukunft zu erwarten hatte, bereitete ihr stets Gewissensbisse. Schließlich war ihr Vater …, nun, er war immerhin ihr Vater.

»Pläne?«, für Noora ein Fremdwort. »Inwiefern?«

»Das weiß ich auch nicht. Irgendwelche. Deswegen frage ich ja. Wir denken uns etwas aus«, schlug Jonna dann vor, obwohl sie ursprünglich beschlossen hatte, das Wochenende ohne die Gesellschaft anstrengender Freundinnen zu verbringen. Sie hatte Nooras mangelnden Unternehmungsgeist und ihren ständigen Trübsinn, der sich immer mehr zu vertiefen schien, gründlich satt, aber am Ende siegte stets ihre Loyalität. Außerdem war sie ehrlich besorgt um Merituuli, mehr noch, sie hatte Angst um das Baby.

»Heute habe ich etwas vor, das heißt, ich muss etwas erledigen«, fuhr Jonna fort. »Aber was ist mit morgen oder Sonntag? Ich muss zwar das Schaufenster neu dekorieren, aber dafür brauche ich nicht das ganze Wochenende. Wir könnten einen Ausflug machen, zum Beispiel nach Seurasaari, dort bin ich zuletzt als kleines Kind gewesen. Merituuli könnte die Eichhörnchen füttern.«

»Sie versteht noch nichts von Eichhörnchen, dazu ist sie viel zu klein«, wandte Noora ganz vernünftig ein. Sie blickte in den Wagen, wo das Baby zufrieden schlummerte. »Eigentlich möchte ich bloß schlafen. Ich weiß nicht mal mehr, wann ich zuletzt eine ganze Nacht durchgeschlafen hab«, sagte sie leise. »Ich trage immer todmüde das Baby umher, und wenn es dann endlich eingeschlafen ist, finde ich keinen Schlaf. Merituuli hält mich jede Nacht wach, manchmal kommt es mir vor, als würde sie das absichtlich machen. Um mich zu quälen.«

»Unfug!«, sagte Jonna ärgerlich. »Merituuli ist ein kleines Baby und kann von solchen Dingen noch gar nichts wissen. Sie will auf deinem Arm sein, weil du ihre Mutter bist.« Trotz allem, fügte Jonna im Stillen hinzu. Sie wollte schon anbieten, Merituuli für eine Nacht zu sich zu nehmen, damit Noora notfalls rund um die Uhr schlafen konnte, tat es dann aber doch nicht. Irgendwann musste sich Noora an ihr Kind gewöhnen.

Jonna holte ihre Jacke und ihre Tasche aus dem Hinterzimmer und erklärte, dass sie jetzt auf jeden Fall gehen werde. »Ich müsste eigentlich auch etwas essen. Kommst du mit? Wir gehen rasch zu dir, ziehen Merituuli um und nehmen anschließend irgendwo einen Imbiss zu uns.«

»Danke, aber wir gehen jetzt einfach nur nach Hause.« Noora zog die Decke zurecht, knotete die Mütze des

Babys vorsichtig unter dem Kinn zusammen und befestigte das Verdeck des Wagens. Eigentlich hätte sie Merituuli in den Schlafsack stecken müssen, aber der Weg nach Hause war so kurz, dass die Kleine bestimmt nicht frieren würde. Ein Vorwand, in Wahrheit wollte Noora vermeiden, dass Merituuli dabei aufwachen und wieder ihr endloses Geschrei anstimmen würde.

»Ich nehme denselben Weg«, erklärte Jonna und schlüpfte in ihre abgetragene Lammfelljacke. Es war ein echtes Stück aus den Siebzigerjahren, abgeschabt und voller Patina. Jonna behauptete, die Jacke würde sogar nach der Linksbewegung jener Zeit riechen, jedenfalls würde sie sich nie von ihr trennen. Außerdem hatte sie in irgendeiner Zeitung einen berühmten schwedischen Gegenwartskünstler in haargenau dem gleichen Modell gesehen, sodass die Jacke auch absolut trendy war. Zwar war der Träger in diesem Fall ein Mann gewesen, aber das steigerte nach Jonnas Meinung nur den Wert des Kleidungsstücks.

Noora wohnte gleich um die Ecke auf der Fredrikinkatu.

»Man merkt, dass bald Ostern ist«, konstatierte Jonna, als sie die Haustür aufhielt, und dabei nickte sie in Richtung des leuchtend gelb dekorierten Schaufensters gegenüber, aber Noora schnaubte nur verächtlich, dass nichts sie weniger interessierte.

»Auch gut«, sagte Jonna frustriert. Es gab einfach absolut nichts, was Noora interessierte.

Jonna beugte sich über den Wagen, wischte eine winzige Speichelblase aus dem Mundwinkel des immer noch schlafenden Babys, tätschelte dann vorsichtig seine runde Wange und sagte, dass sie später am Abend anrufen werde.

»Du brauchst mich nicht zu bewachen«, sagte Noora in überraschend scharfem Ton, aber Jonna lachte nur und sagte, dass es ja wohl normal sei, sich um seine Freunde zu kümmern.

Sie wartete ab, bis Noora mit dem Kinderwagen im Fahrstuhl verschwunden war und wanderte dann langsam in Richtung Stadtzentrum. Sie müsste wirklich etwas essen, aber eigentlich hatte sie gar keinen Hunger. Besser wäre es, sie wartete und hielt sich an das altbewährte Prinzip: Papa bezahlt.

Am Ende der Uudenmaankatu trat sie in eine Bar und bestellte sich ein Bier.

»Ist dir ein Guinness recht?«, fragte der Barmann.

»Mehr als recht, danke.«

5

Nach Verlassen seiner Praxis machte Sakari Mäkilä einen Abstecher in die Markthalle von Hietalahti, um zu erkunden, was es Neues an der Antiquitätenfront gab. Er pflegte dort mindestens einmal pro Woche auf seinem Heimweg reinzuschauen und oft nahm er eine Kleinigkeit mit, einen Gegenstand, der interessant und eigentlich nutzlos war, den er aber trotzdem unbedingt haben wollte. Er hatte neuer Ware gegenüber stets eine gewisse Abneigung empfunden, sie kam ihm irgendwie seelenlos vor. Er pflegte sich damit zu brüsten, dass er zum Beispiel noch nie bei *IKEA* gewesen war und auch nie hingehen würde.

Vor der letzten Umgestaltung hatte sich die alte Halle zwei Jahre lang mit einem Angebot von Naturprodukten zu behaupten versucht, was sich natürlich nicht im Mindesten rentiert hatte. Im letzten Herbst war sie dann für Unternehmer der Antiquitätenbranche geöffnet worden und das hatte allen Unkenrufen zum Trotz funktioniert. Es mangelte nicht an Kundschaft, und für Händler, die einen Verkaufsstand mieten wollten, gab es sogar schon eine Warteliste.

Zuletzt hatte Mäkilä eine große Schaumkelle in Form eines Fisches aufgestöbert, die laut Aussage des Verkäufers benutzt wurde, um Fischstücke aus der Suppe oder Schaum von der Oberfläche zu schöpfen. »Also ein nettes Geschenk für jemanden, der gern kocht, aber schon alles hat«, hatte der Händler seine Ware angepriesen. Mäkilä war derselben Meinung gewesen und hatte für die Kelle fast einen Hunderter bezahlt.

Die Fischkelle hatte ein paar Tage auf der Arbeitsfläche in seiner Küche gelegen und war schließlich in einer Schublade gelandet, wo sie am Ende in Vergessenheit geraten würde. Mäkilä kochte nie zu Hause, ja, er dachte eigentlich nicht mal ans Essen. Entgegen allen Ratschlägen, die er seinen Patienten erteilte, aß er, wie es gerade kam, zumeist ungesund und vor allem unregelmäßig.

Heute hatte er, bevor er den Heimweg angetreten hatte, eine Mahlzeit verschlungen, die aus einem doppelten Hamburger bestand. Ich bin wirklich die schlechteste Reklame für meine Zunft, hatte er gedacht, aber das brauchten die Patienten ja nicht zu wissen. Unlängst hatte er von einem amerikanischen Journalisten gelesen, der sich einen Monat lang ausschließlich von Fastfood ernährt hatte. Der Mann hatte elf Kilo zugenommen und sämtliche Laborwerte hatten Purzelbäume geschlagen. Das hatte Mäkilä schon ein bisschen zu denken gegeben.

Mäkilä bummelte durch die Gänge der Halle und blieb stehen, um sich Erinnerungsstücke an die Olympischen Spiele von Helsinki anzusehen, kaufte aber am Ende nichts. Die Glasvitrine daheim in seinem Flur war schon so voll, dass nichts mehr hineinpasste. Über kurz oder lang müsste er sich eine zweite anschaffen, für die neben der alten sogar noch Platz war.

Zu Hause füllte sich Mäkilä zwei Fingerbreit Whisky in ein Glas, genau um sechs Uhr, als auf Kanal zwei die Nachrichten begannen. Er hatte sich angewöhnt, auf diese Weise sein Wochenende einzuleiten. Immerhin gibt es eine gewisse Regelmäßigkeit in meinem Leben, beglückwünschte er sich selbst und dachte, dass er jetzt gerne einen Irish Coffee trinken würde, aber er hatte keine Schlagsahne im Kühlschrank.

Eigentlich besser so, entschied er und befühlte den Wulst um seine Taille, der unmerklich Besorgnis erregende Ausmaße angenommen hatte. Er rechtfertigte es mit zu viel Arbeit und zu wenig Zeit fürs Fitnesszentrum, obwohl er selbst seiner Umgebung ständig predigte, dass alles eine Frage des Zeitmanagements sei.

Er hatte sich selbst zu Weihnachten eine Jahreskarte für ein teures Fitnesscenter geschenkt und dort innerhalb von knapp drei Monaten genau zwei Mal trainiert. Im Schlafzimmer hatte er eine Laufmatte und Hanteln, aber auch die dienten seit Langem hauptsächlich als Staubfänger.

Ich sollte mir eine Putzfrau nehmen, dachte er zerstreut, während er sich mit seinem Glas in den kugelförmigen Sessel aus durchsichtigem Plastik setzte, der von der Decke herabhing und der, außer dem Bett, das einzige moderne Möbelstück in seiner Wohnung war, allerdings war auch er inzwischen schon mehrere Jahre alt. Den Sessel hatte sich Mäkilä in einer momentanen Eingebung gekauft, so wie fast alles, was er besaß, sogar die Wohnung.

Mäkilä war vor zwei Jahren in die Dachwohnung des hellroten Hauses an der Ecke Kalevan- und Hietalahdenkatu gezogen. Draußen hatte ein Schild gehangen, das zur Besichtigung einlud, und Mäkilä war kurz entschlossen hineingegangen. Er hatte nicht die leiseste Absicht gehabt, aus seiner schönen Wohnung in Meilahti auszuziehen, aber als er wieder aus dem Haus herauskam, hatte er den unterschriebenen Vorvertrag in der Hand gehalten. Zwei Wochen später war er in die frisch renovierte Wohnung eingezogen und hatte sich zufrieden gesagt, dass er jetzt sehr bequem zur Arbeit kam, er brauchte nur von einem Ende der Kalevankatu zum anderen zu gehen. Auf sein Auto hatte er dennoch nicht verzichten mögen und sich ein paar Straßen weiter einen sündhaft teuren Garagenplatz gemietet. Dort stand sein geliebter alter BMW fast ungenutzt herum.

Die Wohnung, die aus einem großen, hohen Zimmer und einer geräumigen offenen Küche bestand, hatte keinen Meerblick, aber den vermisste Mäkilä auch nicht, denn er hatte sich nie etwas aus Segeln oder Seeleben gemacht. Er verstand nicht einmal, was so faszinierend daran sein sollte, aufs Meer zu starren, ihn langweilte das eher.

Die schmalen, an eine Kirche erinnernden Fenster des kombinierten Wohn- und Schlafzimmers gingen zur Straße hinaus, aber durch die großen Terrassenfenster der Küche konnte man den Schornstein von Sinebrychoff und die neuen Häuser im vorderen Teil des alten Brauereiviertels sehen, und über die schwarzen Blechdächer und das massive Gebäude der ehemaligen Technischen Hochschule hinweg sogar das obere Ende des Bulevardi.

Das ehemalige Restaurant *Bulevardia* sah man von hier aus nicht. Irgendwelche Banausen waren auf die Idee gekommen, die alte, traditionsreiche Stätte in ein Restaurant im Lapplandstil umzugestalten, das vor ein paar Tagen eröffnet worden war. Der unter Denkmalschutz stehende Raum im echten Funktionalstil war zwar erhalten geblieben, aber das hatte den Betreiber nicht daran gehindert, das Restaurant in *Saaga* umzubenennen und über das Geländer der oberen Etage Rentierfelle und anderen Touristenklimbim zu hängen.

Irgendjemand hatte das Essen des neuen Restaurants gelobt, aber Mäkilä hatte nicht die leiseste Absicht, es zu testen, er mochte Rentierfleisch nicht einmal. Wenn er dort vorbeikam, wechselte er sogar jedes Mal die Straßenseite, was allerdings ein wenig kindisch und pathetisch war, wie er sich eingestand. Aber mit dem Tag, da die Leuchtreklame des *Bulevardia* abmontiert worden war, war ein Stück der Seele von Helsinki verschwunden, fand er.

Mäkilä stellte das leere Whiskyglas auf die Spüle und trat an die Terrassentür. Der Schnee, der tagsüber auf die gebeizten Möbel gefallen war, war fast gänzlich geschmolzen und bildete kleine Pfützen auf den Fliesen. Aus den Balkonkästen ragten die vergessenen, schwarz gewordenen Strünke der Sommerblumen.

Ich müsste mir eigentlich wetterbeständige Sträucher anschaffen, dachte Mäkilä, während er die Terrassentür öffnete. Oder vielleicht ein, zwei kleine Bäume. In großen Kübeln aus Terracotta würden sie sich dort gut ausnehmen.

Die Terrasse lag geschützt hinter den Dächern des Häuserblocks, und es regte sich kaum einmal ein Windhauch. Während der endlosen Hitze des vergangenen Sommers war es dort viel zu heiß gewesen, sogar nachts hatte Mäkilä das Gefühl gehabt, in südlichen Breiten zu leben.

Er überquerte die Terrasse, beugte sich über das Geländer und spähte in die Wohnung, die gegenüberlag, eine Etage tiefer als die seine.

Beide Fenster waren dunkel.

Während sie mit ihrem Bier am Bartresen saß, versuchte Jonna einen Entschluss zu fassen: Sollte sie heute oder erst morgen ihren Überraschungsangriff auf den Vater starten? Am Ende neigte sie mehr und mehr zu der ersten Variante. Zwar hatte er am Telefon etwas von Bereitschaftsdienst erzählt, aber zumindest am frühen Abend würde er wohl zu Hause sein, das Wochenende war da eher ungewiss. Sie war sich diesbezüglich ja nicht einmal selbst schlüssig.

Außerdem hatte sie inzwischen wirklich Hunger. Mittags hatte sie sich lediglich ein Käsebrötchen aus einem Schnellimbiss geholt. Das Bier stieg ihr angenehm zu Kopf, machte sie zugleich leicht schwindelig – und vor allem hungrig.

»Noch eins?«, fragte der Barmann, als er ihr leeres Glas sah, aber Jonna schüttelte den Kopf und behauptete, dass das Spinning warte.

»Dann eben hinterher«, sagte er lächelnd und wandte sich dem Gast zu, der auf den benachbarten Hocker geklettert war.

Jonna wollte gar nicht zum Spinning. Sie hatte sich

einmal von einer Freundin dazu überreden lassen und es im Fitnesscenter ausprobiert, aber das hatte ihr gereicht. Am nächsten Tag hatten ihr sämtliche Knochen wehgetan. Sie hatte es als unangenehm empfunden, in dem großen Wandspiegel ihren kräftigen Körper in dem engen Trikot zu sehen, während um sie herum all die anderen Frauen, eine schlanker als die andere, geradelt und gesprungen waren oder getanzt, sich gedehnt und die Hanteln geschwungen hatten. Außerdem hatte es im Saal penetrant nach Schweiß gerochen und sie hatte schon in den ersten zehn Minuten Kopfschmerzen bekommen.

Jonna hatte entschieden, dass ihr die natürliche Bewegung ausreichte, nämlich der tägliche Fußweg von ihrer Wohnung in der Lönnrotinkatu zum Laden in der Iso Roobertinkatu und zurück. Das Auspacken, Sortieren und Aufhängen der Kleidung konnte ebenfalls halbwegs als Gymnastik gelten. Außerdem könnte sie sich noch so sehr abstrampeln, sie würde nie groß und schlank werden. Sie würde nie so aussehen wie Noora, die schon als kleines Mädchen auffallend schmal und langgliederig gewesen war.

»Noora …«, murmelte Jonna, während sie von der Bar nach Hause ging, und wählte wieder die vertraute Nummer. Keine Antwort. Eine SMS zu schicken war sinnlos, Noora würde sowieso nicht antworten.

Vielleicht hat Merituuli gegessen und schläft, dachte Jonna und versuchte, sich keine Sorgen zu machen. Vielleicht schlafen sie alle beide. Hoffentlich!

Jonna stellte im Flur ihrer Einzimmerwohnung eine große Tasche mit Kleidungsstücken ab, die ihr ein ehemaliges Fotomodel, das nicht mehr die früheren Traummaße besaß, zum Verkauf übergeben hatte. Es waren hochwertige Stücke, aber sie waren nicht ganz sauber, sodass Jonna sie übers Wochenende waschen und bügeln musste. Das Hinterzimmer des Ladens war so eng, dass nicht einmal die kleinste Waschmaschine, die es im Handel gab, hineingepasst hätte. So musste Jonna die Kleidung zu Hause für den Verkauf vorbereiten.

Sie hob die Post vom Fußboden auf und legte sie auf ein Beistelltischchen, ging aber nicht ins Innere der Wohnung. Sie hätte dort auch nichts zu tun gehabt. Das Bett war ordentlich gemacht, auf dem Spültisch stand kein einziges Stück schmutziges Geschirr und die Kleidung hing auf Bügeln im Schrank. Jonna hatte stets die Ordnung geliebt.

Die Wohnung war sowieso nur ein Stützpunkt, dachte sie, während der Fahrstuhl abwärts ratterte. Nichts als eine Adresse, eine Bude, aber kein Heim, in dem sie sich wirklich wohl fühlte. Vielleicht sollte sie sich eine Katze anschaffen, dann wäre wenigstens jemand da, der sie abends empfing.

Als Jonna in die Hietalahdenkatu einbog, verlangsamte sie instinktiv ihre Schritte. Anspannung befiel sie, so wie stets, und sie mochte das ganz und gar nicht. Sie konnte nicht einmal definieren, was es war, das dieses Gefühl in ihr auslöste. Die Treffen verliefen sowieso immer nach demselben Muster.

Jonna nahm den Fahrstuhl nach oben, stieg noch die halbe Treppe bis ins Dachgeschoss hinauf und blieb vor der Tür stehen.

Aus dem unteren Stockwerk tönte wilder Punk-Rock vom Ende der Siebzigerjahre, der wieder schwer im Kommen war. Dort wohnte angeblich die Tochter einer bekannten Schlagersängerin, deren Musikgeschmack allerdings stark abwich von der eher volkstümlichen Linie ihrer Mutter.

»Nanu!«, rief Sakari Mäkilä überrascht, als er die Tür öffnete, doch dann fiel ihm ein, dass Jonna am Nachmittag angerufen und ihr Kommen angekündigt hatte. Allerdings war nicht die Rede davon gewesen, um welche Uhrzeit oder an welchem Tag sie kommen würde.

»Soll das etwa eine Begrüßung sein?«, fragte Jonna gespielt verärgert. Die flapsigen Worte nahmen ihr ein wenig die Anspannung. »Ich darf wohl trotzdem reinkommen«, fuhr sie fort, als der Mann in der Tür sich nicht rührte.

Mäkilä trat zur Seite und Jonna rauschte an ihm vorbei, tätschelte ihm flüchtig die Wange und hängte ihre Jacke über einen alten Holzhocker, der aus einer ehemaligen Schusterwerkstatt stammte. Mäkilä nannte das Ding Schemel, aber Jonna fand es vor allem hässlich, so wie fast alle anderen antiken Stücke in seiner Wohnung.

»Ich habe doch am Telefon gesagt, dass ich kommen würde«, fügte sie hinzu und kreuzte die Arme über der Brust. »Und da bin ich nun.«

»Wie man sieht«, Mäkilä lachte. »Und da du einmal hier bist, tritt näher.«

»Wohin? In die Küche oder in den so genannten Salon? Oder darf ich erst einen Rundgang machen? Hast du irgendwas Neues oder vielmehr Altes erworben?«

»Sieh dich nur um«, antwortete Mäkilä auf den Wortschwall. Wenn Jonna bei diesen gelegentlichen Treffen angespannt war, so war er selbst eher verwirrt. Er wusste nicht recht, wie er mit seiner Tochter umgehen sollte.

Meine Tochter … Mäkilä sprach es sich im Stillen vor. Jonna war seine Tochter, darüber gab es Tests und Dokumente und alles. Trotzdem blieb ihm das Wort fremd. Das Ganze ging auf eine lose Beziehung in Studentenzeiten zurück, man hatte getrunken, war im Bett gelandet und hatte das dann mit wechselndem Erfolg noch eine Zeit lang praktiziert. Bis das Mädchen eines Tages mit der Nachricht erschienen war, dass Sakari Vater werde. Er hatte seine Zahnbürste im Badezimmer ihrer WG untergebracht, obwohl beide gewusst hatten, dass das Zusammenleben nicht klappen würde. Von einer möglichen Heirat war nicht einmal die Rede gewesen und nach ein paar Monaten war er stillschweigend ausgezogen. Nach der Geburt des Kindes hatte er einen überdimensionalen Blumenstrauß und einen kleinen, hellbraunen Teddy in die Klinik gebracht, anschließend war er in die nächste Kneipe gegangen und hatte sich voll laufen lassen. Er hatte irgendeinen großen Gefühlssturm erwartet, aber der war ausgeblieben.

Kurz darauf hatte er sich einem Vaterschaftstest unterzogen, eine demütigende Befragung durch einen Sozialbeamten, die eher an ein Polizeiverhör erinnerte, über sich ergehen lassen, und anschließend die Papiere unterschrieben. Bald darauf waren Mutter und Tochter nach Savonlinna gezogen.

Obwohl die Vaterschaft ihn immer noch irritierte, erkannte er sich in seiner Tochter längst wieder: Sie hatten beide das gleiche dunkle, lockige Haar, die gleichen kleinen, braunen Augen, den gleichen stämmigen Körperbau.

Als Jonna achtzehn geworden war und die weiße Studentenmütze erobert hatte, war sie nach Helsinki gezogen. Von einem Studium war die Rede gewesen, aber daraus war bis heute nichts geworden. Mäkilä hatte seiner Tochter anlässlich ihrer Volljährigkeit eine Einzimmerwohnung in der Lönnrotinkatu gekauft und sie bei der Gelegenheit beiläufig gefragt, ob sie je daran gedacht habe, den Familiennamen Mäkilä anzunehmen.

»Warum, in aller Welt, sollte ich das tun?«, hatte sie verwundert gefragt.

»Nun, weil ich immerhin dein Vater bin und ....«, hatte er gestammelt und sie hatte geschnaubt: »So what? Ich habe immer Kaarela geheißen und der Name ist völlig in Ordnung. Ich gedenke ihn nicht abzulegen, auch nicht, falls ich mal heiraten sollte, was allerdings höchst unwahrscheinlich ist.«

Bald darauf war Jonnas Mutter ihrem neuen Mann nach Frankreich gefolgt, aber auch das hatte nichts an der Situation geändert. Die Beziehung zwischen Vater und Tochter war kaum enger und die Treffen waren nicht zahlreicher geworden. Als Mäkilä in seine neue Wohnung gezogen war, hatte er Jonna einen eigenen Schlüssel gegeben, den sie bisher kein einziges Mal benutzt hatte. Obwohl er versuchte, nicht daran zu denken, wusste er sehr wohl, dass die Tochter hauptsächlich dann erschien, wenn sie Geld brauchte. Er hätte es gern gesehen, wenn sie auch mal etwas anderes gebraucht hätte.

»Möchtest du etwas trinken?«, fragte Mäkilä, als Jonna sich in der Wohnung umgesehen hatte und in die Küche kam. »Kaffee vielleicht? Oder einen Whisky?« Er schwenkte sein Glas, das er in der Hand behalten hatte, als es an der Tür geklingelt hatte.

»Bäh, nein! Ich verabscheue Whisky.« Jonna trat an die Spüle und ließ sich Leitungswasser in ein Glas laufen. Sie benimmt sich wie zu Hause, trotz allem, dachte Mäkilä erfreut.

»Eigentlich habe ich Hunger«, erklärte sie. Über die

anderen Probleme sprach sie wohl besser erst später. »Lass uns essen gehen, falls du nichts anderes vorhast. Hier zu Hause hast du ja sowieso nichts vorrätig«, fügte sie hinzu und öffnete zur Bestätigung ihrer Worte den fast leeren Kühlschrank.

»Vermutlich hast du auch schon entschieden, wo wir essen«, sagte Mäkilä lachend, worauf Jonna zugab, dass dem tatsächlich so war: »Ich möchte Fisch oder irgendwelche Meersfrüchte. Lass uns ins *Merimakasiini* gehen. Dort gibt es Schnecken als Vorspeise.«

Die sind allerdings keine Meeresfrüchte, dachte Mäkilä bei sich und sagte, dass er sich nur rasch duschen und umziehen wolle.

Bald darauf ertönte Wasserrauschen im Badezimmer. Jonna öffnete zum Zeitvertreib die Schubladen und Schränke und bestaunte die fischförmige Schöpfkelle.

Wozu mag die wohl dienen?, fragte sie sich und blieb mit der Kelle in der Hand vor dem Terrassenfenster stehen.

Die Silhouette des Sinebrychoff-Viertels zeichnete sich pechschwarz vor dem Himmel ab, der von den Lichtern der Stadt rot gefärbt war. Fast wie ein Gemälde, dachte Jonna ein wenig neidisch. Durch die Fenster ihrer Einzimmerwohnung in der Lönnrotinkatu sah sie lediglich die schmutzig graue Wand des Industriegebäudes von gegenüber. Andererseits kostete sie das Ganze nichts.

Jonna öffnete die Tür und ging über die Terrasse, wobei sie den Pfützen auswich. Sie hatte stets unter Höhenangst gelitten, weshalb sie sich mit beiden Händen am Geländer festhielt, als sie äußerst vorsichtig in die Hofschlucht hinabblickte.

Im selben Moment ging das Licht in der Wohnung gegenüber an. Ein Mann in einem grauen, schweißdurchtränkten Kapuzenshirt kam ans Fenster.

Jonna trat erschrocken zurück, aber sie war bereits bemerkt worden. Der Mann öffnete langsam den Reißverschluss, entledigte sich der Jacke und ließ sie auf den Fußboden fallen. Die kurzen Ärmel des weißen T-Shirts spannten über den trainierten Muskeln. Auf dem linken Arm hatte er ein längliches, verschnörkeltes Tattoo.

Als sich Jonna umwandte, um in die Wohnung zurückzugehen, zauberte der Mann ein Lächeln hervor und schickte ihr eine schwungvolle Kusshand.

»Gehen wir?«, Mäkilä war in der Küche aufgetaucht, das zerzauste Haar noch ein wenig feucht.

»Unbedingt, ich sterbe fast vor Hunger.«

Jonna schloss sorgfältig die Terrassentür, drehte sich um und sah ihren Vater an. Ein verlegenes Lächeln lag auf seinem Gesicht und in diesem Moment kam ihr ein Gedanke, den sie jedoch sofort wieder verwarf.

Er ist einfach nur mein Vater, sagte sie sich. Und alles andere geht mich nichts an.

6

Um Viertel nach acht bekam Jonna im *Merimakasiini* bereits die zweite, nach Knoblauch duftende Schale mit Schnecken vorgesetzt. Sie hatte dem Küchenpersonal das Leben leicht gemacht, indem sie sowohl als Vor- als auch als Hauptgericht Schnecken bestellt hatte. Mäkilä hingegen hatte erst eine Bauernpastete und als Hauptgericht gegrillten Zander gewählt, obwohl er viel lieber ins nahe gelegenen *Salve* gegangen wäre und gebratene Strömlinge gegessen hätte. Eine zwanzigjährige Frau würde allerdings schwerlich Sinn für die Nostalgie der alten Seemannskneipe aufbringen, weshalb er gar nicht erst versucht hatte, Jonna zu überreden.

»In meiner Studentenzeit haben wir oft frische Petersilie gegessen, um unsere Alkoholfahne vom Vorabend zu überdecken, wenn wir in die Vorlesung gingen«, erzählte Mäkilä. »Du könntest dasselbe versuchen.«

»Warum?« Jonnas Schneckengabel verharrte auf halbem Weg. »Ich trinke ja Wasser, wie man sieht.«

»Ich dachte nur, dass die Petersilie vielleicht auch gegen Knoblauchgeruch hilft.«

»Warum?«, wiederholte Jonna. »Ich mag Knoblauchgeruch, sowohl frischen als auch alten. Mich stört er wirklich nicht.«

»Aber möglicherweise deine Kunden, wenn du diese ... Kleidung verkaufst.« Mäkilä schluckte, denn beinah hätte er ›Lumpen‹ gesagt.

Mäkilä war nur ein einziges Mal in Jonnas Laden gewesen und er hatte sich unwohl und überflüssig gefühlt. Er hatte aus Höflichkeit ein glänzendes, knallblaues Trikot in die Hand genommen, hatte etwas von hellen und leuchtenden Farben gemurmelt und war geflüchtet. Er hatte mit Jonnas Geschäften absolut nichts am Hut – außer in seiner Eigenschaft als Mietzahler. Jetzt hatten sie sich ja erst mal nur ganz allgemein unterhalten, hatten über dies und das geplaudert, aber zweifellos würde auch heute Abend die Rede aufs Geld kommen – früher oder später.

»Meine Kunden sind sowieso ein buntes Völkchen«, Jonna winkte unbekümmert ab. »Die riechen selber nach allem Möglichen. Außerdem ist der Laden über das Wochenende geschlossen, ich könnte also sogar einen ganzen Knoblauchzopf essen.«

Sie sah ihren Vater von unten her an und konzentrierte sich dann darauf, ein Stück Baguette in die zerlassene Butter zu tauchen.

Mäkilä goss sich Weißwein nach, trank ein paar Schlucke und fragte dann kurz und bündig: »Wie viel?«

Jonna steckte das Baguettestück in den Mund und antwortete ebenso kurz: »Die Mieten.«

Ein langer Seufzer war zu hören und der Stuhl knarrte, als Mäkilä die Stellung wechselte. Die Tochter hatte im Plural gesprochen – also ging es um die Miete sowohl für die Wohnung als auch für den Laden.

Jonna erwartete keine Predigten und Ermahnungen, da sie wusste, dass es keine geben würde. Im Blick des Vaters lag jedoch wieder der altbekannte Vorwurf: Warum fängst du nicht endlich etwas Ordentliches an?

Jonna gab keine Erklärungen ab und verteidigte sich auch nicht, denn das brauchte sie nicht zu tun. Sakari Mäkiläs schlechtes Gewissen hörte nie auf, ihn zu belasten, aber mit Überweisungen konnte er es für eine Weile beruhigen. Er würde immer zahlen.

»Also die Mieten«, wiederholte Mäkilä. »Na gut, für dieses Mal wieder ...«

»Und ein bisschen was extra«, unterbrach Jonna ihn schnell. Der Baguettekorb war leer, sodass sie sich damit begnügte, ihre fettigen Finger abzulecken.

»Wofür?«, fragte Mäkilä scharf.

»Nun, für all die Dinge, für die eine gesunde, junge Frau nun mal Geld braucht«, Jonna breitete die Hände aus und lachte schrill. »Für Männer und Schnaps und Partys und so was alles. Du warst ja auch mal jung«, sagte sie dann. »Allerdings wirst du wohl kaum Geld für Männer gebraucht haben.« Sie sah ihn wieder von unten her an.

»Allerdings nicht.« Mäkilä zog die Brieftasche aus der Innentasche des Jacketts. »Wie viel also?«

»Wenn du die Mieten direkt auf mein Konto überweist, dann vielleicht noch etwa …«, Jonna räusperte sich. Wieder wurde sie nervös, die Situation war immer wieder aufs Neue unangenehm, obwohl sie den Ausgang kannte. »Wie wäre es mit … zum Beispiel zwei, drei Hundertern«, sagte sie dann wie beiläufig. Wenn man die Summe schnell nannte, hörte sie sich gleich viel kleiner an.

»Altes Geld oder Euro?«

»Wer benutzt denn noch altes Geld«, murmelte Jonna. »Ich meine natürlich zweihundert Euro – oder eigentlich dreihundert, genauer gesagt.«

»Ich muss zum Geldautomaten gehen.« Mäkilä seufzte und steckte die Brieftasche wieder ein. Er hatte den Betrag in Gedanken in Finnmark umgerechnet und fand, dass dreihundert eigentlich mehr waren als ›ein bisschen was extra‹. Eigentlich müsste er darauf bestehen, dass seine Tochter ihm sagte, wofür sie das Geld brauchte, aber das tat er ja nie.

Unbewusst fürchtete Mäkilä, mit zu viel Neugier die Tochter ganz aus seinem Leben zu vertreiben. Anders als mit dem Portmonee in der Tasche vermochte er sich ihr nicht zu nähern. Er hatte im Gunde genommen keine Vorstellung vom Leben einer jungen Frau, hatte sie nie gehabt.

Jonna wischte sich verstohlen die Oberlippe mit der Serviette ab. Die Erleichterung hatte kleine Schweißperlen hervorgetrieben, aber jetzt würde sie wieder ruhig atmen und die Sorgen beiseite schieben können, zumindest für einen Monat.

Sie legte die zusammengefaltete Serviette auf den Tisch und blickte versonnen auf das leere Werftbecken von Hietalahti.

Mitte Februar war dort ein neu gebautes, prächtiges Kreuzfahrtschiff vom Stapel gelaufen. Einige eifrige alte Damen hatten sich extra vor Ort eingefunden und sich gründlich geärgert, als sich herausstellte, dass die *Carnival Miracle* schon zwei Stunden vor dem angekündigten Termin Hietalahti verlassen hatte. Bei blassem Sonnenschein und Minusgraden war das Schiff, von Schleppern begleitet, zunächst nach Katajanokka und von dort in wärmere Gewässer nach Florida gefahren. Es war das letzte in einer Serie von riesigen Kreuzfahrtschiffen gewesen und der Werft lagen keine weiteren entsprechenden Aufträge vor. Nur ein Eisbrecher, der für Russland bestimmt war, stand momentan auf der Liste.

Wie es wohl wäre, mal eine Kreuzfahrt in die Karibik oder auch nur ins Mittelmeer zu machen?, fragte sich Jonna. Eigene Erfahrungen hatte sie nur von ein paar Schiffsfahrten nach Schweden oder Tallinn; zu den seltenen Urlauben im Süden und, als Gymnasiastin, zu den Sprachkursen nach England war sie natürlich geflogen.

Mäkilä schob die Weinkaraffe beiseite und rief nach der Kellnerin. Nach einem Blick in die Dessertkarte bestellte er für sich nur einen Espresso und einen Kognak.

»Für mich auch«, sagte Jonna. »Außer dass ich einen Cappuccino ohne Kognak nehme. Warum bist du übrigens nicht bereit, Medikamente gegen Depressionen zu verschreiben?«, fragte sie dann plötzlich, als die Kellnerin gegangen war.

»Wieso?«, Mäkilä war überrascht. »Wovon sprichst du eigentlich?«

»Von einer Bekannten«, sagte Jonna. Wieder wurde sie nervös, aber sie musste weiterreden, da sie einmal davon angefangen hatte. »Sie war heute in deiner Sprechstunde. Noora Leppänen – groß, blond und schön.«

Die Beschreibung hätte sie nicht mitzuliefern brauchen, denn Mäkilä erinnerte sich ausgezeichnet an das Mädchen – die junge Frau. Seine Gedanken waren noch bei Noora Leppänen gewesen, als sich der nächste Patient bei ihm Linderung für eine hartnäckige Grippe geholt hatte.

»Hast du sie zu mir geschickt?«, fragte er vorsichtig. Über diese Dinge durften sie eigentlich nicht reden.

»Natürlich nicht«, schnaubte Jonna. »Ich bin schließlich nicht deine Sprechstundenhilfe. Es war purer Zufall. Aber warum hast du ihr nichts verschrieben?«, bohrte sie weiter. »Sie hat es momentan wirklich schwer, sie ist irgendwie total durch den Wind. Und dann hat sie noch das Baby. Ich weiß nicht, aber vielleicht leidet sie an einer postnatalen Depression oder so was Ähnlichem.«

Eine Geburt? Von einem Baby hatte Noora Leppänen nicht gesprochen, sie hatte ja ohnehin kaum etwas gesagt, und Mäkilä konnte sich auch nicht vorstellen, wie sie einen Kinderwagen schob. Laut bemerkte er nur, dass er nichts über seine Patienten erzählen durfte, absolut gar nichts.

»Aber Noora ist meine Freundin«, beharrte Jonna. »Und sie hat es wirklich schwer.«

»Das ändert nichts an der Tatsache«, erklärte Mäkilä kühl. Er erinnerte sich, dass er der Patientin den Besuch bei einem Psychiater vorgeschlagen hatte, aber vielleicht hatte sie sich gar keinen Termin geben lassen. Er nahm sich vor, das am Montag zu überprüfen, auch wenn es ihn eigentlich nichts mehr anging.

»Das Kind hat doch sicher auch einen Vater«, sagte er barsch und bereute es sofort. Er war nun wirklich der Allerletzte, dem es zustand, von Vaterschaft zu reden.

»So wie wir alle«, sagte Jonna nur und musterte ihn mit einem schrägen Blick. »Aber der Vater des Babys gehört nicht hierher. Warum kannst du ihr nichts verschreiben, und sei es nur ein ganz leichtes Beruhigungsmittel?«

»Dieses Gespräch ist hiermit beendet«, Mäkilä begann sich zu ärgern. »Ein für alle Mal: Ich spreche nicht über meine Patienten.« Vor allem nicht mit meiner Tochter, hätte er am liebsten hinzugefügt.

Jonna seufzte und gab es auf. Sie hatte keine Lust, sich einen Vortrag über ärztliche Schweigepflicht und sonstige ethische Prinzipien anzuhören. Trotzdem …

»Ich könnte noch auf einen Absacker mit zu dir kommen, wenn du am Bankautomaten gewesen bist«, schlug sie dann plötzlich vor. »Das heißt, wenn es dir passt.«

Mäkilä sah auf die Uhr und sagte mit einem matten Lächeln, dass es sich in dem Fall wohl eher um einen Schlummertrunk handle.

»Ist ja egal, Trunk ist Trunk«, winkte Jonna ab. »Lass uns die Rechnung bestellen.«

›Uns‹ …, Mäkilä grinste innerlich und zückte die Kreditkarte. Er würde zu gern mal den Tag erleben, an dem seine Tochter die Rechnung bezahlte.

Am Ende wollte Jonna dann weder einen Absacker noch einen Schlummertrunk. In Mäkiläs Küche bat sie nur um ein Glas Vichywasser, trank es schnell aus und erklärte, dass sie noch rasch ins Bad gehen wolle.

Das Badezimmer mit den tintenblauen Fliesen und dem blinkenden Edelstahl war geräumig und außerordentlich gut ausgestattet. Jonna zog die Toilettenspülung und öffnete Schränke und Schubladen. Kurz darauf zog sie erneut die Spülung und stöberte weiter.

Zur selben Zeit, als sich Jonna von ihrem Vater verabschiedete und die Treppe hinunterlief, öffnete Eila Airaksinen leise ihre Wohnungstür und horchte, die Hand noch auf der Klinke.

Was war das jetzt? Das Geschrei hatte ganz plötzlich aufgehört. Aus einer der oberen Etagen waren leises Poltern und gedämpfte Musik zu hören, aber sonst war es im Treppenhaus geradezu unnatürlich still. Auch die Ampel draußen an der Kreuzung stand wohl gerade auf Rot, denn es waren keine Geräusche vorbeifahrender Autos zu hören. Und der übliche Freitagabendlärm auf der Straße hatte auch noch nicht richtig begonnen, wenn der allerdings erst einmal einsetzte, würde er bis zum Morgen anhalten. Eila hatte nie verstanden, warum viele Kneipen neuerdings erst gegen vier Uhr schlossen. Sollten die Leute doch zu Hause saufen, das wäre viel billiger.

Eila wollte gerade ihre Tür zuziehen, als das Geschrei wieder einsetzte. Durchdringendes, wütendes Kinderweinen.

»Das muss aufhören!«, schimpfte Eila laut und griff sich die Schlüssel vom Flurtisch. Tag für Tag dasselbe Theater. Jetzt würde sie hinaufgehen und ein paar unmissverständliche Worte sagen. »Und du bleibst drinnen!«, befahl sie der Katze, die um ihre Beine strich.

Eila stieg die Treppe hoch, blieb stehen und lauschte. An der Tür war mit Reißzwecken eine kleine, weiße Karte befestigt, und der Name darauf war so schnörkelig geschrieben, dass man ihn kaum lesen konnte: *Noora Leppänen.*

Nun, die junge Frau hatte sicher ihren Einzug gemeldet, aber es würde natürlich ewig dauern, bis die Wohnungsgesellschaft ein anständiges Namensschild anbrachte, dachte Eila gnädig. Früher, zu den guten alten Zeiten, war es anders gewesen, da hatten sich Hausmeister um die Mieter gekümmert und das Treppenhaus sauber gehalten.

Eila drückte das Ohr an die Tür und horchte, ob es außer dem Geschrei noch andere Geräusche gab. Nichts. Das arme Baby war hoffentlich nicht allein gelassen worden? Heutzutage las man ja fast täglich Schreckensmeldungen von vernachlässigten und misshandelten Kindern.

Die Leute sollten sich keine Kinder anschaffen, wenn sie nicht in der Lage sind, für sie zu sorgen, dachte Eila streng und drückte auf die Klingel.

Bald waren schlurfende Schritte zu hören, so als bewegte sich ein alter Mensch in Filzpantoffeln. Vielleicht hütete die Großmutter das Kind und wusste nicht mehr recht, wie man ein Baby beruhigte?

Dann rasselte die Sicherheitskette und die Tür wurde einen Spalt breit geöffnet.

»Ja?«, ein blasses Gesicht zeigte sich.

»Das Kind schreit«, sagte Eila vorwurfsvoll und beschloss gleichzeitig, sich nicht von der Stelle zu rühren. Falls die Frau die Tür schließen würde, würde sie erneut klingeln, so oft wie nötig. »Es schreit auch heute schon wieder ununterbrochen seit ...«, Eila sah auf ihre Uhr mit dem breiten Armband, »ich weiß nicht mal, seit wann.«

Noora zwinkerte und sagte kein Wort, öffnete auch die

Tür keinen Zentimeter weiter. Ihre mageren Finger pressten sich um den Kragen des schwarz gemusterten Morgenmantels.

»Hören Sie«, Eila stellte sich breitbeinig hin. Sie legte Wert auf gute Manieren und aufs Siezen. Auch beim Einkaufen ließ sie sich in den Geschäften nie auf den vertraulichen Ton der jungen Verkäuferinnen ein, denn das Du anzubieten stand der älteren Person zu. »In der Sache muss etwas unternommen werden. Oder wollen Sie das Haus wieder die ganze Nacht wach halten?«

»Nein ...« Die schmale Hand schob fahrig eine Locke hinter das Ohr. »Ich kann sie einfach nicht dazu bringen aufzuhören«, sagte Noora dann so leise, dass Eila sich anstrengen musste, die Worte zu verstehen.

Irgendetwas an der Hilflosigkeit der jungen Frau rührte sie plötzlich so sehr, dass ihr ein Kloß in die Kehle stieg. In ihr erwachte die Helferin. Das geschah über kurz oder lang immer; ihr ganzes Leben lang hatte sie eigentlich anderen geholfen, nur nicht sich selbst.

»Vielleicht kann ich ...«, Eila schob die Hand durch den Türspalt und klopfte Noora freundschaftlich auf die Schulter. »Lassen Sie es mich mal versuchen«, sagte sie munter, drückte die Tür auf und schob sich energisch hinein. Noora versuchte nicht einmal, sie daran zu hindern, sondern zog nur den Gürtel ihres Morgenmantels enger und knackte mit den Fingern.

»Hier ist es ein bisschen ...«, sagte sie dann, lachte tonlos und wäre beinah gegen Eila geprallt, die mitten im Flur stehen geblieben war.

»Ja, allerdings.« Eila sah sich missbilligend um und äußerte dann laut ihre Verwunderung darüber, wie ein Mensch so leben konnte. Sie legte zwar Wert auf gute

Manieren, doch allzu viel Feingefühl war ihrer Meinung nach eher dazu angetan, die Dinge zu verkomplizieren. »Sind Sie nicht schon vor etlichen Tagen hier eingezogen?«

»Schon vor mehr als einer Woche, aber ich habe es nicht geschafft …«, murmelte Noora, »also mir fehlte einfach die Kraft …«

In der kleinen Wohnung herrschte totales Chaos. Der Blick fiel auf ein breites, ungemachtes Bett und einen großen, runden Tisch, ansonsten war der Raum voller größerer und kleinerer Pappkartons, aus denen Kleider und Hosen, Blusen und Jacken und Kinderkleidung quollen. An einer Wand stand ein halb leerer Kleiderwagen, daneben prangten zwei Stapel mit noch nicht ausgepackten Umzugskisten. Wer weiß, was die pro Tag an Miete kosten, fragte sich die praktisch denkende Eila.

Und mitten im Zimmer stand das Kinderbett. Durch die Gitterstäbe war ein wütendes, feuerrotes Gesicht zu sehen mit einem Mund, der in diesem Moment für weiteres Geschrei Luft holte.

»Ach du liebe Güte!« Eila stieß gegen zwei Pappkartons, als sie zum Bett eilte. Sie hob das zappelnde und strampelnde Baby hoch und drückte es fest an sich.

Noora verfolgte das Geschehen, als handle es sich um ein Schauspiel. Der rettende Engel kommt, schwenkt seinen Zauberstab und Ruhe und Frieden legen sich über das Land. Jene grauhaarige Frau hatte allerdings nichts von einem Engel an sich, sie wirkte ganz alltäglich, trat aber sicher und resolut auf.

»So ist es gut, so ist es gut«, plapperte sie zu dem Baby, während sie über sein seidiges Haar strich. »Braves Mädchen …« Sie sah forschend in die dunkelblauen Augen. »Bist du überhaupt ein Mädchen? Bei so Kleinen kann man das noch nicht einschätzen und an der Kleidung ist es heutzutage nicht immer zu erkennen.«

»Ja, es ist ein Mädchen«, sagte Noora. »Sie heißt Merituuli.«

»Ein schöner Name und ein schönes Baby«, Eila lächelte. Das Baby erwiderte das Lächeln und in seiner linken Wange erschien ein tiefes Grübchen. Anschließend versuchte es, in Eilas Armbanduhr zu beißen. »Diese junge Dame müsste wohl gefüttert werden. Wann hat sie zuletzt etwas bekommen? Stillen Sie noch?«

»Nein, ich habe nie ...«, Noora erschrak über die direkte Frage. »Aber die Kleine hat gut gegessen«, erklärte sie dann unbestimmt. »Ihr Appetit lässt nichts zu wünschen übrig, aber ...«

»Und der Schnuller?«, fragte Eila, wobei sie sich umsah.

»Merituuli mag keine Schnuller. Ich habe die unterschiedlichsten Modelle und Farben ausprobiert, aber sie spuckt alle aus.«

»Nun, dann Milch«, entschied Eila und marschierte ohne zu fragen und mit dem Baby im Arm in die Küche, wo ein ähnliches Chaos herrschte wie im Wohnzimmer. Nur ein Teil des Geschirrs war ausgepackt und stand auf dem kleinen Tisch und in den Schränken. Im Abtropfgitter der Spüle entdeckte Eila immerhin eine ganze Reihe von sauber aussehenden Flaschen und Nuckeln.

Sie goss Milch, die sie im Kühlschrank gefunden hatte, in eine Flasche und erwärmte sie in einem kleinen Kochtopf. Kurz darauf griff Merituuli mit beiden Händen nach der Flasche und nuckelte gierig.

»Nun, Milch scheint ihr immerhin zu schmecken. Entschuldigung, ich habe mich noch gar nicht vorgestellt«, sagte Eila, als sie mit dem Baby wieder ins Zimmer kam.

»Ich bin Eila Airaksinen aus dem ersten Stock. Wir wohnen sozusagen übereinander.«

»Ich bin einfach Noora.«

»Wieso einfach?«, fragte Eila. »Noora ist ein schöner Name, genau wie Merituuli, und er stammt sogar aus einem berühmten Schauspiel«, ergänzte sie. Noora hatte keine Ahnung, wovon die andere sprach, mochte aber nicht fragen.

Eila trat ans Fenster, wobei sie das Baby im Arm wiegte. Vorhänge gab es natürlich nicht, aber immerhin Jalousien, die wahrscheinlich vom Vormieter stammten.

»Nicht!«, rief Noora sofort, als Eila versuchte, die geschlossenen Streben ein Spalt breit zu öffnen. »Ich ertrage kein … Die Straßenlampe scheint direkt herein, ich mag das nicht.«

Was für ein lichtscheuer Mensch, wunderte sich Eila. Im Zimmer war es schummerig, nur eine Stehlampe in der Ecke gab ein wenig Licht. Von der Decke hing eine Strippe mit einer Lampe, die wie ein Zuckerklumpen geformt war.

Nach einer Weile polterte es, das Milchfläschchen fiel zu Boden. Eila drückte das Baby an ihre Schulter und klopfte behutsam seinen Rücken, bis es ein Bäuerchen machte. Anschließend legte sie es wieder ins Gitterbett und deckte es sorgfältig zu. Der Kleinen fielen bereits die Augen zu und bald schlief sie ein.

»Jetzt dürfte sie erst mal eine Weile schlafen«, flüsterte Eila zufrieden. »Und falls es Probleme gibt, kommen Sie einfach runter und klingeln Sie bei mir. Oder rufen Sie an, die Nummer steht im Telefonbuch.«

»Danke.« Mehr fiel Noora nicht ein, obwohl sie fieberhaft überlegte. Sie wusste schlicht und einfach nicht, wie sie sich dieser resoluten älteren Frau gegenüber verhalten sollte. Außerdem schämte sie sich für das Chaos, für ihre eigene Hilflosigkeit, einfach für alles.

»Nichts zu danken.« Eila tätschelte ihr mütterlich die Wange. »Es war ganz selbstverständliche Nachbarschaftshilfe. Ihr beide werdet schon klarkommen. Mit Babys ist es anfangs stets etwas schwierig.«

»Hast du …, Entschuldigung, ich meine, haben Sie selbst auch …«

»Wir können uns ruhig duzen, nachdem wir uns nun schon kennen gelernt haben«, unterbrach Eila sie laut. »Ich bin Eila.«

»Nun, dann …«, Noora zog rasch ihre Hand zurück. »Und nochmals danke.«

Bevor sie ging, betonte Eila, dass sie wirklich meinte, was sie gesagt hatte: Noora konnte sich jederzeit an sie wenden.

»Du kannst auch einfach nur zum Reden vorbeikommen«, sagte sie. »Ich habe wahrlich nicht oft Besuch.« Und endlos viel Zeit, fügte sie im Stillen hinzu.

In der Einzimmerwohnung im ersten Stock saß die Katze immer noch auf der Fensterbank, ihrem Lieblingsplatz. Eila streichelte das dichte Fell und verfolgte dabei den Streit eines bereits stark angeheiterten Paares vor dem Restaurant *Kynsilaukka.* Die beiden konnten sich anscheinend nicht einigen, wohin sie als Nächstes gehen sollten, und schließlich wankte der Mann in Richtung Iso Roobertinkatu und die Frau in Richtung Bulevardi davon.

Im *Retrodesign* war es dunkel, mit Ausnahme eines Halogenspots, der auf den leuchtend roten Kugelsessel gerichtet war.

Viel später lag Eila auf dem Rücken auf ihrer Schlafcouch und horchte lange, aber in der Wohnung über ihr war es still.

Morgen denke ich mir irgendeinen Vorwand aus und schaue nach, wie die beiden zurechtkommen, beschloss sie und drehte sich auf die Seite. Ich könnte etwas kochen und sie überraschen, das arme Mädchen ist viel zu dünn. Ich werde einen großen Topf Wurstsuppe machen, die kann sie sich dann in kleineren Portionen einfrieren, so hat sie einen Vorrat. Sofern es in der chaotischen Küche überhaupt einen anständigen Gefrierschrank gibt.

Samstag, 13. März

7

VauPe Vainio begann schon vor der Handelshochschule zu keuchen, nachdem er erst die sanfte Anhöhe von der Ecke der Hesperiankatu in Richtung Stadtzentrum hinaufgelaufen war. Er blieb stehen, stützte die Hände auf die Knie und versuchte, gleichmäßig durchzuatmen. Sein Herz pumpte wild.

Verdammt miese Kondition, fluchte er in sich hinein. Oder vielmehr nicht vorhandene Kondition. Er war erst zweiundvierzig Jahre alt und sein Herz hämmerte bereits wie das eines alten Kettenrauchers.

Am Vortag war er nach der Arbeit zu *Stockmann* marschiert, hatte sich durch die von der Rabattaktion angelockten Menschenmassen zur Sportabteilung durchgekämpft und sich direkt von der Stange einen trotz des Preisnachlasses unsinnig teuren Sportanzug gekauft. Den Ausschlag hatte gegeben, dass der Anzug schwarz war. Die Laufschuhe hatte er dann immerhin erst probiert, danach hatte er mehr als zehn Minuten an der Kasse angestanden.

Die ganze Operation ging auf einen Artikel in der Nachmittagszeitung zurück, den er in seiner Kaffeepause gelesen hatte. Im Land lief eine breit angelegte Kampagne gegen die Entstehung von Diabetes bei Erwachsenen. Eine neuere Untersuchung hatte ergeben, dass einer der Gründe für die Krankheit, die Besorgnis erregend zunahm, neben einseitiger Ernährung und Bewegungsmangel vor allem Übergewicht und hier ganz besonders die zusätzlichen Pfunde um die Taille waren. Als vorbeugende Maßnahme wurde vorgeschlagen, die Bonbon- und Getränkeautomaten aus den Schulen zu entfernen. Das wird einen Aufruhr geben, vermutete VauPe. Die Kinder ernährten sich ja heutzutage geradezu von Bonbons und Cola. Sie würden nie auf das einmal gewährte Privileg verzichten wollen.

Auch Kaffee trank VauPe nach zweijähriger Pause neuerdings wieder, weil eine andere aktuelle Untersuchung gezeigt hatte, dass Kaffee das Risiko der besagten Krankheit verringerte.

VauPe hatte sich im Hinterzimmer von *Retrodesign* kritisch in dem Plastikspiegel, der wie eine Margerite geformt war, beäugt und entschieden, dass er in der Sache etwas unternehmen musste. Er musste seine Bauchwölbung wegjoggen. Er hatte eine Heidenangst vor Übergewicht und vor allen möglichen Krankheiten, sogar vor einer Grippe, wenn sie sich als ungewöhnlich hartnäckig erwies. Virve hatte ihn mal einen Hypochonder genannt, was wahrscheinlich zumindest teilweise zutraf.

Als er morgens gegen zehn Uhr zum Joggen aufgebrochen war, hatte seine Frau nichts gesagt, aber ihre Miene hatte umso mehr verraten: Du und joggen? Du schaffst es doch kaum, einmal um den Häuserblock zu gehen.

»Um ein Uhr essen wir zu Mittag«, hatte sie ihm noch nachgerufen.

Natürlich. In der Familie Vainio wurde an den Wochenenden stets pünktlich um eins gegessen, sofern nicht einer von ihnen durch Arbeit verhindert war. Virve hatte es zu Beginn ihrer Ehe so beschlossen und daran wurde festgehalten. Er hatte sie einmal gefragt, ob nicht gerade die Mittagszeit an den Wochenenden die beste Arbeitszeit für eine Immobilienmaklerin war, aber Virve hatte behauptet, dass das ein Irrtum sei: »Die Leute sind viel zugänglicher, wenn sie erst mal eingekauft und gut gegessen haben.« Und so verabredete sie sich mit ihren Kunden stets erst für die späteren Nachmittagsstunden zur Besichtigung der Objekte.

»Es muss Ordnung herrschen, das schafft Sicherheit«, hatte sie erst an diesem Morgen wieder bemerkt, als sie sich um Punkt neun Uhr an den Frühstückstisch gesetzt hatten. »Sonst lernen es auch die Kinder nicht.«

Welche Kinder?, hatte sich VauPe im Stillen gefragt. Sie hatten ja gar keine und würden auch nie welche haben. Das Thema war tabu. Er hatte großen Hunger gehabt, aber Virve hatte ihm empfohlen, sich mit einer Tasse Tee und zwei Scheiben Schwarzbrot zu begnügen. Man sollte nie mit vollem Bauch joggen.

Auch darin hatte sie Recht, gestand er sich ein, als er weiterlief. Der Ballen schmerzte ihm schon jetzt in den neuen Laufschuhen, aber bis nach Kaivopuisto und zurück wollte er es auf jeden Fall schaffen, selbst wenn er das letzte Ende auf allen vieren kriechen müsste.

Die Sonne, die von einem blauen Himmel herabschien, hatte viele Leute herausgelockt, und um Kollisionen zu vermeiden, musste er zwangsläufig ein gemäßigtes Tempo anschlagen.

Zum Glück, dachte er, während er eine ältere Frau grüßte, die bei ihm im Haus wohnte. Sie kam ihm mit Walkingstöcken entgegen, die sie energisch vor sich aufsetzte. Völlig falsche Technik, aber so hielt sie sich vermutlich wenigstens besser aufrecht.

Zunächst hatte er vorgehabt, durch die Mechelininkatu und Hietalahti bis nach Kaivopuisto zu laufen, aber dann beschloss er, die Fredrikinkatu von einem Ende zum anderen zu durchqueren. Bei der Gelegenheit könnte er nachsehen, wie seine Teilzeitkraft im Laden zurechtkam. Trotz der Proteste seiner Frau versuchte er, wenigstens jeden zweiten Samstag persönlich im Laden anwesend zu sein, denn es fiel ihm schwer zu delegieren. Dabei war an seiner jungen, eifrigen Hilfskraft wirklich nichts auszusetzen. Vor zwei Wochen war es Hanna Ketonen gelungen, einen italienischen Esstisch und sechs Stühle an ein Paar zu verkaufen, das nur aus Neugier und zum Schauen in den Laden gekommen war. Im Grunde genommen war der Umsatz jenes Samstags der beste seit der Eröffnung gewesen. An der Ecke des Tennispalastes bog VauPe in die Salomonkatu ein und wechselte ins Schritttempo. In den schmalen, provisorischen Gängen, die um die riesige Baustelle von Kamppi führten, war an Laufen nicht zu denken.

Er blieb stehen, um die Filmplakate zu studieren, und versuchte, sich dabei zu erinnern, wann er zuletzt im Kino gewesen war. Es war so viel bequemer, sich ein Video auszuleihen und sich zu Hause aufs Sofa zu werfen. Trotzdem war die Leinwand der einzig richtige Ort, um einen guten Film zu zeigen. Auch in der Kultur müssten neue Maßstäbe angelegt werden – eines Tages.

Als er sich umdrehte, entdeckte er eine Frau, deren Haltung irgendwie bedrohlich wirkte. Sie hatte den Maschendraht gepackt, so als wollte sie hinüberklettern und in die Baugrube springen.

Der Eindruck verschwand ebenso schnell, wie er gekommen war, und gleichzeitig erkannte VauPe die Frau an ihrem langen, schwarzen Mantel und dem ein wenig übergewichtigen Dackel, der brav neben seinem Frauchen stand und mit dem Schwanz wedelte.

Wie hieß sie noch gleich?, grübelte er, während er langsam zu ihr hinging. Anna irgendwie … Lahtinen? Laiho? Oder war es nicht Laine? Anna Laine.

Sie erkannte ihn sofort, nickte und zog an der Leine. Der Hund hatte einen Passanten angebellt.

»Ist der braune schon aufgetaucht?«, fragte sie, und es dauerte einen Moment, ehe VauPe begriff, was sie meinte. Die Plastikaschenbecher natürlich.

»Noch nicht, aber früher oder später tut er es bestimmt, so wie ich es versprochen habe.«

VauPe spähte in die Baugrube, die eigentlich gar keine Grube mehr war. Sie war voller Stahlrohre, gegossener Betonteile, in den Himmel strebender Kräne, Aufbauten, die wie Fahrstuhlschächte aussahen, verschiedenfarbiger Container und halbfertiger Wände. An der Stelle, wo der Busbahnhof vorgesehen war, war schon teilweise das Dach hochgezogen, und auch die Mauern des Kaufhauses waren rasch in die Höhe gewachsen. Noch vor ein paar Monaten hätten sechs Schiffe von der Größe der Schwedenfähren oder das gesamte Reichstagsgebäude in die Grube gepasst. Das neue, prächtige Zentrum von Kamppi war erstaunlich schnell emporgeschossen, angeblich sogar mit leichtem Vorlauf im Zeitplan. In zwei Jahren wäre alles fertig; die Leute würden sich an die neuen, unterirdischen Anlagen des Busverkehrs gewöhnen und den Stadtvätern danken, dass sie nicht mehr draußen im Regen warten mussten; sie würden die Läden besuchen und in den Restaurants und auf den Pizza-Terrassen sitzen und niemand würde sich schließlich mehr genau erinnern, wie der alte Busbahnhof ausgesehen hatte.

»Der Mensch hat ein unglaublich kurzes Gedächtnis«, sagte Anna, so als hätte sie seine Gedanken gelesen. Erst da bemerkte er, dass sie eine kleine, silberfarbene Digitalkamera in der Hand hielt.

»Ich mache das nur zu meinem eigenen Vergnügen.« Sie schwenkte die Kamera und erzählte, dass sie seit der ersten Sprengung von dieser Stelle aus regelmäßig fotografiert habe. Allerdings verschwieg sie, dass sie in der Anfangsphase einen großen Steinbrocken von der Baustelle stibitzt und Finger mit roten Nägeln darauf gemalt hatte. Das hatte gleichsam das Festhalten am Vergangenen symbolisieren sollen, aber jetzt fand sie den Gedanken nur noch kindisch. Sie sollte den Stein wegwerfen oder zumindest in den Tiefen eines ihrer Schränke verstecken.

»Weil ich das garantiert alles vergesse, möchte ich es mir später anhand der Fotos in Erinnerung rufen, möchte nachvollziehen, wie sich der Ort verändert hat«, fuhr Anna fort. »Schade nur, dass keine Gerüche an den Fotos haften bleiben. Hier stinkt es nämlich manchmal wie in einer Kloake.«

»Da müssen sich dann die feinen Damen aus Tapiola kräftig die Nase zuhalten, wenn sie auf ihren Bus warten«, sagte VauPe lachend.

Anna zuckte die Achseln. »Eigentlich fürchte ich, dass der ganze Komplex viel enger und düsterer wird, als man es ursprünglich geplant und uns vorgegaukelt hat«, sagte sie dann. »Ein richtiger Koloss. Ich sehne mich schon jetzt nach dem alten offenen Busbahnhof, obwohl er nach Meinung der Experten absolut nicht mehr in die heutige Zeit passte. Das stimmt sicherlich, aber trotzdem«, Anna verstaute die Kamera in ihrer Schultertasche.

»Ich habe irgendwo gelesen, dass auf der Baustelle Rundfahrten unter fachkundiger Führung angeboten werden«, bemerkte VauPe. »Du hast nicht vor, daran teilzunehmen?«

»Ganz bestimmt nicht!«, rief Anna. »Das Leben ist sowieso nur noch der reinste Erlebnistourismus. Rate übrigens mal, wie viele Kubikmeter Stein hier insgesamt geschürft wurden«, sagte sie dann.

»Keine Ahnung, aber zweifellos viele«, erwiderte VauPe.

»Zweihunderttausend Kubikmeter, stell dir vor! Mit achtzigtausend Kilo Sprengstoff und tausendfünfhundert Sprengungen. Das hat Nerven gekostet, ich spreche durchaus aus Erfahrung, auch wenn ich nicht in unmittelbarer Nähe wohne. Das Dröhnen war selbst bei mir in der Eerikinkatu noch zu hören.«

»Du hast ein gutes Zahlengedächtnis«, lobte VauPe, aber Anna lachte nur und sagte, dass sich ihr hohe Zahlen besser einprägten als kleine. Genau wie bei meinen Rechnungen, fügte sie im Stillen hinzu. Die Einkünfte einer freien Grafikerin boten wahrlich keinen Grund zur Euphorie.

»Ich war übrigens auch im Herbst hier, damals, als der Bauarbeiter unter einem umstürzenden Bagger ums Leben gekommen war. Oder war es ein Lastwagen?«, fragte Anna leise. »Damals habe ich nicht fotografiert. Ich habe nur die gelben, roten und blauen Maschinen betrachtet, die aus der Entfernung fast wie Spielzeuge wirkten. Und dann kippt eine um und ein Mensch stirbt unter ihr.«

VauPe erinnerte sich, von dem Unglück gelesen zu haben, aber er mochte jetzt nicht daran denken. Er hatte es stets meisterlich verstanden, sich abzuwenden, wenn er mit unangenehmen Dingen konfrontiert wurde. »Du bist doch Grafikerin«, sagte er dann. »Warum machst du aus den Fotos nicht ein Buch?«

»Vielleicht mache ich das sogar«, Anna lachte. »Eines Tages. Aber jetzt müssen wir gehen. Wenn Justus nicht pünktlich sein Futter bekommt, wird er wütend, genau wie sein Frauchen.«

Anna und der Hund verschwanden im Menschengewühl und VauPe wandte sich in die andere Richtung. Nachdem er im *Retrodesign* vorbeigeschaut und festgestellt hatte, dass alles nach Wunsch lief, beschloss er nach nur kurzem innerem Kampf, sich ein Bier zu genehmigen.

Kaivopuisto wird wohl hinterher auch noch da sein, sagte er sich, als er seine Bestellung aufgab. Er hatte viel zu bedenken und dort in der dunklen Ecke der Bar klappte das besser. Er musste endlich entscheiden, wann und wie er die Sache zur Sprache bringen sollte.

»Ich liebe dich.« Noora erschrak über ihre eigene Stimme. Die Worte prallten von den kahlen Wänden zurück.

»Ich liebe dich ich liebe dich ich liebe dich …«, wiederholte sie etwas lauter. Mütter hatten ihre Kinder zu lieben und Merituuli war ihr Kind. Sie versuchte mit aller Macht, Gefühl und Inhalt in die Worte zu legen. Das versuchte sie schon seit mehr als einem halben Jahr.

Noora kniete am Gitterbett und betrachtete Merituuli, die gerade aufgewacht war und nun konzentriert ihre Händchen untersuchte.

Noora konnte nicht aufhören, die winzigen Finger des Babys zu bewundern, die bis hin zum Nagel des kleinen Fingers so vollkommen geformt waren. Trotzdem steckte unerhört viel Kraft darin, man merkte es, wenn Merituuli damit zupackte oder kratzte. Noora strich sich über eine kleine Verletzung, die ihr die Tochter gestern in Jonnas Boutique zugefügt hatte.

Noora war am Morgen um kurz nach acht Uhr hochgeschreckt und hatte erstaunt und vollkommen reglos die ringsum herrschende Stille registriert. Sie hatte sich nicht erinnern können, wann sie zuletzt so viele Stunden hintereinander geschlafen hatte. Ihr Zustand war ihr unwirklich vorgekommen, so als wäre sie aus etwas anderem und nicht aus dem Schlaf erwacht.

Sie war steif vom langen Liegen aufgestanden und hatte ins Gitterbett geschaut, wo Merituuli zufrieden mit dem Daumen im Mund geschlummert hatte. Ein warmes Gefühl hatte Noora durchflutet, ihr hatten die Augen gebrannt. Sie war in die Küche geschlichen, um die Kaffeemaschine in Gang zu setzen. Das Blubbern des Wassers hatte gemütlich geklungen, auch wenn es sonst in der Wohnung mit all den unausgepackten Kartons alles andere als gemütlich war. Aber vielleicht eines Tages, wenn sie wieder die Kraft hatte …

Während sie am Fenster gestanden und in den kleinen, schmutzigen Innenhof geblickt hatte, war ihr Eila, die Frau aus der unteren Etage, eingefallen. Eine richtige Wundertäterin, sie war aufgetaucht, hatte dem Baby die Flasche gegeben und erreicht, dass es viele Stunden durchschlief. Vielleicht hatte sie Erfahrungen in der Kinderbetreuung, hatte womöglich sogar beruflich damit zu tun gehabt.

Noora hatte fast eine ganze Tasse Kaffee trinken können, dann hatte sich Merituuli mit schrillem Geschrei gemeldet. Doch ihre Stimme hatte ein wenig anders als sonst geklungen, es war nicht das übliche wütende und fordernde Gebrüll gewesen. Noora hatte die Kleine aus dem Bett genommen, ihr die Windeln gewechselt und Milch für sie gewärmt. Merituuli hatte mit ihrer Flasche in der Schaukelliege auf dem Küchentisch gesessen und fröhlich mit ihren kleinen, dicken Beinchen gestrampelt.

Wir sind fast wie Mutter und Kind, hatte sich Noora staunend gesagt. Richtig echt, oder jedenfalls fast.

Im selben Moment hatte das Handy geklingelt. Noora hatte auf das Display gesehen – Jonna – und nicht geantwortet. Nichts durfte den Frieden jetzt stören. Sie hatte Merituuli wieder ins Gitterbett gelegt.

»Ich liebe dich«, sagte Noora wieder, und für einen flüchtigen Moment schien es, als würde das Baby ihr Lächeln erwidern. Vielleicht verstand und glaubte es die Worte.

In der Wohnung unter ihr polterte es plötzlich, etwas Schweres fiel auf den Boden, ein, zwei, drei Mal.

»Auch Eila ist anscheinend aufgestanden«, sagte Noora grinsend zu Merituuli. »Vielleicht macht sie Frühsport und schwingt die Hanteln.«

Noora brach in Lachen aus, als sie sich vorstellte, wie Eila Airaksinen in einem altmodischen Trainingsanzug keuchend ihre Übungen machte. Sie lachte so laut und so lange, dass ihr die Brust wehtat, und sie hörte erst auf, als Merituulis Unterlippe bedrohlich zu zittern begann. Die Kleine war nicht an das Lachen ihrer Mutter gewöhnt, eigentlich an keinerlei Laute von ihr.

Noora bekam Schluckauf, das passierte ihr stets, wenn sie ausgiebig lachte. Sie ging in die Küche, um ein Glas Wasser zu trinken, dann spähte sie durch die Lamellen der Jalousie auf die Straße. Es war schwer auszumachen, wie das Wetter war, aber zumindest regnete es nicht.

»Weißt du was?«, sagte Noora in einem plötzlichen Entschluss und nahm das Baby aus seinem Bettchen. »Wir gehen raus. Wir machen einen richtig langen Spaziergang und trinken dann irgendwo Kaffee.« Wir spielen Mutter und Kind, fügte sie im Stillen hinzu.

Noora legte die Kleine vorsichtig auf eine dicke Decke auf dem Fußboden und erwartete automatisch, dass es wieder Geschrei gäbe. Aber nein, Merituuli strampelte munter vor sich hin und zerrte dann aus einem Pappkarton, der neben der Decke stand, eine Bluse, die sie zu untersuchen begann, wobei ihre kleine Nase fast im Stoff verschwand.

»Vielleicht wirst du mal Schneiderin«, sagte Noora fröhlich, während sie ins Bad ging. Sie stand lange unter dem heißen Duschstrahl. Da hatte sie ihre Ruhe, war eine Privatperson, ganz für sich. Sie war niemandes Mutter oder Tochter – oder Frau.

8

Eila Airaksinen machte keineswegs Frühsport, sondern setzte in der Küche die Inventur fort, die sie tags zuvor im Flur begonnen hatte. Am Eingang hatte sie bereits zwei volle Pappkartons übereinander gestapelt und nun musste sie noch die Küchenschränke sorgfältig durchsehen. Es gab jede Menge Zeug, das wegkonnte, und da sie einmal damit angefangen hatte, wollte sie es auch zu Ende bringen.

Den meisten Krempel schaffte sie wohl am besten auf den Flohmarkt, aber das eine oder andere Stück könnte sie vielleicht ... Eila drehte ein Fayence-Sahnekännchen in den Händen, dunkle Pflaumen auf weißem Grund. Wann hatte sie sich das eigentlich angeschafft? Irgendwann in den Siebzigerjahren vielleicht. Auf jeden Fall hatte es die meiste Zeit unbenutzt hinten im Schrank gestanden, ebenso die zur selben Serie gehörende Zuckerdose. Eigentlich ziemlich hässliche Stücke, aber groß in Mode, das hatte Eila während des letzten halben Jahres, da sie die Fenster von *Retrodesign* studiert hatte, gelernt.

»Oder vielleicht hätte das Mädchen dafür Verwendung«, dachte sie laut und sah zur Decke hinauf. »Ich könnte sie zumindest fragen.«

Eila hatte wie üblich einen leichten, flachen Schlaf gehabt und war ab und zu aufgewacht, aber über ihr war es ganz still gewesen. Vorhin hatte sie mal geglaubt, Laute zu hören, aber sie hatten wie gewöhnliches Kinderweinen geklungen und waren fast sofort wieder verstummt.

Halb verlegen hatte sie sich kurz gewünscht, das Geschrei möge andauern, so wie am Abend zuvor, sodass sie einen guten Grund gehabt hätte, zu Hilfe zu eilen.

»Das reicht erst mal«, erklärte sie der auf der Fensterbank hockenden Katze und wickelte das Sahnekännchen sorgfältig in Küchenpapier, ehe sie es neben die Zuckerdose in den Pappkarton legte. »Die restlichen Schränke sehe ich heute Abend oder morgen durch. Und am Montag geht es dann ans Verkaufen.«

Eila schloss die Katze in der Küche ein, ging ins Wohnzimmer und öffnete das Fenster. Manchmal ärgerte sie sich darüber, dass sie wegen der Katze die Fenster zumeist geschlossen halten musste. Ihr graute vor dem Gedanken, dass es bei ihr zu Hause eines Tages ebenso riechen könnte wie in jenem Altenheim, in dem sie gelegentlich aushalf. In dem Geruch lag etwas unendlich Trauriges, es roch nach Siechtum und Aufgabe, Körpersekreten – und Tod.

Obwohl sie sich gar nicht vorstellen konnte, anderswo als mitten in der Stadt zu wohnen, hätte es ihr trotzdem gefallen, wenn sie durchs Fenster wenigstens einen einzigen Baum gesehen hätte. So könnte sie die Jahreszeiten besser unterscheiden und wüsste, ob es draußen windig war oder nicht. Aber auf das Geräusch der Straßenbahn würde sie niemals verzichten wollen und ein gewöhnlicher Mensch konnte eben nicht alles haben.

»Oho!«, rief Eila plötzlich und zog sich hinter die Gardine zurück.

VauPe Vainio kam in schwarzem Sportdress aus dem *Retrodesign.* Er stellte sich vor das Schaufenster, beugte sich prüfend vor und ging dann wieder in den Laden. Dort schien er der Verkäuferin etwas zu erklären, die mit den Händen fuchtelte und dann die gelben Weidenkätzchen aus dem Fenster nahm.

Ein bisschen seltsam wirkten die Dinger tatsächlich, dachte Eila, und da erschien VauPe auch schon wieder auf der Straße und lief in Richtung Eira davon. Sie beobachtete ihn, solange es ging, aber sie sah nicht mehr, wie er um die nächste Ecke bog und in eine Kneipe trat.

Am liebsten wäre Eila auf den Markt gegangen, allerdings war der Vorratsschrank noch voll mit den gestrigen Einkäufen. Außerdem waren am Sonnabend stets sämtliche Kaffeebuden von Leuten belegt, die nur dorthin kamen, um gesehen zu werden. Der Rundgang auf dem Markt schien gleichsam ein Ritual und ein Bestandteil des oberflächlichen Stadtlebens zu sein, man begutachtete das Angebot der Fischstände, flanierte durch die Gänge der Markthalle, kaufte das teuerste Steak der Stadt und ein Stück stinkenden französischen Käse, auch wenn man eigentlich viel lieber milden Edamer aß.

Obwohl Eila gern in der Stadt wohnte, hasste sie Menschenansammlungen und Gedränge. Deshalb schien es ihr angebracht, das Zentrum gerade jetzt zu meiden. Das Staatsbegräbnis für den unlängst verstorbenen Infanteriegeneral Ehrenrooth begann in diesen Minuten und an den Straßen und im Park auf der Esplanade würden sich vermutlich tausende von Menschen versammeln. Eila ehrte zwar das Andenken des alten Generals, aber sie wollte es allein und auf ihre Weise tun.

Sie schaltete den Fernseher ein und beobachtete eine Weile die Trauergäste, die mit ernsten Gesichtern in den Bänken des Doms saßen. Dem Mann hätte man es gegönnt, hundert Jahre alt zu werden, dachte sie, schaltete den Fernseher wieder aus und schloss das Fenster. Sie entschied sich, ihre wöchentliche Reinigungsrunde zu absolvieren, auf dem Rückweg die Wurst zu kaufen, die bei den Zutaten fehlte, und anschließend die Suppe aufzusetzen.

Eila entließ die Katze aus der Küche und zog ihre Parkkleidung an: derbe Winterstiefel und die schlammfarbene Steppjacke, die sie im Secondhandshop auf der Iso Roobertinkatu gekauft hatte. Sie steckte eine zusammengefaltete große Plastiktüte in die eine Tasche, Schlüssel und Portmonee in die andere und griff nach der kleinen Harke.

Als der Fahrstuhl im Erdgeschoss aufsetzte, hätte Noora am liebsten gleich wieder den Knopf gedrückt, um zurück nach oben zu fahren.

Eila stand im Flur, unter dem Arm eine Harke, ähnlich jenen, mit denen Kinder im Sand spielten.

»Na, das ist ja ein hübscher Zufall.« Eila hielt mit einer

Hand die Tür auf und fasste mit der anderen an die Stange des Kinderwagens. »Es ist ein bisschen eng hier, aber wir schaffen das.« Sie zog den Wagen, der in der Gittertür des Fahrstuhls festhing, heraus.

›Wir‹ … Noora registrierte das Wort mit Befremden und war doch unfähig zu widersprechen, als Eila sofort vorschlug, gemeinsam auszugehen.

»Du willst bestimmt auch gerade mit dem Baby spazieren gehen«, sagte sie nur und schob den Wagen zur Haustür. »Halt du die Tür auf, so geht es am besten.«

Auf der Straße ließ Eila den Wagen nicht los, sie vergewisserte sich nur, dass das Baby warm genug eingepackt war, dann wandte sie sich zielstrebig in Richtung Kaivopuisto.

Noora ging schicksalsergeben nebenher, als wäre sie das zweite Kind. Sie schämte sich, war zugleich wütend und auch irgendwie amüsiert. Sie kannte Eila noch nicht mal einen Tag und sie benahm sich schon wie eine alte Bekannte.

»Wir haben sogar ganz prachtvolles Wetter.« Eila sah zum blauen Himmel auf und musterte dann Noora. Das Mädchen brauchte dringend ein wenig Farbe in dem beängstigend blassen Gesicht. »Wir vertreten sozusagen drei Generationen«, sagte sie später zufrieden, als ein Ehepaar vorbeigegangen war und freundlich gelächelt hatte.

Drei Generationen …, Mutter, Tochter und Enkeltochter. Noora erbebte innerlich und rückte verstohlen ein wenig von Eila ab. Eher fehlte doch eine Generation, Eila Airaksinen könnte ihre Großmutter sein. Weitere Gedanken mochte sie an die Sache nicht verschwenden, weder an Mütter noch an Großmütter.

Die übliche Unsicherheit meldete sich wieder. Gerade, als sie geglaubt hatte, wenigstens einen Zipfel ihres diffusen, aber realen Lebens gepackt zu haben, ging sie schon wieder am Gängelband einer anderen Person. Jonna oder Eila, es lief auf dasselbe hinaus.

Noora steckte die Hände tief in die Taschen und beschloss, diesen Spaziergang noch irgendwie durchzustehen, aber danach zu der Nachbarin deutlich Distanz zu halten, sicherheitshalber. Wenn es so weitergeht, zieht sie bald bei uns ein, dachte sie beunruhigt.

Der feuchte Schnee, der am Vortag gefallen war, war fast gänzlich von den Straßen geschmolzen, auch auf dem Fredrikintori lagen nur noch vereinzelte schmutzige Häufchen. Die Sonne schien so hell, dass die Augen schmerzten. Ich hätte eine Sonnebrille mitnehmen sollen, sagte sich Noora.

Sie hatte das Frühjahr nie gemocht. Im harten Märzlicht wirkte alles nackt und schmutzig, die Parks, die Straßen und Häuser und auch die Menschen. Und der April war noch schlimmer, von allen Monaten eigentlich der grausamste, wie es mal ein Dichter treffend formuliert hatte.

Wie hieß der Kerl noch gleich?, überlegte Noora. Sie hatte den Namen irgendwann gehört und sofort wieder vergessen. Eila wüsste ihn eventuell, aber die würde sie auf keinen Fall fragen. Am besten war es, möglichst unauffällig neben ihr herzugehen, auf den Redeschwall der Frau nur mit kurzen Bemerkungen zu reagieren und anschließend mit dem Baby nach Hause zu verschwinden. Sie würde nicht einmal fragen, warum Eila eine Harke mit sich trug.

»Wollen wir bis zur Sternwarte gehen?«, fragte Eila.

Ist mir völlig egal, dachte Noora und zuckte die Achseln, konnte aber nicht umhin, die erstaunlich gute Kondition der Älteren zu bewundern. Eila schob den Wagen fast im Laufschritt den Berg hinauf und blieb erst an der höchsten Stelle stehen. Noora folgte keuchend, während Eila nicht einmal außer Atem zu sein schien.

»Hier haben sie seinerzeit den Film *Die Palmen* gedreht.« Eila verschränkte die Arme vor der Brust und sah sich mit einer Miene um, als gehörte ihr die ganze Stadt. »Genau an dieser Stelle wurde die Leiche des alten Mannes gefunden, der den Mörder mit dem Feldstecher beobachtet hatte, diesen Psychopathen, der wie Hitler aussah und der in Katajanokka seine Frau vom Balkon gestoßen hatte und ...«

Eilas Geplapper ging Noora zum einen Ohr rein und zum anderen wieder raus. Es gab nichts, was sie weniger interessiert hätte, sie kannte kaum ein langweiligeres Thema als alte, einheimische Filme. Auch Jonna hatte erzählt, dass *Die Palmen* unlängst als DVD-Kassette herausgekommen war und geradezu zur Allgemeinbildung gehörte, aber Noora erinnerte sich nicht, den Film je gesehen zu haben, nicht mal im Fernsehen.

Sie ging langsam zum Rand des freien Platzes vor. Im Park gab es zwar schon große, schneefreie Stellen, die deprimierend dunkel aussahen, aber das Meer war noch gänzlich vereist. Ein breiter Weg führte nach Suomenlinna und kreuz und quer verliefen Loipen und Pfade. So weit das Auge reichte, tummelten sich Skiläufer und andere Frischluftenthusiasten. Es war kalt, hier auf dem Berg herrschte stets Wind.

Eila hatte den Rasen betreten und harkte geschickt Müll in einen Plastikbeutel. Ach je, war sie etwa eine Art

Teilzeitparkwärterin? Noora kicherte in sich hinein, als sie zum Kinderwagen zurückkehrte.

»Ich betreibe das als Hobby«, erklärte Eila, als wäre es die alltäglichste Sache der Welt. »Ein-, zweimal in der Woche gehe ich durch die Parks und mache ein bisschen sauber. Du glaubst gar nicht, was man hier alles findet, besonders im Sommer nach diesen Rockkonzerten. Die Leute von der Stadtreinigung kommen mit der Arbeit ja kaum noch hinterher, zumal heutzutage überall gespart wird.«

Eila zog ein Bonbonpapier ab, das sich in der Harke verfangen hatte, und warf es in die Plastiktüte. »Aber glaub' bloß nicht, dass einem das irgendwie gedankt wird«, fuhr sie verärgert fort. »In Espoo ist es anders, da hat eine Frau fürs Müllsammeln und für ihre Verdienste als freiwillige Umweltschützerin extra eine praktische Schubkarre geschenkt bekommen und sogar die Zeitung hat darüber berichtet. Ich habe jedenfalls noch nicht gehört, dass bei uns in der Stadt solche Prämien verteilt werden. Oder vielleicht werden sie verteilt und nur bei mir ist noch keine gelandet.«

»Oje, liebes Kind, du bist ja zu Eis gefroren!«, rief Eila dann erschrocken. Noora, die in ihrer dünnen Jacke bibberte, versicherte darauf, dass sie ausgezeichnet klarkomme, aber das glaubte Eila ihr nicht. Sie fasste Noora mit beiden Händen an den Schultern und massierte sie mit festen, kräftigen Griffen.

Noora schrak zurück. Ihr graute es vor Berührungen, besonders vor der körperlichen Nähe eines fremden Menschen. Sie stand stocksteif da und befahl sich, ruhig zu bleiben. Eila meinte es ja nicht schlecht, sie wollte nur freundlich sein, wollte nur …

Aus dem Kinderwagen ertönte plötzlich wütendes Geschrei und ausnahmsweise war Noora mal erleichtert, als sie die fordernde Stimme ihrer Tochter hörte.

Eila ließ von ihr ab und eilte zum Wagen. »Wir haben wohl Hunger«, plapperte sie und steckte den Kopf tief unter das Verdeck.

Noora schäumte innerlich, aus der eben empfundenen Panik wurde Ärger. Wieso wir? Wir, das sind Merituuli und ich, was hat diese Frau …

»Jetzt, Mädels, gehen wir nach Hause und essen«, unterbrach Eila ihre wütende Gedanken. »Machen wir noch den Umweg über den Strand, dann schmeckt die Suppe nachher umso besser.«

»Merituuli isst keine Suppe«, widersprach Noora lahm, was Eila nur mit einem »Selbstverständlich nicht« quittierte.

»Wir holen bei dir die Babynahrung raus und kochen dann gemeinsam bei mir«, entschied sie. »Oder nein, andersherum, ich bringe die Zutaten mit und wir kochen die Suppe bei dir. Sie muss eine Weile ziehen und in der Zwischenzeit können wir deine Kartons auspacken und die Sachen einräumen.«

Mit welchem verdammten Recht bestimmt diese Frau nun sogar schon über unser Essen?, dachte Noora deprimiert. Und warum unternehme ich nicht mal den Versuch, es zu verhindern? Weil ich einfach nicht die Kraft habe, gab sie sich selbst die Antwort.

»Hast du übrigens schon das Papier unterschrieben«, fragte Eila, als sie das erste Ende der Merikatu erreicht hatten.

»Welches Papier denn?«, Noora blieb verwundert stehen, obwohl sie sich inzwischen an Eilas Art gewöhnt hatte, ohne größere Einleitung von einem Thema zum anderen zu springen.

»Nun, den Aufruf *Pro Seehafen*«, sagte Eila ungeduldig. Wieso waren die Leute nur so passiv und machten sich nicht mal die Mühe, die Angelegenheiten der eigenen Stadt zu verfolgen und dazu Stellung zu nehmen?

»Hier soll ein Parkplatz gebaut werden«, erklärte sie und beschrieb mit der Hand einen weiten Bogen über die geparkten Autos und die Boote, die auf ihren Winterliegeplätzen vor sich hin dämmerten. »Stell dir mal vor, auf dem besten und wertvollsten Areal der Stadt! Eine Grünanlage wäre die bessere Lösung. In dieser Sache bin ich absolut einer Meinung mit den Anwohnern, auch wenn sie sonst von fast allem zu viel haben.« Mit einer erneuten Handbewegung deutete sie diesmal auf die stolzen Patrizierhäuser in der Merikatu.

»Ach so, ja«, rang Noora sich ab. »Aber es muss in der Stadt auch Parkplätze geben«, fügte sie trotzig hinzu. »Drüben in Hernesaari werden zum Beispiel schicke neue Häuser gebaut, und ich glaube nicht, dass die Bewohner bereit wären, mit dem Bus zu fahren.«

»Natürlich muss man auch die Autos berücksichtigen, aber nicht gerade hier, an diesem Ort«, schimpfte Eila und ging weiter. »Oder sollen sie meinetwegen eine Tiefgarage unter die Erde graben.«

Als sie über den Engelsplatz in Richtung Sepänpuisto gingen, erwähnte Eila wie beiläufig, dass ihr die schönen alten Villen dieser Gegend bestens vertraut seien. Sie ließ unerwähnt, dass sie an den meisten Adressen lediglich geputzt hatte. Man muss nicht alles selbst besitzen, sagte sie sich; in ihrer Einzimmermietwohnung fühlte sie sich den südlichen Stadtteilen Helsinkis viel stärker verbunden als manche der Leute, die in prächtigen Bürgerhäusern wohnten.

»Warte hier.« Eila machte vor einem Lebensmittelmarkt Halt und übergab erstmals Noora den Wagen. »Ich kaufe rasch die Wurst, alles andere habe ich zu Hause.«

Jetzt könnten wir verschwinden, dachte Noora nervös. Wir könnten einfach von hier abhauen, uns zu Hause einschließen und aufpassen, dass keiner mehr kommt und über uns bestimmt.

»Oder was meinst du, Merituuli?« Noora beugte sich vor und sah das Baby an, das mit seinen dunkelblauen Augen zurückstarrte.

Natürlich gingen sie nicht weg. Sie standen brav da und warteten, bis Eila mit ihren Einkäufen aus dem Laden kam und die Zügel wieder in die Hand nahm.

Zu Hause hatte Noora kaum die Jacke aufgehängt und das Baby aus seiner Jacke geschält, als Eila auch schon energisch an der Tür klingelte.

»Ich habe nur die Katze gefüttert«, erklärte sie und marschierte in die Küche. Sie nahm einen Karton mit Geschirr vom Tisch und stellte ihn auf den Fußboden, dann packte sie ihren Korb aus. Will sie für die ganze Woche vorkochen?, fragte sich Noora misstrauisch, als sie die Mengen sah.

Genau das war Eilas Absicht. »Wo ist hier der Gefrierschrank?«, fragte sie und sah sich um. »Aha, dort, er ist anscheinend nicht eingeschaltet. Huch, wie das stinkt.« Sie ließ die Tür des Gerätes offen. »Wir lassen ihn erst ein wenig auslüften, ehe wir ihn einschalten. Dann ist er nachher gerade kalt genug, dass wir den Rest der Suppe einfrieren können. Behälter dafür habe ich mitgebracht.«

Sie vermute, sagte sie, dass Noora kein so altmodisches

Kleidungsstück wie eine Schürze besitze, deshalb habe sie ihre eigene mitgebracht. Bei diesen Worten band sie sich eine große, grün karierte Schürze um und machte sich an die Arbeit.

»Ich habe auch mein eigenes Werkzeug dabei«, Eila schwenkte ein Furcht erregend aussehendes Messer. »Ich kenne mich nicht mit den Feinheiten aus, aber ich weiß so viel, dass das Küchenmesser von solider Qualität sein muss. Ein einziges gutes Messer reicht aus. Wo ist hier das Schneidebrett?«

Noora hatte keine Ahnung. Eila öffnete die Fächer des Schubladenschrankes, der zu der altmodischen Küchenausstattung gehörte, und fand ein kleines, aber überraschend sauber aussehendes Brotbrett. »Das muss gehen«, erklärte sie und wischte das Brett mit einem feuchten Küchentuch ab.

Noora saß mit dem Baby im Arm da und sah zu, wie Eila flink die Kartoffeln in kleine Würfel und anschließend den Porree in durchsichtige Ringe schnitt. Das Rezept hatte Eila angeblich aus einer Frauenzeitschrift ausgeschnitten, die sie im Papiercontainer auf dem Hof gefunden hatte, und sie hatte es nach eigenem Gutdünken abgewandelt.

»Das Originalrezept erschien mir ein wenig zu schwach gewürzt. Und aus Kümmel mache ich mir nichts, ich nehme stattdessen Thymian. Du magst doch Paprika?«, fragte sie und tat, ohne die Antwort abzuwarten, einen reichlichen Esslöffel davon in den Topf, in dem bereits Rapsöl, klein geschnittene Knoblauchzehen und der Inhalt von zwei Dosen Tomatenpüree köchelten. Sie rührte die Mischung eine Weile durch, schüttete dann den Inhalt von zwei Dosen gehackter Tomaten hinein und ergänzte das Ganze mit einem Würfel Fleischbrühe, einem knappen Liter Wasser, Balsamico und ein paar Lorbeerblättern.

»Die Brühe kann jetzt mindestens eine halbe Stunde ziehen, ehe die Kartoffeln, die Möhren und die Wurst hinzugefügt werden. Und würzen können wir dann nach Geschmack.«

»Wir könnten ja, während wir warten, Kaffee kochen«, schlug Eila vor, nachdem sie die Flamme heruntergedreht hatte. Noora schien in ihrem dünnen Polohemd immer noch zu frösteln, ein heißes Getränk war also angebracht. »Aber zuallererst muss das Baby gefüttert werden«, entschied sie. »Ich wärme die Milch auf. Wo hast du die Babynahrung?«

Noora nahm die Dose aus dem Schrank und machte sich daran, Merituuli zu füttern. Eila wärmte indessen die Milch auf und füllte dann Kaffeepulver in den Filter. In dem Moment klingelte es an der Tür.

»Ich mache auf«, erklärte Eila, als wäre sie bei sich zu Hause.

Jonna Kaarela starrte verdutzt auf die grauhaarige Frau, die in der Tür stand. Hatte sie etwa aus Versehen an der falschen Tür geklingelt? Nein, hinter der Frau entdeckte sie die vertrauten Pappkartonstapel.

»Verzeihung, aber ist Noora zu Hause?«

»Ja, allerdings, aber sie ist momentan beschäftigt.« Die Grauhaarige, die die Hände in die Hüften gestemmt hatte, füllte die ganze Türöffnung aus.

Beschäftigt?, dachte Jonna verwundert. Noora war ja nie beschäftigt, sie glitt vielmehr durch ihr Leben wie durch einen Film in Zeitlupe. »Und wer bist du?«, fragte sie.

Die Grauhaarige richtete ihren ohnehin schon geraden Rücken noch gerader. »Ich bin Eila Airaksinen und ich bin Sie«, erklärte sie.

»Sie?«

»Richtig. Meines Wissens sind wir uns noch nie begegnet.«

»Stimmt, aber …«, Jonna errötete. Großer Gott, es gab also immer noch Fossilien, die am Siezen festhielten. »Verzeihung. Aber dürfte ich also reinkommen und Noora begrüßen, wenn sie doch zu Hause ist?«

»Na gut, dann kommen Sie«, sagte Eila und trat widerwillig zur Seite.

Jonna war morgens zeitig erwacht, und zwar buchstäblich von ihrem schlechten Gewissen. In ihrem Portmonee brannten die Hunderter, die sie von ihrem Vater erhalten hatte und die sie am liebsten sofort in der Stadt ausgegeben hätte. Während sie ihren Kaffee getrunken und in der Zeitung geblättert hatte, hatte sie weiter überlegt, sich dann aber doch entschlossen, in den Laden zu gehen und die Schaufensterdekoration zu erneuern. Raus mit den herbstlichen Farben und an ihre Stelle bonbonfarbenes Pink, Zyklamenrot und Grasgrün – das Ergebnis hatte dann genauso sommerlich verlockend gewirkt wie beabsichtigt. Inzwischen hatte sie versucht, Noora anzurufen, allerdings ohne Erfolg, den sie eigentlich auch nicht erwartet hatte. Die Freundin wurde von Tag zu Tag seltsamer und unberechenbarer.

Als Jonna mit dem Schaufenster fertig gewesen war, hatte sie beschlossen, sich mit irgendeinem netten Kauf zu belohnen, zuvor aber pflichtschuldig nach Noora zu sehen. Wenn die zu faul war, ans Telefon zu gehen, würde sie wohl wenigstens die Tür aufmachen – eventuell.

Und jetzt tummelte sich eine wildfremde Frau in der Wohnung, während Noora selbst in der Küche saß und ihr Baby fütterte.

Jonna hatte die Freundin schon lange nicht mehr so ruhig, geradezu friedlich gesehen.

»Hallo«, sagte Noora und schob Merituuli zurecht. Die Kleine konzentrierte sich auf ihre Nuckelflasche und schien Jonna nicht einmal zu bemerken. Das tat weh.

»Ich habe versucht, dich anzurufen, aber du warst anscheinend anderweitig beschäftigt.« Jonna schielte wütend zu Eila, die indessen Kaffeetassen auf den Tisch stellte und bedauerte, dass der Inhalt der Kanne vermutlich nicht für drei Personen reichte. »Wie geht es euch?«

»Sehr gut, wie man sieht.« Noora lehnte das Baby gegen ihre Schulter, damit es ein Bäuerchen machte. »Eila kocht uns gerade eine Suppe.«

Noora merkte zu ihrer Überraschung, dass sie die Situation genoss. Sie saß hier mit ihrem Baby und die beiden anderen warfen sich eifersüchtige Blicke zu und konkurrierten ganz eindeutig um sie und um Merituuli. Noora fühlte sich plötzlich stark und selbstständig, obwohl dieses Gefühl ebenso schnell verschwinden würde, wie es gekommen war.

Ich habe den Wink verstanden, sagte sich Jonna ärgerlich. »Sonst lag auch nichts weiter an«, sagte sie. »Ich wollte mich nur überzeugen, dass alles okay ist.«

»Absolut okay«, Eila ahmte sie nach und lüftete den Deckel über dem Topf ein wenig, damit der Dampf entweichen konnte. Sie tätschelte Merituuli im Vorbeigehen und lehnte sich dann an die Spüle. »Wir haben es wirklich nett zusammen. Wir essen gut und schaffen ein wenig Ordnung.«

»Sag wenigstens Merituuli Tschüss«, verlangte Noora. Immerhin hatte Jonna ihr von Anfang an geholfen, war für Merituuli wie eine zweite Mutter gewesen. Ohne Jonna würde sie sicher nicht … Sie wagte nicht einmal daran zu denken, was ohne Jonna hätte geschehen können.

Jonna nahm das Baby auf den Arm und merkte dabei, dass etwas Warmes in die Windel rann. »Ich glaube, du musst sie wickeln.«

»Ja, bestimmt.« Noora stand auf. »Gehen wir rüber.«

Als sie im Zimmer waren, legte Jonna das Baby auf Nooras Bett und befreite es rasch von der Strampelhose und der feuchten Windel. »Wer zum Teufel ist die Type?«, flüsterte sie in möglichst ruhigem Ton.

»Das ist Eila.« Noora reichte ihr eine trockene Windel.

»Eila, Eila«, ahmte Jonna sie nach. »Aber wer ist sie?«

»Sie ist nur …, sie wohnt direkt unter uns.«

»Was macht sie hier? Sie benimmt sich wie eine verdammte … Großmutter!«

»Merituulis Großmutter ist sie jedenfalls nicht«, sagte Noora amüsiert. »Sie ist meine Freundin.«

»*Ich* bin deine Freundin«, schnaubte Jonna. »Ich war es von Anfang an, immer.« Eifersucht trieb ihr die Röte in die Wangen.

»Ich habe viele Freunde.«

Darauf hätte Jonna eine ganze Menge zu sagen gehabt, aber sie knöpfte nur Merituulis Strampler zu, hob die Kleine hoch und übergab sie ihrer Mutter. Da, nimm, hätte sie am liebsten gesagt.

»Der Kaffee ist jetzt fertig«, ertönte es von der Tür her.

Keine der beiden jungen Frauen hatte Eila bemerkt. Wie lange mochte sie dort schon gestanden haben? Noora war peinlich berührt, aber Jonna wünschte beiden nur weiterhin ein schönes Wochenende und wandte sich zum Gehen.

»Wir telefonieren«, sagte Noora.

»Machen wir.« Ja, ruf nur an, verdammt, wenn du wieder einen Babysitter, eine Ersatzmutter, eine Zuhörerin und eine Schulter zum Anlehnen brauchst, dachte Jonna wütend.

Als sie im Flur war, machte sie noch einmal kehrt und kam ins Zimmer zurück. »Übrigens wollte ich dir das hier bringen.« Sie hielt ein kleines Tablettenröhrchen hoch, das sie am vergangenen Abend aus dem Badezimmer ihres Vaters stibitzt hatte. »Aber anscheinend brauchst du die Dinger jetzt nicht. Tschüss.« Das Röhrchen verschwand wieder in ihrer Tasche und die Tür knallte hinter ihr zu.

Noora starrte auf die geschlossene Tür und folgte Eila dann langsam in die Küche.

»Die war ja sehr unhöflich«, schimpfte Eila, während sie den Kaffee eingoss. »Hat sich nicht mal vorgestellt.«

»Nun, Jonna ist einfach Jonna«, sagte Noora versöhnlich. »Sie hat mir bei dem Baby wirklich viel geholfen.« Und sie ist Merituulis einzige Patin, dachte sie. Ohne Jonna gäbe es Merituuli gar nicht.

»Geholfen!«, wiederholte Eila und warf drei Stücke Zucker in ihren Kaffee. »Dafür bin ich ja jetzt da, um dir zu helfen und dich zu unterstützen.«

Noora sah sie scharf an. Sie überkam wieder dasselbe unbehagliche Gefühl wie vorhin bei der Sternwarte.

»Wie wäre es, wenn du die Wurst schneidest«, schlug Eila vor, als sie ihre Tasse geleert hatte. Die Packung mit den Krakauern klatschte auf den Tisch. »In kleine Würfel. Ich schwenke inzwischen die Kartoffeln in Öl, dadurch bekommen sie mehr Geschmack.«

Merituuli in ihrer Schaukelliege lallte vor sich hin, die Suppe blubberte leise im Topf und in der Pfanne begann das Öl zu zischen. Noora schnitt die Folie über der Wurst auf. Das konnte sie immerhin, so viel war ihr von den sommerlichen Campingausflügen in Erinnerung geblieben.

»Ich habe mich inzwischen gefragt, ob …« Dampf wirbelte auf, als Eila die Kartoffelwürfel in die Pfanne schüttete. »Ich habe mich also gefragt, ob Merituuli wohl je ihrem Vater begegnet …«

Ein lauter Aufschrei unterbrach sie. Noora saß stocksteif da und starrte auf ihren linken Zeigefinger. Aus einer tiefen Schnittwunde tropfte Blut direkt auf die Porreeringe.

»Ach herrje!« Eila griff mit einer Hand nach den Küchentüchern und schob mit der anderen den Porreeteller beiseite. »Wie konnte dir das passieren? Lass mal sehen.«

Noora riss ihre Hand weg und rannte ins Badezimmer. Das Baby begann zu weinen und Eila stand für einen Moment ratlos mitten in der Küche. »Das wird schon wieder …«, plapperte sie dann und nahm das Baby auf den Arm. »Die Mama klebt ein Pflaster auf die Wunde, und dann ist alles wieder gut.«

Nach einer Weile setzte sie das Baby, das sich beruhigt hatte, wieder in die Schaukelliege und widmete sich der Suppe. Sie schüttete die Kartoffelwürfel in den Topf, anschließend den Porree und zwei Tüten mit klein geschnittenen Möhren. Als die Suppe erneut kochte, kostete sie und würzte dann noch mit Thymian, schwarzem Pfeffer und einem Schuss Soja nach. Auch Basilikum hätte nicht geschadet, aber Eila hatte nicht daran gedacht, welches zu besorgen.

Sie sah auf die Uhr. In etwa zwanzig Minuten würde sie die Wurst hineingeben, sie richtig heiß werden lassen, und dann könnten sie sich zu Tisch setzen.

Noora war immer noch im Badezimmer. Eila schlich in den Flur und horchte, aber hinter der Tür war kein Geräusch zu hören, kein Wasserrauschen, nichts.

Eila beschloss, sich nicht zu ärgern und das Mädchen in Ruhe zu lassen. Um sich die Zeit zu vertreiben, stöberte sie in der Küche in den Pappkartons herum und fand tatsächlich zwei tiefe Teller und ein teuer aussehendes Tafelbesteck, noch in der Originalverpackung. Vielleicht ein Geschenk, überlegte sie. Sie nahm den dampfenden Suppentopf vom Herd, stellte ihn auf den Tisch und öffnete einen Becher Schmand, dann klopfte sie an die Badezimmertür.

»Komm essen, ehe die Suppe kalt wird!« Eilas muntere Stimme hallte in dem leeren Flur.

Die Tür öffnete sich leise, und Noora huschte heraus. Ohne ein Wort zu sagen, setzte sie sich an den Tisch und ließ sich von Eila Suppe auffüllen.

Ihr steif abstehender linker Zeigefinger war mehrfach mit Pflaster umwickelt.

»Schmeckt's?«, fragte Eila eifrig, als Noora gerade zwei Löffel voll genommen hatte. »Rühr etwas Schmand hinein, der rundet den Geschmack wunderbar ab.« Noora lehnte die Smetana ab, aß aber ihren Teller leer. Die Suppe war wirklich gut, sie hinterließ im Mund einen herrlich würzigen Nachgeschmack.

»Möchtest du noch mehr?«, fragte Eila mit der Kelle in der Hand. Noora schüttelte den Kopf. Sie wurde wieder schrecklich müde, so wie sie es all die letzten Monate gewesen war. Sie gähnte, dass ihre Kinnladen knackten.

»Ich schlage Folgendes vor«, sagte Eila fröhlich und stellte die Teller in die Spüle. »Du machst einen richtigen Mittagsschlaf und Merituuli und ich schaffen währenddessen ein wenig Ordnung. Hinterher trinken wir dann wieder Kaffee.«

Noora hatte nicht die Kraft zu widersprechen. Sie wollte nichts weiter als schlafen, lange und traumlos. Mochte Eila so viel herumwirtschaften, wie sie wollte, aber anschließend musste sie diese Frau auf die eine oder andere Weise unbedingt loswerden.

Noora ließ sich ins Bett fallen, zog sich die Decke über die Ohren und rollte sich zusammen. Kurz bevor sie einschlief, dachte sie noch, dass sie so müde war, dass sie nie mehr die Kraft hätte aufzustehen.

Als Eila den Rest der Suppe in Portionsbehälter gefüllt und den Gefrierschrank eingeschaltet hatte, nahm sie die Schaukelliege mit der schlafenden Merituuli und schlich ins Wohnzimmer. Sie stellte den Sitz neben Nooras Bett und sah sich um.

Im Zimmer war es stickig. Eila öffnete das Lüftungsfenster und auch ein wenig die Jalousie. Im *Retrodesign* waren Kunden, aber der künstlerische Leiter war nicht zu sehen.

Eila schloss die Jalousie wieder und dabei fiel ihr Blick auf einen Pappkarton, der auf dem Fensterbrett stand. Allerlei Kram war darin, Ansichtskarten, Notizblöcke, Einkaufsquittungen, alte Frauenzeitschriften und ein paar Fotoalben mit billigem Kunststoffeinband. Eila blätterte in dem Album, das zuoberst lag, es enthielt eine bunte Mischung ganz gewöhnlicher, unscharfer Aufnahmen, Sommerlandschaften, ein Ausflug zur Laubfärbung nach Lappland, fröhlich feiernde Menschen …

»Mein Gott!«, entfuhr es Eila plötzlich, und sie setzte sich auf den knarrenden Holzstuhl. Sie sah das Album sorgfältig von Anfang bis Ende durch und wiederholte die Prozedur noch zweimal.

Als aus dem Bett ein leiser Seufzer zu hören war, legte sie das Album rasch wieder in den Karton. Noora erwachte jedoch nicht, sondern drehte sich nur um und schlief weiter.

9

Virve Vainio pflegte zu sagen, dass ihre weitläufige und helle Wohnung in der Runeberginkatu nur einen einzigen Makel hatte: das Fehlen eines Balkons. Sie sehnte sich nicht etwa nach Sonnenbädern, denn die bewirkten lediglich, dass die Haut austrocknete und alterte, aber sie hätte gern die Kleidung auf dem eigenen Balkon gelüftet. Auch ein paar leuchtend rote Geranien würden sich im Sommer nicht übel ausnehmen, sie würden gleichsam ein wenig Pariser Flair ins Straßenbild bringen.

Wenn sie Wohnungen vorführte, betrachtete sie diese manchmal mit dem Blick des Kunden, aber sie hatte nie wirklich einen Umzug in Erwägung gezogen. Sie hatte ihre jetzige Wohnung geerbt und fühlte sich wohl darin. Sie schätzte Traditionen und gab zu, in dieser Hinsicht überaus konservativ zu sein. Das Leben musste Kontinuität haben, auch wenn keine Kinder da waren.

Virve öffnete das Schlafzimmerfenster weit und stellte den leichten Wäscheständer davor. Das musste eben zum Lüften reichen. Sie holte zwei von Veli-Pekkas Jacketts aus dem Flur, schüttelte sie leicht und hängte sie an den

Ständer. Sie hasste die Namensabkürzung, die ihr Mann benutzte, und hatte es stets abgelehnt, ihn VauPe zu nennen. Sie war drauf und dran gewesen, fürs *Retrodesign* neue Visitenkarten drucken zu lassen, hatte es dann aber unterlassen. Der Laden gehörte zwar ihr, war aber trotzdem Veli-Pekkas Projekt, seine Leidenschaft, mochte er ihn also in seinem Stil führen, solange er sich rentierte. Bislang war der Umsatz geradezu erstaunlich gut.

Virve hielt sich selbst – außer für eine erstklassige Immobilienmaklerin, die sie tatsächlich auch war – für eine sehr liberale und tolerante Frau. Wirkliche Untreue gestattete sie natürlich nicht, aber sonst ließ sie Veli-Pekka Raum und Freiheiten. Er konnte kommen und gehen und die Abende mit Freunden verbringen, wie es ihm beliebte. Virve kümmerte sich nicht darum, und selbst wenn er erst in den frühen Morgenstunden angetorkelt kam, ließ sie ihm auch das zumeist durchgehen.

»Die sicherste Methode, einen Mann zu halten, ist, ihm eine möglichst lange Leine zu lassen«, pflegte sie zu ihren wenigen Freundinnen zu sagen. Hauptsache, die Kommunikation klappte, das Heim war gepflegt und man hatte Erfolg im Job – und aß an den Wochenenden pünktlich morgens und mittags.

Virve war also nicht weiter verwundert, als sie in einer der Jacketttaschen außer ein paar Münzen eine Quittung aus dem *Storyville* fand. Sie warf nicht mal einen Blick auf die Summe, krempelte nur die Taschen beider Jacketts zum Lüften nach außen und warf die Quittung in den Mülleimer in der Küche.

Im Korridor klingelte das Telefon.

»Mist«, schimpfte Virve und stellte das Zandergratin, das sie gerade in den Ofen hatte schieben wollen, auf die

Arbeitsfläche. Sie begriff nicht, warum Veli-Pekka unbedingt verlangte, dass es im Haus auch ein gewöhnliches, fest installiertes Telefon gab, wo doch das Handy erfunden worden war.

Virve bildete sich ein, durch ihre Arbeit eine recht gute Menschenkenntnis erworben zu haben. Sie sah auf den ersten Blick, ob ein Kunde, der eine Wohnung besichtigte, es ernst meinte oder ob er nur aus Neugier gekommen war. Sie hörte es schon an der Stimme, im Grunde genommen schloss sie alles aus dem Ton, in dem der andere sprach.

Am anderen Ende der Leitung erklärte Veli-Pekka, dass er kurz im Laden reingeschaut habe und dort ein schwieriges Problem bei den Bestellungen aufgetreten sei. Er müsse das umgehend klären und könne nicht zum Mittagessen nach Hause kommen.

»Force majeure«, sagte er, und Virve glaubte ihm kein Wort. Aus dem Jogging war offensichtlich ein Kneipenbesuch geworden, sie roch es geradezu durchs Telefon.

Virve widersprach nicht; es würde viel wirkungsvoller sein, wenn sie ihre Missbilligung erst ausdrückte, wenn er wieder daheim war. Sie würde ihm spätestens im Bett einfach den Rücken zukehren und sich auf keinen Annäherungsversuch einlassen. Allerdings waren die in letzter Zeit sowieso rar gewesen.

»Was soll ich mit dem Zander machen?«, fragte sie ganz ruhig.

In der Leitung blieb es einen Augenblick still. »Ruf Saku an«, schlug Veli-Pekka dann vor.

»Ruf Saku an«, wiederholte Virve wütend, nachdem sie aufgelegt hatte. Alles musste abgekürzt werden, nicht mal seinen Schwager konnte er Sakari nennen. Kindisch, aber so war dieser Mann eben, ein großes Kind, das sie aus irgendeinem Grund vor einigen Jahren unter ihre Fittiche genommen hatte. Und in das sie sich unsterblich verliebt hatte.

Wieder in der Küche, hätte sie das Gratin am liebsten gleich in den Müll geworfen, schob es dann aber doch in den Ofen. Die Wohnung am Töölöntori, die komplett im Funktionalstil gehalten war, sollte sie um vier Uhr nachmittags vorführen, und dafür musste sie bei Kräften und topfit sein. Für die hundertfünfzig Quadratmeter wurde ein Schwindel erregender Preis verlangt, und Virve gedachte, keinen einzigen Euro davon nachzulassen.

»Ruf Saku an«, wiederholte sie noch einmal, stellte den Kurzzeitwecker auf dreißig Minuten und ging in die Bibliothek. Sie war schon im Begriff, die Nummer ihres Bruders zu wählen, legte das Handy aber wieder auf den Tisch.

Von dem großen, dreieckigen Innenhof des Häuserblocks drang das rhythmische Geräusch des Teppichklopfers herauf. Es lebe die Gleichberechtigung, dachte Virve amüsiert, als sie aus dem Fenster sah: Ein Mann war da mit einem derben, altmodischen Teppichklopfer am Werk. Virve selbst mochte keine Teppiche; ihr dickes Eichenparkett, das im Laufe der Jahrzehnte dunkel geworden war, sah unbedeckt am besten aus. Veli-Pekka hatte gelegentlich wehmütig von den fröhlich bunten, gestreiften Flickenteppichen seiner Mutter gesprochen, aber Virve akzeptierte diese nicht einmal in der Küche. Wie hätten die wohl ausgesehen zwischen all dem glänzenden Edelstahl, dem schwarzen Marmor und den Flächen aus Kirschbaumholz.

Was mag ich überhaupt – außer Wohnungen zu verkaufen?, fragte sich Virve, während sie zusah, wie der Mann den großen Plüschteppich mit Rosenmuster von der Stange zog, geschickt aufrollte, ihn sich über die Schulter schwang und im Treppenhaus verschwand. An den Wochenenden kochte sie, weil es sich so gehörte, aber auch das war ihr eigentlich verhasst. Ans Putzen brauchte sie zum Glück keinen Gedanken zu verschwenden, denn dafür gab es Putzfrauen, deren Lohn man heutzutage sogar von der Steuer absetzen konnte. Lesen langweilte sie und fernsehen stumpfte ab, wie sie fand. Ab und zu ging sie in die Oper oder ins Theater und beglückwünschte sich im Allgemeinen hinterher, dass sie bis zum Schluss wach geblieben war.

Aber auf jeden Fall mag ich meinen kleinen Bruder, entschied Virve dann und nahm das Handy vom Tisch.

Nach dem siebten Klingelzeichen schaltete sich der Anrufbeantworter ein und Virve hinterließ eine Nachricht: »Um Punkt ein Uhr steht das Essen auf dem Tisch. Mach ein bisschen Tempo, dann schaffst du es. Nimm dir zur Not ein Taxi.«

Auf dem Hof waren zwei kleine Kinder in leuchtend roten Steppanzügen aufgetaucht. Es begann ein fröhlicher und lauter Wettbewerb, wer von beiden am zielsichersten mitten in eine große Pfütze springen konnte. Wenn das eine Kind ausglitt und ins Wasser plumpste, folgte das andere sofort seinem Beispiel, worauf sich beide kreischend bespritzten.

Da werden sich die Mamas aber freuen, wenn die lieben Kleinen pitschnass nach Hause kommen, dachte Virve schadenfroh, als sie wieder in die Küche zurückkehrte. Dieses Problem hatte sie zum Glück nicht.

»Hallo. Ich störe hoffentlich nicht?«

VauPe erschrak so gründlich, dass er beinah sein Bierglas fallen gelassen hätte. Es war bereits sein drittes, und je mehr Bier er trank, desto unangenehmer erschien ihm der Gedanke an den Heimweg. Er saß da und plante fieberhaft die nächsten Schritte in seinem Leben, kam aber beim Abfassen des Skripts nicht über den Anfang hinaus. Seine eigenen Repliken wusste er, aber hinsichtlich Virves Antworten konnte er sich nie sicher sein – außer dass sie auf jeden Fall das letzte Wort haben würde. Kompromisse gehörten nicht zu ihrem Sprachschatz.

»Überhaupt nicht«, sagte er trotzdem höflich, obwohl Jonna Kaarela die Letzte war, die er jetzt hier gebrauchen konnte. Ein nettes Mädchen, aber am falschen Ort. »Setz dich. Dein Onkel spendiert dir was. Oder was bin ich eigentlich für dich? Auf jeden Fall kein eigentlicher Blutsverwandter.«

»Nein, wahrhaftig nicht«, Jonna lachte und sagte, dass sie ebenfalls ein Bier nehme, nur zur Gesellschaft. Eigentlich hatte sie dieses Wochenende alkoholfrei verbringen wollen, aber Noora hatte alles verdorben. Oder eigentlich jene grauhaarige Frau, die Noora und Merituuli dreist mit Beschlag belegt hatte. »Du bist nur der Mann meiner Tante.«

»Wirklich ›nur‹«, sagte VauPe. »So wie es in dem alten Schlager heißt – El Bimbo ist nur ein Maaann …«, schmetterte er mit dröhnendem, schon ein wenig trunkenem Bass, die Hand auf dem Herzen.

»Du solltest Karaoke singen«, Jonna lachte. »Praktisch um die Ecke ist das Restaurant der Exfrau von Matti Nykänen, wo sich angeblich sogar Reichstagsabgeordnete produzieren. Jedenfalls habe ich das gehört. Angeblich existiert auch im Reichstag ein inoffizieller Karaokeklub. Mich würde kein Mensch dazu bringen, öffentlich zu singen, nicht mal für eine Million. Aber du hast eine wirklich gute Stimme, du könntest ohne Weiteres zum Mikro greifen.«

VauPe gestand, dass der Gedanke an sich recht verlockend oder zumindest schmeichelhaft sei, aber er werde sich seine Arien doch lieber fürs Badezimmer aufheben. Er merkte, dass er sich in Jonnas Gesellschaft wieder außerordentlich wohl fühlte, obwohl er das Mädchen nicht mal besonders gut kannte. Sie hatten sich ein paarmal offiziell auf Familienfeiern getroffen, an denen er auf Virves Drängen hin teilgenommen hatte. Und hin und wieder zufällig im Nachtleben der Stadt, im Theater, im *Storyville* und anderswo. Einmal hatte er Jonna und ihrer Begleitung »in der Eigenschaft eines Onkels« eine Runde spendiert und sich ansonsten gewundert, woher sie das Geld nahm, so ausgiebig zu feiern. Eine Boutique, die modische Kleidung aus zweiter Hand anbot, konnte unmöglich eine Goldgrube sein.

»Ich bin sauer«, sagte Jonna wütend, als das Glas vor ihr stand.

»Liebeskummer?«, fragte VauPe. Er überlegte kurz, ob er sich ein viertes Glas bestellen sollte, unterließ es aber, vorläufig.

»Nee, bestimmt nicht!«, schnaubte Jonna. »Von den Kerlen erholt man sich wenigstens. Etwas anderes ist es, wenn die Freundin einen verrät.«

»Das ist natürlich eine schlimme Sache.« Mehr fiel VauPe nicht ein. Für ihn waren seine Freunde einfach Kumpels, aber Frauen reagierten bei Freundschaften anscheinend empfindlicher. Virve war allerdings auch in dieser Frage eine Ausnahme; sie hatte zu ihren so genannten Freundinnen stets Distanz gewahrt, genau wie zu allen anderen Menschen.

Als Jonna ihr Glas zur Hälfte geleert hatte, knallte sie es auf den Tisch und setzte sich bequemer zurecht. Ihre Anspannung begann sich zu legen. Vielleicht würde sie Noora sogar verzeihen, noch nicht sofort, aber eines schönen Tages.

Netter Kerl, dachte sie dann, während sie VauPe betrachtete, der begonnen hatte, laut über die weltbewegende Frage nachzudenken, ob er nach Hause gehen oder sich noch ein Glas genehmigen sollte. Sie redete ihm eifrig zur letzteren Alternative zu. Sie hatte es nicht eilig und wollte vor allem nicht gern allein sein.

»Eigentlich wollte ich joggen«, bekannte er ein wenig beschämt. »Zu viel Speck, wie man sieht.«

Jonna war nichts dergleichen aufgefallen. VauPe sah gut aus und war außerdem nett, anders als seine Frau, die nur elegant war. Außerdem kannte sie keinen anderen Mann mit einem so glänzenden Pferdeschwanz. Jonna hatte seit jeher eine Schwäche für langhaarige Männer, sie verkörperten den Geist der früheren Troubadoure und zugleich des modernen Rock and Roll.

»Wie geht es dem Papa?«, fragte VauPe, nachdem er um die Rechnung gebeten hatte. Drei Bier mussten reichen, zumindest in dieser Kneipe.

»Gut – wahrscheinlich.«

»Wieso ›wahrscheinlich‹?« VauPe zog das Portmonee aus der Gesäßtasche seiner Sporthose.

»Na ..., zumindest gestern ging es ihm noch ganz gut.«

»Und eine neue Stiefmutter ist nicht in Sicht?«

»Nein.« Jonna sah ihn scharf an. »Wieso?«

»Ich dachte nur so. Saku ist ein Mann im besten Alter und hat ja noch einen weiten Weg bis zu Jack Nicholson, der angeblich immer noch Frauen umnietet wie Bäume.«

Jonna begnügte sich mit einem Schnauben als Antwort. Ein äußerst hinkender Vergleich. Sie bedankte sich für das Bier und ging dann mit VauPe zusammen bis zur Ecke des Bulevardi.

»Grüß die Tante«, sagte sie der Form halber.

»Mach ich, solange sie noch deine Tante ist«, sagte VauPe lachend.

»Was soll das denn heißen?«

»Ach nichts, das war nur so dahingesagt.« Er lief zur Lockerung ein wenig auf der Stelle und trabte dann am Rande des Parks der Alten Kirche in Richtung Töölö davon.

Kein schlechter Stil für einen so alten Kerl, dachte Jonna, während sie ihm nachsah, und dann beschloss sie, einen Umweg über den Flohmarkt von Hietalahti zu machen. Dort bestand immer die Chance, irgendeinen preiswerten Fetzen zu finden, den sie dann zu einem höheren Preis in der eigenen Boutique verkaufen konnte. Sie hatte sich mittlerweile zu einer geschickten Feilscherin entwickelt und außerdem machte es Spaß, war eine Art Freizeitsport.

Diesmal fand sie allerdings nichts. Sie kam am Bistro der Hietalahdenkatu vorbei. Im Fenster wurde ein üppiger und preiswerter Lunch angepriesen, aber der lockte sie jetzt nicht. Ebenso gut konnte sie sich im nächsten Laden einen billigen Tunfischsalat kaufen; die Geldscheine, die sie von ihrem Vater erhalten hatte, wollte sie wahrlich nicht für so prosaische Dinge wie Essen verplempern.

Jonna hatte bereits die Halle passiert, als sie abrupt stehen blieb. Sie hatte aus den Augenwinkeln etwas wahrgenommen.

Zwei Männer waren gerade aus der Halle gekommen. Sie gingen dicht nebeneinander durch die Kalevankatu und Jonna konnte fast die Nähe zwischen ihnen spüren und ihr Lachen hören, obwohl sie schon ein gutes Stück entfernt waren. Kurz bevor die Männer im Hauseingang verschwanden, fasste der eine den anderen um die Schulter, beugte sich zu ihm und flüsterte ihm etwas ins Ohr.

»Verflucht!«, zischte Jonna, überquerte die Straße und marschierte ins *Mr. Pickwick.*

10

VauPe schloss die Tür möglichst geräuschlos hinter sich, wie immer, wenn er mehr als nur zwei Glas getrunken hatte. Überflüssig, denn Virve war nicht zu Hause. Der lange beigefarbene Kamelhaarmantel hing nicht an der Garderobe.

VauPe sah auf die Uhr: noch nicht einmal drei. Wenn er sich recht erinnerte, war der Termin in der Luxusbude am Töölöntori erst um vier Uhr. Nun, vielleicht hatte seine Frau vorher noch etwas zu erledigen.

Er ging in die Küche und trank ein großes Glas Wasser, dann nahm er die mit Folie bedeckte Auflaufform aus dem Kühlschrank. Von dem Gratin fehlte nur eine winzige Ecke. »Genau Virves übliche Portion«, er lachte laut. Der kleine Bruder war also nicht zum Essen gekommen, vermutlich hatte sie ihn gar nicht angerufen. Virve pflegte Verwandtschaftsbeziehungen gerade so weit, wie es zum guten Ton gehörte. Dafür konnte sie nicht oft genug über den mangelnden beruflichen Ehrgeiz ihres Bruders lamentieren. Ihrer Meinung nach hätte er sich schon längst spezialisieren müssen und sich nicht mit dem Allerweltsjob des praktischen Arztes begnügen sollen. »Grippetabletten verschreiben kann schließlich jeder«, pflegte sie verächtlich zu schnauben.

Nun, auch ich bin schließlich nichts anderes als ein ehemaliger Reifenverkäufer mit Interesse für Design, gestand sich VauPe ein und stellte die Form wieder in den Kühlschrank. Sein Magen knurrte zwar, aber auf Gratin hatte er gerade keinen Appetit. Außerdem garte Virve den Fisch stets zu lange, und wenn man ihn in der Mikrowelle aufwärmte, würde er austrocknen und wie Gummi werden. Am liebsten hätte er eine große Portion Bratkartoffeln gehabt, fetttriefend und mit zwei Spiegeleiern obendrauf. Im guten alten *Kannu* in der Punavuorenkatu gab es die früher, aber auch diese Kneipe hatte schon vor Jahren den Besitzer und den Namen gewechselt. Vermutlich stand das Gericht dort nicht mal mehr auf der Speisekarte.

VauPe machte sich ein paar deftige Mettwurstbrote, und nachdem er sie verzehrt hatte, warf er sich aufs Bett. Dieses war das einzige anständige Möbelstück in der gesamten von Virve eingerichteten Wohnung und es war eigentlich zu groß für zwei Personen. Virve liebte Antiquitäten, und kurz bevor VauPe einschlief, dachte er noch, dass das vermutlich das einzige Bindeglied zwischen ihr und ihrem kleinen Bruder Saku war.

Es dämmerte bereits, als VauPe hochfuhr. Die Digitaluhr auf dem Nachtschrank zeigte genau fünf. Draußen hinter den Fensterscheiben schwebte leichter Nebel.

Er reckte seine erstarrten Glieder und kämpfte sich hoch. Anschließend löste er seine Zuge vom trockenen Gaumen und trank den Rest einer Flasche Vichywasser, die er im Kühlschrank fand. Dabei versuchte er sich zu erinnern, ob Virve möglicherweise außer der Luxusbude noch andere Wohnungen vorführen wollte. Beim Frühstück hatte sie irgendetwas erzählt, aber das Meiste war ihm zum einen Ohr rein- und zum anderen wieder rausgegangen. Die Arbeit seiner Frau interessierte ihn nicht im Geringsten, außer in den seltenen Fällen, wenn ihr einfiel, einem Kunden gegenüber das äußerst interessante Einrichtungsgeschäft namens *Retrodesign* in der Fredrikinkatu zu erwähnen. Gelegentlich waren Leute auf ihre Empfehlung hin in den Laden gekommen und ein Kunde hatte sogar einen weißen Schalensessel gekauft. Anschließend hatte er noch versucht, um eine Doppelkuppellampe desselben Designers zu feilschen, aber VauPe war hart geblieben. »*Retrodesign* ist kein Flohmarkt«, hatte er zu dem Mann gesagt, der empört mit dem Stuhl unter dem Arm hinausmarschiert war.

VauPe wurde nervös. Er wanderte unruhig durch die Räume und landete schließlich wieder im Schlafzimmer. In einer plötzlichen Eingebung holte er einen Notizblock aus der Kommodenschublade. Nachdem er eine kurze Botschaft auf Virves Nachtschrank hinterlegt hatte, tauschte er seine Sporthose gegen schwarze Jeans, zog seine Boots an und griff nach der geliebten, abgeschabten Lederjacke. In der Tür vergewisserte er sich noch, dass er die Geldbörse und das Handy dabeihatte.

Er beschloss, ins *Retrodesign* zu gehen. Obwohl der Laden natürlich bereits geschlossen war, gab es dort stets genug zu tun. Zum Beispiel wartete im Lager jede Menge

Ware, die ausgezeichnet werden musste. Außerdem fühlte er sich im *Retrodesign* wirklich zu Hause.

Er hatte eigentlich in der Hesperiankatu ein Taxi nehmen wollen, aber der Bus Nummer vierzehn kam gerade die Runeberginkatu herunter. Er winkte, wich der Matschdusche aus, die der bremsende Bus verursachte, und stieg ein.

Das ist doch zu blöd, schimpfte VauPe, nachdem er in der Albertinkatu ausgestiegen war. Seine Kehle war immer noch staubtrocken. Er ging nicht auf direktem Wege ins Geschäft, sondern zunächst zum Bulevardi, denn er musste unbedingt vorher noch ein kaltes Bier trinken. Das *Klaus Kurki* war ihm da als Erstes eingefallen.

Jemand starrt mich an, dachte Noora undeutlich an der Grenze zwischen Schlaf und Wachen. Sie hatte so tief geschlafen, dass es ihr vorkam, als sei ihr ganzer Körper mit der Matratze verschmolzen. Sie streckte die steifen Beine aus und drehte sich dann seufzend zur Wand um. Sie mochte nicht aufwachen, noch nicht.

Es war ganz still. Und die starrenden Blicke waren immer noch da.

»Na, aufgewacht?«, ertönte plötzlich Eilas Stimme fast direkt an ihrem Ohr.

Noora drehte sich um und öffnete die Augen. Sie hatte Recht gehabt: Eila saß neben dem Bett auf dem Holzstuhl, hielt die Hände im Schoß und sah Noora besorgt an. Wie lange mochte sie dort gesessen und sie beobachtet haben?

Als Kind hatte Noora im Schlaf gesprochen und angeblich sogar auf Fragen geantwortet. War das womöglich auch jetzt passiert? Hatte Eila vielleicht versucht, sie auszufragen? Noora schob den unangenehmen Gedanken beiseite und setzte sich auf.

Wie lange hatte sie eigentlich geschlafen? Hinter der Jalousie war es hell, also war noch Tag. Merituuli strampelte vergnügt auf einer dicken Decke auf dem Fußboden und jauchzte über das Geräusch, das eine gelbe Klapper machte. Wo in aller Welt hatte Eila die nur gefunden? Noch vor zwei Tagen hatte Noora vergeblich überall in der Wohnung danach gesucht.

Sie blickte sich um. Das Zimmer sah irgendwie anders aus. Tatsächlich, die gemieteten Kisten waren geleert und die Bücher türmten sich an der Wand in ordentlichen Stapeln.

Eila bemerkte, wie Noora die Stirn runzelte. »Ich habe zum Zeitvertreib die Kisten geleert«, beeilte sie sich zu erklären. »Du kannst sie dann gleich am Montag zurückbringen, dachte ich mir. Wozu unnötig Miete dafür bezahlen.«

Noora stand auf und schüttelte ihren linken Arm, der eingeschlafen war. Am liebsten hätte sie dem aufreizend gerade ausgerichteten Bücherstapeln einen Fußtritt gegeben.

»Schön zu sehen, dass ein junger Mensch so viele Bücher hat«, bemerkte Eila. »Es sitzen also nicht alle nur da und glotzen Videos.«

»Ich habe die Bücher nicht gelesen«, sagte Noora barsch, »ich hab' sie gekriegt – von irgendjemandem.«

Eila war verwirrt, fing sich aber schnell wieder. »Nun, wenn das so ist, dann hast du ja für eine ganze Weile genug Lesestoff. Aber dann wirst du natürlich auch ein Bücherregal haben.«

»Hab' keins«, murmelte Noora. Sie nahm Merituuli auf

den Arm. Der Speichel, der im Mundwinkel des Babys perlte, hinterließ eine feuchte Spur auf ihrer Schulter.

Eila brauchte nicht lange über eine Lösung nachzudenken. »Ich habe zufällig ein Regal übrig, aus starkem Palisander, echtes, stabiles Holz und keine Spanplatten. Es liegt zerlegt in der Bodenkammer, weil ich es in meiner Einzimmerwohnung einfach nicht unterbringen kann. Sollen wir es gleich holen?«

»Nein«, sagte Noora so entschieden, dass das Lächeln im Nu aus Eilas Gesicht verschwand. »Ich hasse Palisander und die Bücher will ich zum Flohmarkt bringen. Ich lese sie sowieso nicht. Ich habe nichts mehr gelesen, seit ich die Schule beendet habe, mit Ausnahme von Frauenzeitschriften.«

»Ja, aber dann ...« Eila war für einen Moment aus dem Konzept geraten. Sie wollte ja nur helfen und die andere dankte ihr das nicht mal. »Trotzdem wäre es wohl am besten, auch die restlichen Kartons auszupacken«, schlug sie dann vor.

Sie zog aufs Geratewohl aus dem nächststehenden eine fast völlig ausgeblichene Hüftjeans, die Noora sofort an sich riss.

»Ich kann jetzt einfach nicht«, sagte Noora und setzte das Baby wieder auf die Decke. »Nimm es mir nicht übel, aber ich möchte einfach allein – oder vielmehr mit Merituuli zusammen sein.«

»Allein?«, wiederholte Eila verdutzt. »Warum?«

»Weil ich jetzt nicht mag ... Weil dies unser Zuhause ist.«

Eila richtete den Rücken gerade. Jetzt reichte es, sie würde sich nicht mit Gewalt aufdrängen. »Wie schön, dass dir die Suppe wenigstens genehm war«, fauchte sie und segelte in die Küche, um ihre Sachen zusammenzupacken. »Die Dosen stehen im Gefrierschrank, du kannst sie rausnehmen, wenn du mal wieder Hunger haben solltest.« Sie faltete ihre Schürze sorgfältig zusammen, legte sie auf den Korb und sah sich noch einmal um. So sauber würde diese undankbare junge Frau ihre Küche nie hinterlassen.

»Trotzdem vielen Dank.« Noora war in der Tür aufgetaucht, sie hatte die Arme über der Brust gekreuzt und wirkte entschlossen und unsicher zugleich.

»Keine Ursache. Einen schönen Tag noch.« Eila rauschte mit ihrem Korb an Noora vorbei und verschwand im Treppenhaus.

Die Tür so dezent zuknallen kann wahrlich nicht jeder, sagte sich Noora, die verwundert in ihrem Flur stand.

Aus dem Zimmer war forderndes Geschrei zu hören. Merituuli hatte eine kleine Pfütze auf die Decke erbrochen und patschte wütend mit der Hand hinein.

»Shit!«, schimpfte Noora. »Ich halte das nicht aus … Warum bist du nicht schon so groß, dass du am Tisch sitzen und wie ein Mensch essen kannst! Und dass man richtig mit dir reden kann!«

Sie nahm das Baby auf den Arm, es spuckte eine neue Portion auf ihre Schulter und das Geschrei riss nicht ab.

Als Eila ihre Wohnung betrat, hätte sie beinah vor Wut nach der Katze getreten, die ihr freundlich im Flur entgegenkam.

»Typen gibt es!«, schimpfte sie und bückte sich dann, um das dichte, weiße Fell des Tieres zu streicheln. »Ich meine natürlich nicht dich. Verglichen mit Menschen, haben Katzen wenigstens Manieren.«

Sie leerte ihren Korb und räumte die Sachen weg, goss der Katze Wasser in den Napf und griff dann nach ihrer Wetterjacke. Zu Hause bleiben wollte sie jetzt nicht, sondern sie würde dorthin gehen, wo man Hilfe zu schätzen wusste.

Sie verharrte für einen Moment im Treppenhaus. Dort war das Geschrei des Babys noch deutlicher zu hören als durch die Wohnungsdecke. Entgegen all ihren guten Manieren machte Eila das internationale Handzeichen in Richtung der oberen Etage und verließ das Haus.

Eila leistete schon seit Jahren freiwillige Arbeit, weniger aus Überzeugung als vielmehr, um die Zeit totzuschlagen. Sie reinigte nicht nur die Parks, sondern sie half auch im nahe gelegenen Altenheim oder sammelte Geld für das Rote Kreuz, wann immer Leute gebraucht wurden, die sich an die Straßenecke stellten. Sie hörte nie auf, sich darüber zu wundern, wie klein die Münzen waren, die vor allem Damen im Nerzpelz in die Büchse warfen. Manche Männer hingegen, die wie Penner aussahen, gaben gelegentlich sogar einen Schein, und sie blieben oft stehen, um ein bisschen zu plaudern.

Am besten gefiel es Eila jedoch im Seniorenwohnheim von Kamppi. Es machte ihr Spaß, Kaffee und Kuchen zu verkaufen und den alten Damen zuzuhören. Die waren unglaublich aktiv und agil, sie besuchten verschiedene Kurse und Vorträge und ließen beim Nachmittagstanz keine Runde aus. Und wenn nicht genügend Männer als Partner da waren, tanzten sie miteinander.

Jetzt stellte sich Eila jedoch nicht hinter den Tresen, sondern kaufte sich selbst einen Kaffee und eine kleine Schnecke und setzte sich an einen Seitentisch. Es war überraschend wenig Publikum da, was ihr sehr entgegenkam. Sie war tatsächlich nicht in Plauderstimmung, sondern einfach nur wütend und beleidigt.

Der Kaffee war heiß und stark, aber die Schnecke schmeckte nach Zellulose. Die ist von gestern, schimpfte Eila im Stillen und schob den Teller beiseite. Sie leerte die Tasse und ging sofort wieder.

Auf dem Weg zur Tür erwog sie kurz, ins Kino zu gehen. Gerade lief ein neuer einheimischer Film, dem die Kritiker bescheinigt hatten, dass er noch eine richtig altmodische Story habe.

Im Dunkeln zu sitzen erschien ihr jetzt allerdings nicht verlockend. Vielleicht ein andermal, ich könnte ja Noora bitten mitzukommen, sagte sie sich, aber dann fiel ihr wieder die Szene in deren Wohnung ein. Das Mädchen musste sich erst mal anständig benehmen, ehe Eila Airaksinen ihr verzeihen konnte.

Der helle Sonnenschein, der tagsüber geherrscht hatte, wurde am Abend von feuchtem Nebel abgelöst. Eila stülpte ihre Kapuze über den Kopf und steckte die Hände tief in die Taschen. In der feuchten Luft ließ es sich gut atmen und auch die Füße hoben sich irgendwie leichter. Sie hatte es nicht eilig, nach Hause zu kommen.

Eila hielt normalerweise an ihrer Routine fest, um sich die gewohnte Ordnung im Alltag und im Leben zu bewahren, aber als sie durch den Park der Alten Kirche ging und sah, dass VauPe Vainio ins *Klaus Kurki* marschierte, beschloss sie, eine Ausnahme zu machen.

Wenn du es weiter so treibst, wirst du noch abhängig, sagte sie halb im Ernst zu sich selbst. Du hockst bald jeden Tag in der Kneipe.

Die Bar war voll. An Eilas Stammtisch saßen lärmende junge Leute, dort war kein Platz mehr, selbst wenn sie versucht hätte, einen zusätzlichen Stuhl unterzubringen. Was sie um keinen Preis getan hätte.

VauPe hatte sich an den Tresen gezwängt und bekam gerade ein großes Glas Bier vorgesetzt. Er und der Barmann sahen aus, als hätten sie sich gegenseitig kopiert, die gleichen Pferdeschwänze und die gleiche schwarze Kleidung, nur dass der Barmann wohl mindestens fünfzehn Jahre jünger war.

Eila überlegte bereits, ob sie wieder gehen sollte, aber dann wurde direkt neben VauPe ein Barhocker frei.

»Tag«, Eila lehnte sich an den Hocker. Sie hätte sich um keinen Preis draufgesetzt, da hätte sie ja ausgesehen wie eine ..., sie suchte nach dem Wort, ... eine Kneipendirne.

VauPe und der Barmann waren in ein belangloses Gespräch vertieft, beide streiften Eila nur mit einem kurzen Blick und unterhielten sich dann weiter.

»Tag«, wiederholte Eila wesentlich lauter. »Ich nehme ein Bier – ein kleines«, ergänzte sie.

Der Barmann fasste träge an den Bierhahn. Er wischte den überschüssigen Schaum von der Oberfläche, schob Eila das feuchte Glas hin und machte sich nicht mal die Mühe, Bitte zu sagen.

»Skål«, Eila prostete VauPe zu, der nicht zu hören schien oder sich nicht darum kümmerte. Er saß da und starrte vor sich hin, da der Barmann ans andere Ende des Tresens gegangen war, wo er eifrig ein Model bediente, das aus den Fotos der Klatschpresse bekannt war.

Eila versuchte im Spiegel des Flaschenregals VauPes Blick einzufangen, aber ohne Erfolg. Als er einmal kurz hinsah, war es, als würde er durch den Spiegel hindurchblicken, dann widmete er sich wieder seinem Bierglas.

Ich bin überhaupt nicht anwesend, dachte Eila. Zwar stehe ich hier, aber ich bin trotzdem nicht da. Dieser Mann hat mich unzählige Male vor seinem Schaufenster gesehen und gestern ist er sogar rausgekommen und hat mit mir geredet, aber hier erkennt er mich nicht. Ich bin nicht jung und nicht schön und in keiner Weise interessant. Mich sieht man nicht.

Als VauPe sein Glas geleert hatte, legte er einen Geldschein auf den Tresen, schwang sich von seinem Hocker und trat Eila direkt auf die Füße. Er murmelte etwas Unbestimmtes und eilte hinaus, wobei er das Gummiband seines Pferdeschwanzes zurechtzog.

Auf den frei gewordenen Hocker zwängte sich ein übergewichtiger junger Mann, der fast Eilas Glas umstieß. Kein Wort der Entschuldigung, nichts.

Eila angelte sich über den dicken Arm des Mannes hinweg ihr Glas vom Tresen, leerte es bis auf einen kleinen Rest und stellte es dann auf einen Beistelltisch.

Sie wischte sich den Schaum von den Lippen und marschierte ohne zu zahlen hinaus.

Niemand rief sie zurück.

Als Eila an ihre Haustür kam, sah sie automatisch zur anderen Straßenseite. Das *Retrodesign* hatte bereits geschlossen, aber drinnen im Laden war Bewegung zu erkennen. VauPe Vainio war anscheinend vom *Klaus Kurki* direkt hierher gekommen, denn da stand er mit einer pilzförmigen Plastiklampe im Arm und schien nach einem passenden Platz für sie zu suchen.

Eila schlüpfte ins Haus, blieb aber hinter der Tür stehen. Sie dachte an die Kartons, die bei ihr im Flur warteten. Jetzt wäre vielleicht der geeignete Augenblick …

oder doch nicht, sie war noch zu erregt. Sie musste sich erst beruhigen und einen Plan machen, damit sie alles auf einmal erledigen konnte, würdevoll und gründlich.

Das Geschrei in der zweiten Etage war zu einem etwas leiseren verzweifelten Weinen abgeebbt. Eila warf nicht mal einen Blick nach oben, als sie die Schlüssel aus der Tasche zog. Sie würde schlicht und einfach ihre Ohren verschließen. Wenn man sich nicht aufs Hören konzentrierte, hörte man eigentlich auch nichts.

Manche sagten, dass der Fernseher der beste Freund eines einsamen Menschen sei, aber Eila konnte das für gewöhnlich nicht bestätigen. Jetzt allerdings schaltete sie ihr altmodisches Gerät ein und drehte den Ton lauter. Es lief gerade irgendeine englische Serie, aber Eila hatte keine Lust umzuschalten. Das Programm spielte keine Rolle, Hauptsache, der Ton war laut genug.

Erst als die Nachrichten begannen, setzte sich Eila in den Sessel. Die Katze sprang auf ihren Schoß und begann zu schnurren. In diesem Moment klingelte das Telefon.

Eila hatte nicht die leiseste Absicht zu antworten. Sie verfolgte konzentriert die Zusammenfassung von der Beisetzung des Infanteriegenerals und zählte nebenbei die Rufzeichen – acht. Anschließend wartete sie vergebens darauf, dass das Telefon erneut klingelte.

Plötzlich waren oben neben dem Weinen noch andere Stimmen zu hören, so als würde dort gesprochen. War jemand gekommen oder war das Mädchen endgültig durchgedreht und redete mit sich selbst?

Eila schaltete den Fernseher und das Licht aus und stellte sich ans Fenster. Ein leichter hellgrauer Nebel ließ die Konturen des Hauses gegenüber verschwimmen, Eila konnte gerade noch erkennen, dass sich jemand im *Retro-*

design bewegte. Plötzlich tauchte die Gestalt in der Ladentür auf. Eila zog sich hinter die Gardine zurück und beobachtete, wie VauPe eine Weile dort stand, sich nach allen Seiten umsah und wieder hineinging.

Oben waren die Stimmen verstummt, aber das Kinderweinen hielt unvermindert an.

Viel später, als sich der Nebel schon so verdichtet hatte, dass das Haus auf der anderen Straßenseite kaum noch zu erkennen war, Eila entgegen ihrer Gewohnheit zwei große Tassen Tee geleert und erneut den Fernseher eingeschaltet hatte, während im *Retrodesign* immer noch Licht brannte, klingelte es an der Tür.

Eila stand mit der leeren Teetasse in der Hand in der Küche. »Ich gehe nicht hin«, sagte sie laut und stellte die Tasse vorsichtig in die Spüle.

Es klingelte erneut, diesmal länger.

Eila schlich in den Flur.

Durch den Spion war nur der Treppenflur verzerrt zu erkennen. Dann hörte sie ein Schluchzen.

Sie öffnete die Tür einen Spalt breit.

»Entschuldigung, aber könntest du vielleicht …« Noora hatte die Arme um den Oberkörper geschlungen, um ein heftiges Zittern zu unterdrücken. »Ich schaff es nicht …, könntest du kommen?«

»Jetzt ist meine Hilfe also wieder willkommen?«, fragte Eila selbstgefällig und öffnete die Tür ein wenig weiter.

»Verzeihung …«, Noora lehnte sich an die Wand und brach erneut in Tränen aus.

»Aber nicht doch.« Eila tätschelte ihr steif den Arm. Widerstreitende Gefühle bewegten sie. Sie war immer noch beleidigt, aber andererseits … »Das wird schon.« Dabei fasste sie ihren Entschluss: »Warte hier, ich suche ein paar Sachen zusammen. Vielleicht bleibe ich sicherheitshalber über Nacht.« Sie schloss die Tür, damit die Katze nicht ins Treppenhaus entwischen konnte.

Auf dem Weg ins Wohnzimmer trat sie gegen den zusammengerollten Teppich, der an der Wand lag, und scheuchte dann die Katze vom Fensterbrett in die Küche. Nachdem sie den Fernseher ausgeschaltet hatte, ging sie ins Bad und hängte sich ein Handtuch, das Nachthemd und den Morgenmantel über den Arm, in die Tasche des Morgenmantels steckte sie ihre Zahnbürste und eine kleine weiße Pillendose.

»So, dann wollen wir mal sehen, was mit dem kleinen Fräulein eigentlich los ist«, sagte sie zu Noora, die bereits die Stufen hinauflief.

Auf dem Treppenabsatz betrachtete Eila sich in der Glastür des Lüftungsbalkons. Ein triumphierendes Lächeln zeichnete sich schemenhaft auf ihrem Gesicht ab.

Sonntag, 14. März

11

Eila erwachte von einem seltsamen Gedanken – Idus des März. Wie war sie darauf gekommen? Irgendwie hing es mit dem Mord an Cäsar oder zumindest mit dessen Schicksal zusammen. Aber damals war es der fünfzehnte März gewesen, falls sie sich richtig erinnerte, und jetzt war erst der vierzehnte. Sie musste so schnell wie möglich zu Hause im Lexikon nachschlagen. Nooras Bücherstapel schienen hauptsächlich Unterhaltungsromane und Krimis zu enthalten. Recht seichtes Zeug, hatte sie vergangene Nacht gedacht, als sie einen Blick auf die Titel geworfen hatte.

Sie hatte fast die ganze Nacht wach gelegen und dann bis weit in den Vormittag hinein geschlafen. Es war bereits elf Uhr und sie erinnerte sich nicht, jemals so spät aufgestanden zu sein. Sie musste lachen, es war ein gutes Gefühl, wenigstens ein Mal im Leben die Routine zu durchbrechen. Oder eigentlich hatte sie das bereits gestern getan, als sie ins *Klaus Kurki* gegangen war, obwohl gar nicht Freitag war.

Ich werde noch eine richtige Rebellin, dachte sie zufrieden, während sie da auf dem Fußboden auf ihrer dünnen Matratze lag.

Sie fühlte sich wunderbar ausgeglichen und irgendwie komplett. Wir sind jetzt fast wie eine Familie, dachte sie, als sie sich aufrichtete und Noora und Merituuli betrachtete, die immer noch schliefen.

Noora hatte ihre Decke von sich gestoßen und schlief zusammengerollt wie ein Embryo, bekleidet nur mit einem dünnen T-Shirt. Sie war so mager, dass man jeden einzelnen Rückenwirbel hätte zählen können. Dagegen musste etwas getan werden, das Mädchen musste anständig und regelmäßig essen. Noora hatte gesagt, dass sie bereits zweiundzwanzig sei, aber Eila vermochte sie nicht als Erwachsene zu sehen. Um junge Mädchen musste man sich kümmern, besonders um jene, die bereits ein Kind hatten.

Der vergangene Abend war genau so verlaufen, wie Eila es sich gewünscht oder vielmehr wie sie es bestimmt hatte. Noora hatte nur Kaffee im Schrank gehabt, also hatte Eila aus ihrer Wohnung Tee geholt, dem Mädchen eine große Tasse davon eingeflößt und sie praktisch gezwungen, eine halbe Schlaftablette zu schlucken. »Dann kannst du wenigstens mal richtig schlafen«, hatte sie gesagt. Noora hatte gemurmelt, dass nicht mal der Arzt bereit gewesen sei, ihr etwas zu verschreiben, worauf Eila nur verächtlich gesagt hatte, so seien die Ärzte nun mal, man dürfe sie nicht zu ernst nehmen.

Wie bereits am Abend zuvor, hatte sich Merituuli fast sofort unter Eilas sicheren Händen beruhigt. In der Nacht war sie ein paarmal aufgewacht, war aber, nachdem sie warme Milch bekommen hatte, wieder eingeschlafen.

Eila hatte das schlafenden Baby betrachtet und gedacht, dass sie sich nicht erinnerte, wann sie zuletzt so zufrieden mit ihrem Leben gewesen war. Allerdings nicht glücklich; dieses Wort hatte sie zum letzten Mal benutzt, als sie noch keine zwanzig gewesen war.

Eila sehnte sich nach einem Kaffee und, wie sie merkte, auch nach der dicken *Helsingin Sanomat,* die unbedingt zum Sonntagmorgen gehörte. Die Wochenendnummer bot im Allgemeinen Lesestoff für mehrere Tage und Eila hätte es ohnehin nicht über sich gebracht, die teure Zeitung für die ganze Woche zu bestellen.

Ich muss daran denken, mir von Noora einen Schlüssel geben zu lassen, dachte sie beiläufig, als sie hinausging, um die Zeitung aus ihrer Wohnung zu holen. Es kam ihr gar nicht in den Sinn, dass Noora etwas gegen den Gedanken haben könnte – jetzt noch. Eila bückte sich, um die Fußmatte als Stopper unter die Tür zu schieben.

Die Katze maunzte im Flur, den buschigen Schwanz steil aufgerichtet, aber Eila tätschelte sie nur zerstreut und löffelte ihr Futter in den Napf. Katzen kamen allein zurecht und man brauchte sie auch nicht auszuführen, so wie Hunde. Eila hob die Zeitung auf, die unter dem Briefschlitz lag, ging aber noch einmal in die Küche zurück und füllte ihren Einkaufskorb mit Vorräten aus dem Kühlschrank. Käse, Brotaufstrich, Brot und Eier – aus diesen Zutaten könnte sie ein ordentliches Frühstück bereiten. Nur Saft fehlte, aber das war jetzt nicht zu ändern. Wenn Noora aufwachte, würden sie gemeinsam für den nächsten Tag eine richtige Einkaufsliste machen. Ich zahle notfalls, beschloss Eila und erkannte erst jetzt, dass sie gar nicht wusste, wovon Noora und das Baby eigentlich lebten. Garantiert nicht nur vom Erziehungsgeld. Noora hatte sicherlich vor der Geburt des Kindes irgendwo gearbeitet, und außerdem hatte jedes Kind auch einen Vater – irgendwo. Manche Väter zahlten sogar.

Es gibt so viel zu fragen und zu klären, dachte Eila freudig erregt, während sie vor der Nase der verärgerten Katze die Tür schloss.

Noora schlief immer noch in derselben Stellung, aber im Gitterbett war Bewegung zu erkennen. Eila hob Merituuli vorsichtig heraus. Sie musste schnellstens Milch warm machen und die Windeln wechseln, damit die Kleine nicht wieder schrie und die Mutter vorzeitig weckte.

Als Merituuli endlich mit dem Fläschchen in ihrer Schaukelliege auf dem Fußboden saß und vor sich hin strampelte, schaltete Eila die Kaffeemaschine ein und schlug die Zeitung auf.

Welcher Genuss und welche Ruhe!

Der Zustand hielt genau sieben Minuten an.

»Was ist da eigentlich los!?« Der plötzliche laute Ausruf ließ Eila zusammenschrecken, und sie setzte die dampfende Kaffeekanne, die sie gerade in die Hand genommen hatte, rasch auf der Spüle ab. Sie hatte nicht einmal gemerkt, dass Noora aufgewacht war, aus dem Zimmer war nicht das leiseste Geräusch zu hören gewesen.

Merituulis Gesicht verzog sich bedrohlich, aber Eila kümmerte sich jetzt nicht darum. Sie stellte die Kaffeekanne wieder auf die Heizplatte und eilte ins Zimmer.

Noora stand am Fenster und bog mit dem langen Zeigefinger die Streben der Jalousie auseinander. »Was ist dort eigentlich los?«, fragte sie erneut, als Eila hinzutrat.

»Lass mich mal ...«, Eila sagte ihren bekannten Satz und öffnete trotz aller Proteste Nooras die Jalousie vollständig.

Am Sonntagmorgen waren in diesem Teil der Fredrikinkatu für gewöhnlich nur wenige Passanten unterwegs, aber jetzt hatte sich vor dem *Retrodesign* eine ganze Gruppe von Menschen versammelt und alle schienen miteinander zu tuscheln. Auch ein paar Kinder waren darunter, sie schienen stets als Erste am Platz zu sein, wenn etwas Außergewöhnliches geschah.

In der offenen Ladentür stand eine streng aussehende bebrillte Frau und hielt die Hand auf der Klinke. Sie schien den Leuten draußen etwas zu erklären und zog dann die Tür hinter sich zu.

»Das ist ja ...«, Noora zeigte auf das Auto, das auf dem Bürgersteig vor dem Laden hielt.

»Ja, anscheinend.« Eila legte ihr die Hand auf den Arm. »Es ist ein Streifenwagen.«

»Was für ein Krempel!«, schnaubte Hauptwachtmeisterin Tanja Ström verächtlich, als sie sich im Laden umsah. Sie hatte gerade die Neugierigen draußen weggeschickt, das Auto hatte sie nur mit Mühe dort parken können. »Und dafür zahlen die Leute auch noch.« Sie blickte zu Henna Ketonen, die auf einem weißen Plastikstuhl hockte, das Gesicht von Tränen verschmiert.

Tanja Ström versuchte nach besten Kräften ihren Zorn hinunterzuschlucken. Die ganze Situation war völlig idiotisch und sie selbst wäre auch gar nicht da, wenn sie nicht zufällig gerade mit ihrem Partner Jokinen in dieser Gegend unterwegs gewesen wäre – und wenn Henna nicht ihre Nichte wäre, die behauptet hatte, vor Sorge ganz außer sich zu sein.

Die Nichte hatte vor einer halben Stunde völlig hysterisch bei ihr angerufen. Tanja Ström hatte mehrmals eingreifen müssen, damit sie aus dem konfusen Bericht überhaupt schlau wurde.

Jemand war tot. Oder zumindest verschwunden. Oder sowohl als auch. Oder irgendetwas in der Richtung.

»Könntest du also mal herkommen?«, hatte Henna unter heftigem Schluchzen gebettelt. »Ich verstehe das alles nicht.«

Tanja Ström verstand ebenfalls nichts und die Sache ging sie nicht einmal etwas an.

Trotzdem hatte sie nur tief geseufzt und Jokinen gebeten, unerlaubterweise in der Straße zu wenden und zum *Retrodesign* zu fahren, wo ihre Nichte neben dem Studium als Verkäuferin jobbte.

»Jetzt mal ganz ruhig und alles von Anfang an.« Tanja Ström zog sich einen Stuhl heran.

»Welcher Anfang, gestern oder heute?« Henna war so aufgeregt, dass sie kaum still sitzen konnte.

»Von Anfang an.« Tanja Ström legte einen orangefarbenen Plastikwürfel aus der Hand, mit dem sie herumgespielt hatte, während sie Hennas verworrenen Satzfetzen gelauscht hatte. Welchem Zweck mochte das Ding wohl dienen?

»Also von gestern?«, Henna starrte sie fragend an und Tanja Ström nickte.

»Ich kam abends kurz nach neun hier vorbei«, erzählte die Nichte atemlos. »Ich wollte zu einem Typen nach Eira. Ich wunderte mich ein bisschen, dass im Hinterzimmer noch Licht brannte, und dann kam VauPe nach vorn in den Laden.« Henna sah sich um, als suche sie etwas. »Er sah mich und rief mich rein. Er war hergekommen, um eine neue Lieferung auszuzeichnen, und da haben wir dann …« Ihre Stimme brach, aber sie räusperte sich und versuchte tapfer weiterzusprechen: »… über alles Mögliche geredet und …« Die Stimme versagte ihr vollends.

»Worüber habt ihr geredet?«

»Na, hauptsächlich über die Preise der Waren, und dann habe ich ihn ein bisschen geneckt und gefragt, ob er die ganze Nacht hier verbringen will, und er …«, erneutes Räuspern, »… er hat gesagt, dass es gut möglich sein könnte, weil er keinen Bock auf zu Hause hätte.«

»Was kann er damit gemeint haben?«, fragte die Ström, bekam aber nur ein unbestimmtes Achselzucken zur Antwort.

»Dann hat er gesagt, dass er auf jeden Fall noch eine Weile hier bleiben würde, weil er mit jemandem verabredet wäre«, fuhr Henna fort.

»Mit jemandem?«, wiederholte die Ström. Sie gewann zum ersten Mal ein wenig Interesse an der Geschichte. »Er hat natürlich keinen Namen genannt?«, äußerte sie ihre Vermutung.

»Nein.« Henna brach wieder in Tränen aus. »Und ich hab' auch nicht gefragt. Seine Angelegenheiten gehen mich ja nichts an«, verteidigte sie sich dann. »Und anschließend bin ich gegangen.«

»Wie spät war es da?«

»Wie spät? Keine Ahnung. Vielleicht kurz nach halb zehn. Ja, bestimmt, ich bin nämlich direkt zu dem Freund gegangen und dort bin ich um Punkt zehn Uhr angekommen. Er ist Nachrichtenfreak und ich erinnere mich, dass gerade die Zehnuhrnachrichten begannen.«

»Du wohnst ja hier gleich um die Ecke«, sagte die Ström. »Hast du auf deinem Heimweg irgendetwas bemerkt?«

»Ja, hab' ich.« Hennas Unterlippe zitterte bedrohlich. Sie schnäuzte sich gründlich in ein Papiertaschentuch und zerdrückte es dann in der Faust zu einem kleinen Ball. »Ich bin kurz nach drei Uhr von dem Freund weggegangen, obwohl ich ursprünglich über Nacht bleiben wollte. Er ..., na ja, wir kennen uns noch nicht lange und haben uns ein bisschen in die Wolle gekriegt, dabei ist er im Prinzip ganz okay ...«

Hoffentlich ist er wenigstens ein bisschen erträglicher

als ihr voriger Freund mit dem Ganzkörpertattoo und den Piercings, dachte Tanja Ström. Das war ein wirklich obskurer Bursche gewesen. »Du bist also auf dem Heimweg hier vorbeigekommen«, half sie ihrer Nichte weiter.

Henna nickte eifrig. »Es brannte immer noch Licht, und da fiel mir ein, dass VauPe vielleicht die ganze Nacht bleiben wollte, und ich beschloss, ihm Hallo zu sagen. Aber er war gar nicht da. Hier war überhaupt niemand.« Henna sah sich wieder verwundert um. »Ich habe mit meinem eigenen Schlüssel aufgesperrt, weil die Tür abgeschlossen war, aber das Komische war, dass nur ein Mal abgeschlossen war, so als wäre VauPe nur kurz weg gewesen.«

»Mitten in der Nacht?«, fragte Tanja Ström so erstaunt, dass sie selbst überrascht war.

»Ja. Abends und zum Wochenende schließt er, wenn er geht, immer zusätzlich das Sicherheitsschloss ab und löscht natürlich überall das Licht, außer im Schaufenster. Und auch der Spot, der auf den Sessel dort gerichtet ist, brennt immer.« Henna wies auf den roten Kugelsessel, in dem Jokinen saß und sich herumschwenkte, ein verzücktes Grinsen im Gesicht.

»Ich hatte zweifellos einiges intus«, bekannte Henna dann ein wenig verlegen, »aber trotzdem machte mir all das ziemlich zu schaffen, sodass ich erst nach sechs Uhr einschlief. Gleich nach dem Aufstehen kam ich wieder her – und alles sah noch genauso aus. Hier ist in der Zwischenzeit niemand gewesen.«

»Und was schließt du daraus?«, Tanja Ström sah auf die Uhr. Die ganze Geschichte ging ihr langsam auf die Nerven. Oder eigentlich schien es nicht mal eine richtige Geschichte zu sein.

»Er ist verschwunden«, sagte Henna mit felsenfester Überzeugung und ihre Stimme klang jetzt vollkommen sicher.

»Verschwunden?«, wiederholte Tanja Ström und hätte beinah laut gelacht. »Red keinen Unsinn.«

»Das tue ich nicht«, sagte Henna beleidigt. »Ich weiß, dass ihm etwas zugestoßen ist. Er ist verschwunden.«

»Jetzt hör mal«, Tanja Ström stand auf, um die Beine zu strecken. Der Plastikstuhl war nicht nur hässlich, sondern auch besonders unbequem. Bei großer Hitze würde der Hintern daran festkleben. Zum Glück hatte der Fassadenausschuss oder irgendeine andere kluge Instanz der Stadt gerade Plastikstühle auf den Sommerterrassen der Restaurants verboten. »Man kann bei einem erwachsenen Menschen nicht von Verschwinden reden, wenn er mal ein paar Stunden seinem Arbeitsplatz fern bleibt, noch dazu am Wochenende. Und dieser VauPe«, sie sprach den Namen gedehnt aus, »ist meines Wissens Privatunternehmer, also sein eigener Herr. Er kommt und geht, wie es ihm gefällt.«

»Das macht er eben nicht«, rief Henna. »Er war immer geradezu aufreibend korrekt, ein richtiger Pedant. Komm mal mit.« Sie zog Tanja Ström ins Hinterzimmer und zeigte auf den Tisch. »Sieh selbst. Fast alle Schubladen sind geöffnet, und das Portmonee liegt auf dem Tisch. VauPe würde nie sein Portmonee dort liegen lassen.«

»Vielleicht ist er nach Hause gegangen und hat aus Zerstreutheit …«

»Eben nicht«, unterbrach Henna sie wütend. »Natürlich habe ich versucht, ihn anzurufen, sowohl auf dem Handy als auch zu Hause.«

»Und?«

»Das Handy antwortet nicht und zu Hause ist er nicht aufgetaucht.«

»Woher weißt du das?«

»Seine Frau hat es gesagt.«

Tanja Ström sah Henna neugierig an. Sie hatte das zweite Wort mit besonderer Betonung ausgesprochen. Ganz offensichtlich gehörte die Gattin nicht zu ihren Favoriten.

»Virve Vainio«, präzisierte Henna. »Ihr gehört im Grunde genommen dieser Laden, aber eigentlich ist sie Immobilienmaklerin.«

»Wirkte sie denn besorgt?«

»Das kannst du gleich selbst entscheiden. Sie müsste jeden Moment hier sein.«

Tanja Ström ging wieder nach vorn in den Laden, stellte sich ans Schaufenster und betrachtete das Haus gegenüber. Im Erdgeschoss befanden sich Geschäfte, aber sonst schien es ein gewöhnliches Wohnhaus zu sein. Sie registrierte mit Erstaunen, dass sich eines der ältesten Mantelgeschäfte der Stadt immer noch am selben Standort behauptete. Vor einem Jahr hatte sie dort nach einem beigefarbenen schmalen Frühjahrsmantel gesucht – und war in einem weiten, schwarzen herausgekommen. Ob der für seine Überredungskünste berühmte Inhaber wohl immer noch lebte?

Tanja Ström musterte systematisch die Fenster, von links nach rechts, Stockwerk für Stockwerk. In den meisten waren die Gardinen zugezogen oder es standen so viele Grünpflanzen davor, dass die Sicht fast völlig verdeckt war.

Hinter einem Fenster in der zweiten Etage standen zwei Frauen. Plötzlich trat die größere und schlankere zur Seite, aber die kleinere und dickere verharrte an ihrem Platz, stand reglos da, die Hände in den Hüften.

12

Virve Vainio saß im Café des *Kiasma* und betrachtete den Kühlschrankmagneten, den sie im Shop des Kunstmuseums gekauft hatte. Im Prinzip verabscheute sie derlei überflüssigen Kram, aber auf diesem Magneten stand ein so treffender Ausspruch von Woody Allen, dass sie ihn einfach hatte kaufen müssen: *Life is full of misery, loneliness and suffering – and it's all over much too soon.*

Genau, sagte sie sich und steckte den Magneten in die Handtasche.

Nichts währte ewig, vor allem nicht das Leben.

Virve hatte sich extra an einen Fenstertisch gesetzt, weil sie sich das Zusatzgebäude des Reichstags, das auf der anderen Seite der Mannerheimintie emporwuchs, genau anschauen wollte. Im Mai sollte es fertig gestellt sein und bei Beginn der neuen Sitzungsperiode im Herbst feierlich eingeweiht werden.

Das Gebäude sah gut aus und passte vollkommen an die Stelle, dachte Virve, mochten die Kritiker, die dem Restaurant nachtrauerten, das vorher dort gestanden hatte, sagen, was sie wollten. Die dunkle Ziegelwand mit den scharfen Kanten, die zur Mannerheimintie zeigte, verschmolz perfekt mit dem benachbarten *Haus des Handwerks* und dem Hotel *Presidentti,* und zum Reichstagsgebäude und zur Eisenbahnstraße hin überraschte der schön geschwungene gläserne Teil mit seinen weichen, runden Formen.

Eine ganz andere Sache war natürlich, ob der Bau wirklich notwendig gewesen war, setzte Virve ihre Überlegungen fort. Die Abgeordneten klagten seit Jahren im Chor über den Platzmangel im Reichstag und jetzt wollte keiner in das neue Gebäude umziehen. Es erschwerte angeblich das effektive Arbeiten, wenn man die insgesamt neunzig Meter durch den unterirdischen Gang vom alten in das neue Gebäude zurücklegen musste. Die Damen und Herren Abgeordneten könnten ja dienstliche Tretroller verlangen, fand Virve und leerte ihre Espressotasse. Und wenn man es ganz genau nahm, hätten sich aus dem leer stehenden Gebäude der Hauptpost durch entsprechende Renovierung ausgezeichnete Arbeitsräume für den ganzen Verein gewinnen lassen. Jetzt sollte dort unter anderem eine Bibliothek einziehen, was natürlich auch nicht übel war.

Virve war schlechter Laune und das schon seit gestern. Sie hatte die prachtvolle Wohnung in Töölö nicht beim ersten Termin an den Mann bringen können. Zwei Kunden, die offensichtlich interessiert waren, hatten ein Angebot gemacht, aber Virve war nicht bereit gewesen, auch nur einen Zentimeter nachzugeben. Natürlich hatte sie den derzeitigen Eigentümer der Wohnung über die Angebote informiert, ihn aber aufgefordert, unbedingt noch zu warten. »Wir bekommen ganz bestimmt den Preis, den wir verlangen«, hatte sie ihm versichert. Und ich meine Prozente, hatte sie für sich hinzugefügt.

Einer der beiden potenziellen Käufer hatte sie am frühen Abend erneut angerufen und den Wunsch geäußert, die Wohnung abermals zu besichtigen, und das ausgerechnet heute am Sonntag um elf Uhr. Virve hatte im Stillen über den Zeitpunkt geflucht und dann höflich zugestimmt. Heute würde nun ihre fachliche Kompetenz wieder einmal auf die Probe gestellt werden, das heißt, sie würde die Wohnung notfalls mit Gewalt zum ursprünglichen Preis verkaufen.

Veli-Pekka ... Als Virve das Café verließ, verdrängte sie ihren Mann wieder aus dem Gedächtnis. Sie hatte gestern nach ihrer Heimkehr den Zettel gelesen, den er ihr hinterlassen hatte, hatte ihn in kleine Fetzen gerissen und in der Toilette hinuntergespült. Sie hatte dreimal ziehen müssen, ehe das Abflussrohr auch den letzten Schnipsel aufgesogen hatte. Nach einer grässlichen Nacht hatte sie ihrem Mann eine Textnachricht geschickt, dass er sein Sonntagsmittagessen auswärts zu sich nehmen solle.

Das Mannerheimdenkmal gehörte so wesentlich zum Straßenbild, dass man es eigentlich gar nicht mehr wahrnahm, aber jetzt blieb Virve für einen Augenblick am Fuße des Standbildes stehen. Bei der gestrigen Beisetzung des Infanteriegenerals hatte der Trauerzug auf seinem Weg vom Dom zum Friedhof Hietaniemi dort für eine Minute innegehalten. Tausende von Menschen hatten die Straßen gesäumt, um dem Toten die letzte Ehre zu erweisen, darunter waren überraschend viele sehr junge Leute und Väter mit ihren kleinen Söhnen gewesen. Virve hatte das Ereignis beiläufig im Fernsehen verfolgt. Sie hatte Traditionen stets geschätzt, aber Hurrapatriotismus lehnte sie ab.

Der Himmel war mit leichten grauen Wolken bedeckt und Regen war nicht zu erwarten, sodass Virve beschloss, zu Fuß nach Töölö zu gehen, bis zum Termin mit dem Kunden blieb ihr genügend Zeit.

Am Giebel des Glaspalastes blieb sie erneut stehen. Da

lag er, der zerklüftete Stumpf der uralten Bruchweide, die ein Sturm Ende Dezember gefällt hatte. Der Ort war für ein paar Tage zu einer regelrechten Pilgerstätte der Helsinkier geworden. Virve war gleich am nächsten Tag zufällig vorbeigekommen und hatte dabei ein herzerfrischendes Gespräch mit angehört. Zwei junge Mädchen hatten da gestanden und den Baumstumpf bestaunt, und die eine hatte konstatiert, dass der Baum jetzt tot sei. »Komisch, dass niemand Kerzen hergebracht hat«, hatte die andere lachend gesagt. »Heute werden doch an einem Unglücksort, wo jemand zu Tode gekommen ist, immer Kerzen aufgestellt.« Stimmt, kollektive Trauerarbeit, hatte sich Virve amüsiert gesagt, während sie den Mädchen lauschte. Nun, zumindest eine Kerze war dann doch noch aufgetaucht, als nämlich eine Feuerwerksrakete den Baumstumpf bald darauf in der Silvesternacht fast verbrannt hätte. Und jetzt war ein großer Streit darüber entbrannt, ob man den Stumpf des vor genau achtzig Jahren unter Naturschutz gestellten Baumes zum Andenken stehen lassen oder gänzlich beseitigen sollte.

Als ob die Menschen keine größeren Probleme hätten, schimpfte Virve innerlich, als sie weiterging.

Während sie vor der Tür des Hauses am Töölöntori stand und auf den Kunden wartete, beschloss sie, hinterher ins *Mamma Rosa* zu gehen. Dort könnte sie mal richtig ausgedehnt speisen, dachte sie. Und auch einen Schluck guten Wein würde sie sich gönnen.

In ihrer Handtasche klingelte das Handy. Virve sah eine unbekannte Nummer im Display und fluchte vor sich hin. Der Kunde wollte hoffentlich nicht den Termin in letzter Minute absagen.

Es war nicht der Kunde.

»Hei, hier ist Henna aus dem *Retro*«, rief eine aufgeregte Stimme. »Könntest du herkommen?! Ich glaube …, also ich glaube, dass VauPe etwas zugestoßen ist …«

Die weinerliche Stimme erzählte noch mehr, woraus Virve nicht im Mindesten schlau wurde. Sie stand da mit dem Handy am Ohr und merkte gar nicht, dass ein vorbeifahrender Bus eine Matschdusche auf ihren hellen Kamelhaarmantel spritzte.

Warum gehen die Leute gleich immer in Verteidigungsposition, ehe ich überhaupt eine Frage gestellt habe?, dachte Tanja Ström, während sie Virve Vainio musterte.

Madame hatte ihren schmutzbefleckten, teuer aussehenden Mantel achtlos über die Stuhllehne geworfen und ging jetzt durch den Laden, um Gegenstände zurechtzurücken. Ein Ordnung liebender Mensch, sagte sich Tanja Ström.

Sie hatte ihre Nichte vorhin gebeten, Virve ein zweites Mal anzurufen und sie zu bitten, umgehend in den Laden zu kommen, sofern sie denn zu kommen gewillt war. Frau Vainio war über den Anruf verärgert gewesen, sie hatte sich noch mit dem Kunden in der Wohnung befunden und diesen auf keinen Fall drängen wollen, da der Vertragsabschluss unmittelbar bevorgestanden hatte.

»Könnten Sie sich wohl für einen kleinen Moment setzen, damit wir uns ein wenig unterhalten können«, schlug Tanja Ström so höflich vor, wie sie irgend konnte, und das war nicht sehr viel.

»Was gibt es da zu unterhalten?«, Virve blieb vor ihr stehen, setzte sich dann aber doch in einen Ledersessel mit Chromgestell, die Fesseln zierlich gekreuzt. Das wurde bestimmt früher auf den Mannequinschulen gelehrt, dachte Tanja Ström belustigt. Das Licht, das durchs Fenster eindrang, fiel direkt auf das Gesicht der Frau, aus dem nicht die leiseste Besorgnis abzulesen war, von Gefühlsausbrüchen ganz zu schweigen.

Die rothaarige und leicht sommersprossige Virve Vainio erinnerte entfernt an eine französische Filmschauspielerin und Tanja Ström ärgerte sich, dass ihr partout nicht deren Name einfiel. Oder vielmehr ärgerte sie sich darüber, dass ein so unbedeutendes Detail sie ärgerte.

»Wann haben Sie Ihren Mann zuletzt gesehen?«, fragte sie.

»Gestern früh – zu Hause.« Die Polizistin hob leicht die Brauen, aber Virve kümmerte sich nicht darum. Henna, die abseits stand, blickte jedoch schadenfroh, ihre Miene schien auszudrücken: ›Was habe ich gesagt?‹ »Ziemlich genau um Viertel vor zehn, als er zum Joggen aufbrach«, präzisierte Virve.

»Was, glauben Sie, hat er nach dem Joggen gemacht?«

»Er rief mich an und sagte, dass er noch ins Geschäft gehen wollte, um ein paar dringende Sachen zu erledigen – hierher also.« Virve machte eine unbestimmte Handbewegung und beugte sich dann vor, um eine italienische Einrichtungszeitschrift, die auf dem Glastisch lag, gerade zu rücken. »Was ich, offen gesagt, bezweifle.«

Die Brauen der Ström hoben sich erneut.

»Wahrscheinlich saß er schon zu dem Zeitpunkt, als er mich anrief, irgendwo beim Bier, wollte das aber nicht zugeben, weil er sein Fitnessprogramm erst gestern Morgen begonnen hatte. Veli-Pekka war auf die Idee verfallen, dass er abnehmen müsste.«

Henna öffnete den Mund, um zu protestieren, sagte aber nichts. VauPe hätte nicht abzunehmen brauchen, er sah auf jeden Fall gut aus. Henna hatte immer kräftige Männer geliebt. So wie der Polizist, der mit gekreuzten Armen am Verkaufstisch lehnte und ein wenig an Rautiainen vom *Trio Niskalaukaus* erinnerte.

»Und danach haben Sie nichts mehr von ihm gehört?«

»Nein.«

Die folgenden Fragen beantwortete Virve Vainio ebenso einsilbig. Hatte sie überhaupt keine Ahnung vom restlichen Tagesprogramm ihres Mannes? Nein. Hatte sie sich nicht gewundert, dass er auch über Nacht nicht nach Hause kam? Nein. Kam das oft vor? Was? Dass ihr Mann nachts nicht nach Hause kam? Ja. Sie fand das also ganz normal? Ja. Hatte sie den Verdacht, dass er möglicherweise eine andere Frau hat? Nein. Hatte sie nicht mal versucht, ihn anzurufen? Nein. Hatte sie ihm eine Nachricht geschickt? Ja. Was für eine? Eine SMS.

»Ich habe ihm heute Morgen eine Textnachricht geschickt, dass ich überraschend einen dienstlichen Termin habe und zum Mittagessen nicht zu Hause sein kann«, ergänzte Virve. »Wir pflegen normalerweise am Wochenende gemeinsam zu essen.« Sie schluckte und räusperte sich dezent in die Faust.

Die erste Gefühlsregung, dachte Tanja Ström. »Und auf die Nachricht kam keine Antwort?«

»Nein.«

»Haben Sie sich gar nicht gewundert?«

»Nein, absolut nicht.« Virve zuckte die Achseln. »Veli-Pekka machte sich selten die Mühe zu antworten.«

»Wo waren Sie selbst – gestern also?«

Virve schloss für einen Moment die Augen, wie um sich zu konzentrieren. »Nachmittags habe ich gearbeitet. Ich hatte nur einen einzigen Besichtigungstermin, aber anschließend habe ich im Büro noch Papierkram erledigt und bin erst danach nach Hause gegangen. Es dürfte etwa um sieben Uhr gewesen sein. Ich habe letzte Nacht wirklich schlecht geschlafen«, klagte sie dann und ergänzte: »Dienstliche Probleme. Das gestrige Projekt lief nicht ganz so gut, wie ich gehofft hatte. Es ärgert mich, wenn etwas ins Stocken gerät.«

»Bestimmt«, murmelte Tanja Ström leicht fassungslos. Um ihren Mann war Madame nicht besorgt, Hauptsache, die Arbeit lief reibungslos. »Hatten Sie Gesellschaft?«

»Gesellschaft, wo?«

»Abends zu Hause.«

»Nein. Warum hätte ich die haben sollen?«

Das weiß ich auch nicht, seufzte Tanja Ström im Stillen. Allerdings wirkte Frau Vainio tatsächlich nicht wie ein Mensch, der Freunde um sich schart.

»Mehr habe ich nicht zu erzählen.« Virve breitete die Hände aus. »Da kann man also wohl nur abwarten«, konstatierte sie kühl.

Jetzt reicht es!, dachte Henna wütend. »Wieso?! Wir müssen eine Vermisstenanzeige aufgeben!«, rief sie, worauf Tanja Ström nur ganz ruhig sagte, dass es dafür noch allzu früh sei: »Es sind ja erst wenige Stunden vergangen. Eine Vermisstenanzeige gibt man erst nach zwei Tagen auf – falls es überhaupt notwendig ist«, beeilte sie sich hinzuzufügen, ehe Henna in Tränen ausbrechen konnte.

»Haben Sie übrigens Kinder?«, erkundigte sich Tanja Ström überraschend bei Virve, die bereits aufgestanden war, um zu gehen.

»Nein, haben wir nicht«, sagte sie reserviert. Sie entnahm einem Seitenfach ihrer Handtasche eine Visitenkarte und reichte sie Tanja Ström für den Fall, dass diese etwas hörte. »Wir sind erst seit ein paar Jahren verheiratet und ich bin fast zehn Jahre älter als Veli-Pekka.« Sie sah die Polizistin an, die von der Mitteilung jedoch unbeeindruckt schien. »Und ich mag Kinder nicht besonders«, ergänzte sie und nahm ihren Mantel von der Stuhllehne.

»Der Laden!«, rief Henna plötzlich.

Virve blieb an der Tür stehen. »Was ist damit?«

»Wie geht es hier weiter?« Henna sah sich unglücklich um. Womöglich verlor sie bei dem ganzen Theater auch noch ihren Arbeitsplatz. »Was machen wir morgen?«

»Wir öffnen natürlich, und zwar ganz normal. Hoffentlich ist es dir möglich, ganztags hier zu sein, jedenfalls vorläufig.«

Henna vermochte nur zu nicken. Aber wirklich nur vorläufig, dachte sie. Von dieser Frau würde sie sich keinen Tag länger als unbedingt notwendig triezen lassen. VauPe musste einfach zurückkommen ... Henna rannte ins Hinterzimmer und knallte die Tür hinter sich zu.

Nach einer Weile klopfte es. »Wir gehen jetzt«, rief Tanja Ström und lugte durch den Türspalt. »Melde dich wieder. Kommst du klar?«

Nein, dachte Henna. »Natürlich«, sagte sie laut.

»Also dann los.« Tanja Ström warf einen letzten Blick in den Ladenraum. Sie hatte kein einziges Möbelstück und keinen sonstigen Gegenstand gesehen, den sie für sich hätte haben wollen.

»Weißt du, was ich mich frage?«, sagte Jokinen, während er den Wagen aufschloss. »Warum die beiden überhaupt verheiratet sind.«

»Stimmt«, Tanja Ström hob plötzlich den Zeigefinger. »Marina Vlady«, rief sie.

»Was?«, Jokinen befestigte den Sicherheitsgurt.

»Virve Vainio erinnert mich an Marina Vlady.«

»Wer ist das?«

»Eine französische Schauspielerin. Sie war übrigens mit Vladimir Vysotsky verheiratet.«

»Ach so, mit dem«, sagte Jokinen, obwohl er von keinem der beiden je gehört hatte, aber er gestand der Ström seine Unwissenheit lieber nicht ein. »Meiner Meinung nach erinnerte die Frau eher an einen großen Kühlschrank. Also insofern würde sie gut als Requisit in einen amerikanischen Film passen.«

Sakari Mäkilä staunte, als sein Handy klingelte und er im Display sah, dass der Anruf von Virve kam. Die große Schwester meldete sich sonst so gut wie nie. Gestern war allerdings die überraschende Einladung zum Mittagessen gekommen, auf die er nicht reagiert hatte. Ihre Nummer hatte er tatsächlich nur für alle Fälle im Handy gespeichert. Falls etwas Ernstes passierte, mussten die nahen Verwandten natürlich informiert werden.

Noch mehr staunte er, als Virve erklärte, dass sie vorbeikommen wolle. Typisch, die seltenen Male, die sie ein Anliegen hatte, teilte sie einfach ihr Kommen mit, ohne überhaupt zu fragen, ob es ihm passte.

Mäkilä rannte vom Wohnzimmer ins Bad und dann in die Küche und anschließend wieder zurück. Er zog die Tagesdecke auf dem breiten Bett zurecht und hob die Sonntagszeitung, die halb unter das Bett gerutscht war, vom Fußboden auf. In der Küche war das schmutzige Geschirr in der Maschine gestapelt und der Spültisch glänzte leer und sauber.

Als er den Esstisch abwischte, schnupperte er. »Verdammt«, fluchte er laut und öffnete die Terrassentür. Die

Zimmerfenster zu öffnen war müßig, denn die Wohnung war L-förmig geschnitten und Durchzug kam nicht zu Stande.

Mäkilä stand eine Weile an der Terrassentür und atmete tief. Er fühlte sich sonderbar, ruhig und unruhig zugleich. Fast wie einst als junger Mann, als noch alles spannend, verboten und voller Verheißung gewesen war.

Plötzlich fiel ihm ein, dass er seiner Schwester nicht den Türcode gegeben hatte.

Er rief sie an und sie sagte, dass sie bereits ganz in der Nähe sei.

Ihre Stimme hatte eine ungewöhnliche Anspannung verraten. Woher der Wind wohl weht?, fragte er sich, während er noch einen letzten besorgten Blick in die Runde warf.

Die Antwort spazierte zwei Minuten später herein. »Jetzt brauche ich einen Schnaps«, erklärte Virve, marschierte in die Küche und warf sich auf einen Stuhl. Vor der dämlichen Polizistin hatte sie noch einigermaßen die Ruhe bewahren können, aber jetzt begann die Fassade zu bröckeln. »Gib mir irgendwas Hochprozentiges. Also einen steifen Drink, wenn ich bitten darf.«

Mäkilä beobachtete erstaunt, wie sie ein flaches, silbernes Zigarettenetui aus der Handtasche zog, dann fragte sie, ob es im Haus Streichhölzer gebe. Er hatte sie noch nie rauchen sehen und das Etui wirkte auch eher wie ein Ziergegenstand.

Er angelte die Streichholzschachtel aus der obersten Schublade und gab ihr Feuer. Sie zog ein paarmal heftig an der Zigarette und hustete dezent in die Hand.

»Whisky?«, fragte er und sie hob nur vage die Hand und sagte: »Ganz egal, Hauptsache stark.«

Mäkilä nahm die Whiskyflasche aus dem Schrank, deren Inhalt sich am vergangenen Abend stark dezimiert hatte. Er goss Virve einen tüchtigen Schuss ein, ebenso sich selbst. Irgendwie schien ihm, dass sie wohl beide eine Stärkung nötig haben würden. Er gedachte nicht zu fragen, warum seine Schwester so unvermutet aufgetaucht war. Sie würde, wie es ihre Gewohnheit war, direkt zur Sache kommen. Was sie dann auch tat.

»Bitte«, er reichte ihr den Whisky. »Worauf stoßen wir an?«

Sie griff nach dem Glas und nippte sofort daran. »Veli-Pekka hat sich abgesetzt«, sagte sie dann vollkommen ruhig.

Das Glas klirrte auf den Tisch nieder.

Kalter Schweiß trat Mäkilä auf die Stirn. VauPe Vainio, der Schwager, der nette Kerl, dem er leider viel zu selten begegnet war. Ein Frauenschwarm, Mittelpunkt auf Partys und Ehemann der großen Schwester.

»Wie bitte?«

»Er ist verschwunden«, Virve stieß ein grelles Lachen aus. »Einfach so.« Sie schnippte mit den Fingern. »Er ist nachts nicht nach Hause gekommen und im *Retrodesign* steht alles offen, sein Portmonee liegt auf dem Tisch und mittendrin hockt das hysterische Mädchen und heult. Er hat sich in Luft aufgelöst.«

»Welches Mädchen?«, Mäkilä haschte nach einem Detail.

»Die Aushilfe, Henna irgendwie. Ihr Nachname fällt mir jetzt nicht ein. Sie behauptet jedenfalls, dass ihm etwas zugestoßen ist.«

»Seit wann?«, Mäkilä goss sich Whisky nach, als wäre es Wasser.

»Wie, ›seit wann‹?«

»Wann wurde er zuletzt gesehen?«

»Gestern früh um Viertel vor zehn – da hab' ich ihn gesehen.«

»Vielleicht ist er nur … ähm … irgendwohin gefahren und …«, stotterte Mäkilä herum.

»Ach, glaubst du?«, fragte Virve mit eigentümlicher Stimme. Der Ausdruck in ihrem Gesicht erinnerte entfernt an ein verzerrtes Lächeln.

Mäkilä war unfähig, etwas zu sagen. Er saß einfach nur da und sah seine Schwester verwirrt an, aber als plötzlich das Schloss der Wohnungstür knackte, rannte er geradezu in den Flur.

»Habe ich dich überrascht?«, fragte Jonna und schwenkte den Schlüssel vor seiner Nase. »Ich wollte doch mal ausprobieren, ob der funktioniert.« Sie steckte den Schlüssel wieder ein. »Habe ich dich womöglich bei irgendwas gestört?«

»Überhaupt nicht …, da drinnen …«, Mäkilä machte eine unbestimmte Handbewegung.

Jonna sah ihren Vater an und lächelte vorsichtig, dann holte sie tief Luft, marschierte in die Küche – und blieb wie angewurzelt stehen. Die Karten mussten völlig neu gemischt werden.

»Ach, hallo. Was machst du denn hier?«, sagte sie nur. Ihre Tante mit einem Whiskyglas in der Hand dort sitzen zu sehen, war das Letzte, was sie erwartet hatte. Und wieder fühlte sie sich wie ein unsicheres kleines Mädchen, das sich nicht richtig benehmen konnte. Virve hatte stets ihre Sprache korrigiert, Kleinigkeiten moniert und sie sogar unverblümt aufgefordert, auf ihr Gewicht zu achten, als sie in der schwierigsten Phase der Pubertät mollig und besonders deprimiert gewesen war. Jonna hatte immer eine gewisse Scheu vor der Tante gehabt, oder mehr noch, sie hatte sie regelrecht gefürchtet.

»Tag.« Virve nickte, ohne auf die Frage zu antworten. Sie trank einen kleinen Schluck Whisky und leckte über ihre korallenroten Lippen.

»Hier wird also mitten am Tag gebechert«, Jonna lachte krampfhaft und tippte mit dem Zeigefinger gegen die Whiskyflasche.

»Hör mal, Jonna ...«, Mäkilä fasste seine Tochter ungeschickt bei der Schulter. »Es ist etwas ganz Merkwürdiges passiert ... VauPe ist ...«

»Veli-Pekka ist verschwunden«, unterbrach Virve Vainio ihn mit lauter Stimme. »Mein Mann«, fügte sie überflüssigerweise hinzu.

VauPe ... Jonnas Blick irrte von ihrem Vater zu Virve, dann zu den Gläsern und der Flasche und wieder zurück. Sie verstand überhaupt nichts. Beinah wäre sie umgefallen, als sie sich Halt suchend an die Spüle lehnte.

»Wohin?«, brachte sie schließlich heraus.

»Herrgott!«, fauchte Virve spöttisch. »Wenn man wüsste, wo er ist, wäre ja wohl nicht von Verschwinden die Rede.«

»Du hast sicher eine Vermisstenanzeige aufgegeben?«, fragte Jonna vorsichtig.

»Dazu besteht kein Grund.«

»Und die Krankenhäuser, hast du dort angerufen.«

»Noch nicht, aber das mache ich dann von zu Hause aus.«

»Und Freunde und Bekannte?«

»Welche Bekannten?«, Virve zuckte mit keiner Wimper.

Vater und Tochter tauschten einen peinlich berührten Blick. Mäkilä erbot sich, seiner Schwester Whisky nachzuschenken, aber sie lehnte ab. »Die hysterische Verkäuferin hatte sogar zwei Polizisten gerufen, aber ich bin mit ihnen völlig einer Meinung, dass man zwei Tage abwarten und schauen sollte, was geschieht.«

›Man sollte schauen, was geschieht …‹, wiederholte Jonna im Stillen. Herrgott, wie war ihr diese bis ins Letzte gepflegte und gestylte Frau zuwider. Virves Augen glänzten zwar ein wenig, aber irgendwelche Gefühle waren aus ihnen nicht abzulesen. Wahrscheinlich konnte sie gar nicht weinen. Jonna schloss die Augen, weil sie fürchtete, sie müsste sich sonst auf der Stelle übergeben.

»Der Laden wird morgen ganz normal geöffnet«, verkündete Virve in geschäftsmäßigem Ton. »Es ist ja Fakt, dass sich die Welt weiterdreht, egal was geschieht.« Sie hängte sich die hellbraune Handtasche über die Schulter. Gucci, dachte Jonna automatisch. Dafür hat sie eine Million bezahlt.

»Zum Glück kann die Teilzeitkraft vorläufig ganztags arbeiten«, ergänzte Virve, während sie aufstand. »Außer dass ich natürlich alles überwachen muss.«

Sonst würde ja die Welt aus den Fugen geraten, dachte Jonna im Stillen.

»Ich gebe dann Bescheid«, sagte Virve und stellte ihr leeres Whiskyglas auf den Spültisch.

»Worüber?«, fragten Vater und Tochter im Chor und waren drauf und dran, in ein hysterisches Lachen auszubrechen.

»Über Veli-Pekka natürlich. Ich halte dich auf dem Laufenden.« Virve richtete die Worte nur an ihren Bruder und Jonna hätte am liebsten hinter der hinauseilenden Frau die Hacken zusammengeschlagen.

Jonna saß auf dem Fußboden, als die Wohnungstür gedämpft hinter Virve Vainio ins Schloss fiel und Mäkilä wieder in die Küche kam. »Ich begreife nicht ...«, sie versuchte aufzustehen, aber alle Kraft war aus ihren Beinen gewichen. »Erst gestern habe ich noch mit VauPe beim Bier gesessen und jetzt ist er nicht aufzufinden.« Sie barg den Kopf in den Armen, weinte aber nicht.

»VauPe ist ein netter Mann.« Mäkilä hockte sich neben seine Tochter. Jonna zusammen mit dem Schwager in einer Kneipe, dachte er. Ziemlich erstaunlich, aber vielleicht war es ja nur ein Zufall gewesen. »Man sollte sich öfter treffen«, seufzte er dann.

»Ich habe es getan.« Jonna hob plötzlich den Kopf, die dick mit Mascara geschminkten Wimpern flatterten heftig.

»Wo denn, um Himmels willen?« Mäkilä geriet fast ins Wanken.

»Hier und da«, sagte Jonna unbestimmt. »Nachts in irgendwelchen Kneipen. Und Virve war übrigens nie dabei«, sie spie die Worte fast aus.

»Mit wem war er denn unterwegs?«

»Mit niemandem.« Jonna kämpfte sich endlich hoch. Sie drehte den Hahn auf, bis eiskaltes Wasser kam, und trank dann zwei Glas hintereinander.

Mäkilä spürte plötzlich, dass er Hunger hatte, aber jetzt von Essen zu reden, wäre wohl deplatziert. Wenn sich Jonna ein wenig beruhigt hätte, konnte er ein spätes Mittagessen irgendwo in der Nähe vorschlagen. Im Kühlschrank herrschte wieder einmal gähnende Leere, auch das letzte Glas mit Oliven war am vergangenen Abend geleert geworden.

»Ich begreife nicht, wieso ihr so verschieden sein könnt«, sagte Jonna, nachdem sie die Terrassentür geschlossen hatte. Drinnen war es bereits recht kalt.

»Na ja, VauPe ist mehr eine Künstlernatur, und ...«

»Nein, ich meine dich und Virve«, stellte Jonna richtig. »Ihr seid immerhin Geschwister.«

»Und eines ist eine Frau, das andere ein Mann«, Mäkilä lachte. »Virve ist außerdem die große Schwester, etliche Jahre älter als ich«, fuhr er fort. »Sie hat schon als Kind gern den Boss gespielt. Sie und unsere Mutter. Wir hatten zu Hause eine echte Weiberherrschaft. Unser Vater hat nie auch nur den Versuch gemacht sich aufzulehnen, sondern sich lieber in sein Arbeitszimmer zurückgezogen. Und auch ich war als Kind oft dort drinnen, habe unter dem Schreibtisch gesessen und allein gespielt. Dort hatten wir unsere Ruhe.«

Jonna war ihrer Großmutter väterlicherseits nicht mehr begegnet, hatte aber viel von ihr gehört. Sie setzte sich ihrem Vater gegenüber an den Tisch und schluckte.

»Rate mal, worüber ich mich schon seit Langem wundere«, sagte sie dann und schluckte erneut. Es fiel ihr schwer zu sprechen. »Warum hast du nie geheiratet oder dir wenigstens eine Partnerin gesucht?«

»Was machst du dir denn für Gedanken?« Mäkiläs Hand zitterte ein wenig, als er sich Whisky nachschenkte.

Jonna wischte den Tropfen auf, der auf die Tischplatte gespritzt war. »Du hast nach meiner Mutter keine andere Frau gehabt, jedenfalls hast du mir keine vorgestellt. Oder doch?«

Mäkilä stand auf und trat mit seinem Glas an die Terrassentür. Der Himmel wirkte durchscheinend grau, fast farblos.

»Es hat ein paar gegeben«, sagte er mit dem Rücken zu Jonna. »Aber es war nichts Ernstes. Und jetzt schon seit Langem nicht mehr.«

Jonna schnupperte. »Hier stinkt es nach alter Zigarre. Hast du etwa angefangen zu rauchen?«

»Nein.« Mäkiläs Nacken begann zu glühen. Er spürte Jonnas Blicke im Rücken.

»Ich habe euch gestern gesehen.« Sie war zu ihrem Vater getreten.

»Wen ›uns‹?«, fragte Mäkilä mit dünner Stimme und drehte sich immer noch nicht um.

»Dich und den Typen, der gegenüber wohnt. Ich habe gesehen, wie ihr aus der Halle kamt, und irgendwie schien es mir so, als ob …« Jonna holte tief Luft. »Wer ist der Typ eigentlich?«

»Stefan.« Mäkilä wischte die Schweißperlen, die sich auf seiner Oberlippe gebildet hatten, mit dem Ärmel ab. »Ein polnischer Musiker. Klassische Musik«, ergänzte er, so als würde das die Sache irgendwie wertvoller machen.

»Habt ihr …« Jonnas Herz hämmerte wild. »Ich meine, läuft da etwas …?«.

Mäkilä drehte sich endlich um und sah seine Tochter an. »Ich weiß nicht. Kann sein. Vielleicht.«

Jonna lehnte den Kopf an seine Schulter. »Du hättest es mir erzählen können.«

»Nun, jetzt weißt du es.«

13

Wenn ich einen Kilometerzähler dabeihätte, stünde der bestimmt schon auf hundert, dachte Jonna, als sie endlich am höchsten Punkt der alten Brücke nach Lauttasaari stehen blieb. Sie war kreuz und quer durch die Straßen von Kamppi gelaufen, unfähig, ein konkretes Ziel anzusteuern, weder ihre Wohnung noch ihren Laden noch einen anderen Ort. Es erleichterte sie, wenn sie ständig in Bewegung war.

Im Frühjahr und zu Sommerbeginn standen in den Hochzeiten dutzende von Anglern auf der Brücke, die eifrigsten kamen schon in den frühen Morgenstunden. Jetzt war das Meer fest zugefroren und der Sommer Lichtjahre entfernt.

Vor Seurasaari hockten ein paar Eisangler und draußen vor der Insel Pihlajasaari flitzten zwei Eissegler dahin. Wie kriegen die bei diesem Wetter Wind in ihre Segel?, fragte sich Jonna. Auf der Brücke jedenfalls war es vollkommen windstill.

Jonna hatte geglaubt, dass der zügige Marsch und die frische Luft ihre Gedanken wenigstens ein bisschen klären würden, aber nichts dergleichen geschah. In ihrem Kopf drehte sich ein einziges wirres Gedankenknäuel, das sich um ihren Vater und um VauPe rankte.

Ihr Vater … Er hatte am Ende ehrlich erleichtert und gleichzeitig irgendwie beschämt gewirkt, was Jonna überraschenderweise geärgert hatte. Er lebte schließlich sein eigenes Leben und sie das ihre. »Wir sind beide erwachsene Menschen«, hatte sie versichert, einmal mehr ganz im Tonfall ihrer Mutter. Dann hatte der Vater plötzlich einen merkwürdigen Anfall von Geschäftigkeit bekommen, war hin und her gerannt und hatte einen späten Lunch oder ein frühes Abendessen irgendwo in der Nähe vorgeschlagen, aber Jonna hatte das kostenlose Essen ausnahmsweise abgelehnt. Sie musste einfach allein sein. Sie musste über ihren Vater – und über VauPe – nachdenken.

»Kommst du auch bestimmt klar?«, hatte er gefragt, als sie aufgebrochen war. »Ich bin wirklich ehrlich besorgt –

um dich und um Virve. Niemand ist so stark, dass ihn das Verschwinden eines nahe stehenden Menschen nicht schmerzen würde.«

»Ich glaube nicht, dass VauPe verschwunden ist. Er will bestimmt nur irgendwo seine Ruhe haben ...«, hatte Jonna mehr für sich selbst versichert und es doch nicht geglaubt. »Und was deine Besorgnis angeht: Virve ist wahrscheinlich genau die Ausnahme, die die Regel bestätigt«, hatte sie kalt hinzugefügt. Mäkilä hatte nicht mal den Versuch gemacht, seine Schwester zu verteidigen.

Unten auf der Straße hatte Jonna bereits den anderen Aufgang angesteuert, als ihr eingefallen war, dass sie den Türcode nicht kannte. Sie hätte zu gern gelesen, was an einer gewissen Wohnungstür in der dritten Etage stand. Wahrscheinlich ein Familienname mit unzähligen Konsonanten, den man unmöglich aussprechen konnte. *Stefan*, sie hatte den Namen probehalber laut ausgesprochen, um sich daran zu gewöhnen, aber sie hatte kein Gefühl dafür entwickeln können. Dann war ihr plötzlich eingefallen, dass Virve einen Anfall bekommen würde, wenn sie hörte, dass sich der kleine Bruder nichts aus Frauen machte. Dieser Gedanke war ihr äußerst angenehm gewesen, hatte sie geradezu beruhigt.

Sie versuchte, sich auf VauPe zu konzentrieren, während sie dort auf der Brücke stand. »VauPe gibt es nicht mehr«, sagte sie plötzlich laut. Der Satz klang schrecklich endgültig und reizte sie doch zu einem hysterischen Lachen. Sie hatte eben geklungen wie Heta Niskavuori in der Schlussszene jenes herrlichen alten Films. Aber Akusti Muumäki war keineswegs verschwunden gewesen, sondern einen ehrenvollen Tod in seinem eigenen Bett gestorben.

Wo ist er nur abgeblieben?, fragte sie sich mindestens zum hundertsten Mal. »Wo bist du?«, rief sie dann, so laut sie konnte.

»Hier. Du brauchst nicht zu schreien.«

Jonna erschrak dermaßen, dass es in ihrem Bauch gluckste. Während sie gedankenverloren am Geländer gelehnt und auf das Eis geblickt hatte, hatte sie nicht gemerkt, dass neben ihr ein Mann mit Pudelmütze stehen geblieben war.

»Sorry. Ich habe nur …«, Jonna schlang ihren langen gestreiften Schal ein weiteres Mal um den Hals. Man sollte nie laut denken. Sie eilte im Laufschritt zurück zur Innenstadt und ging erst auf der Höhe der Kabelfabrik normal weiter.

In der Itämerenkatu setzte sie sich in eine Bierbar und bestellte einen Cidre. Am liebsten wäre sie geradewegs ins *Retrodesign* gegangen, um VauPe irgendwie näher zu sein. Aber das musste sie sich verkneifen, denn womöglich wäre sie dort der Frau Direktor begegnet.

Irgendetwas muss ich mir einfallen lassen, sagte sich Jonna und stellte das Glas so heftig ab, dass Flüssigkeit herausschwappte. Sie war schon auf dem Weg zur Tür, als der Barmann sie zurückrief. Sie hatte vergessen zu zahlen. Sie holte ihr Kleingeldportmonee heraus und legte die abgezählte Summe auf den Tresen.

»Danke fürs Trinkgeld«, knurrte der Mann, aber das hörte Jonna nicht mehr.

Eila Airaksinen war nicht erstaunt, als sie die Tür öffnete und Jonna Kaarela gegenüberstand. Sie hatte erwartet, dass Nooras Freundin mit dem schlechten Benehmen früher oder später wieder auftauchen würde.

»Ich möchte zu Noora«, verkündete Jona. »Tag«, fügte sie dann noch hinzu. Die Grauhaarige legte ja Wert auf Formalitäten.

»Tag.« Eila blickte über die Schulter und dämpfte ihre Stimme zu einem Flüstern. »Noora schläft, das Mädchen braucht Ruhe. Aber Merituuli ist wach, ich wollte sie gerade füttern.«

Jonna hätte am liebsten einen unverschämten Kommentar abgegeben, aber ihr fiel natürlich nichts ein. Die Grauhaarige sprach wieder von Noora und Merituuli, als wären es die ihren. Und dann öffnete sie überraschenderweise die Tür ganz und bat Jonna herein.

»Gehen wir in die Küche, damit Noora ungestört schlafen kann«, flüsterte sie und schlich in ihren abgetragenen, karierten Filzpantoffeln voran. Etwas so Altmodisches hatte Jonna schon lange nicht mehr gesehen. Trotzdem wirkte Eila Airaksinen nicht wie eine Oma, sondern eher ältlich und irgendwie alltäglich, wie ein Dutzendtyp.

Jonna bleib überrascht auf der Schwelle stehen. »Hier sieht es ja … geräumig aus«, konnte sie nicht umhin festzustellen. Das Geschirr und die übrigen Gegenstände waren in die Schränke geräumt und auf der Arbeitsfläche angeordnet, der Herd und die Spüle glänzten geradezu vor Sauberkeit. Die großen Pappkartons waren flach zusammengedrückt und neben der Tür zum Wegbringen gestapelt. Auf dem Fußboden lag ein gestreifter Flickenteppich, den Jonna noch nie gesehen hatte, soweit sie sich erinnerte.

»Den habe ich vorhin vom Dachboden geholt«, Eila deutete zufrieden auf den Teppich. »Er gibt dem Raum ein bisschen Farbe, hier scheint ja nie die Sonne herein, und der Ausblick ist ja auch nicht gerade erhebend.«

Durchs Küchenfenster sah man nur die schmutzig braune Wand des gegenüberliegenden Hofgebäudes.

»Ganz sicher«, sagte Jonna und dachte im Stillen, dass der Teppich, der in allen Regenbogenfarben schimmerte, allerdings sehr weit von Nooras Stil abwich. Aber gewiss würde sie auch den akzeptieren, so wie offenbar alles, was die Grauhaarige tat und vorschlug.

»Wie lange schläft Noora schon?«, fragte Jonna. »Wann, glauben Sie, wird sie aufwachen?«

Eila nahm das Baby auf den Arm und gab ihm das Fläschchen. Sie sah die jüngere Frau abschätzend an. »Eila«, entschied sie dann und reichte der anderen die Hand.

»Was?«, fragte Jonna erstaunt. »Ach so, ich bin Jonna. Lohnt es denn, dass ich noch warte?« Sie sah auf die Uhr, obwohl sie es durchaus nicht eilig hatte.

»Das lässt sich überhaupt nicht sagen«, Eila seufzte. »Noora war in letzter Zeit so furchtbar müde.«

Als ob ich das nicht wüsste, dachte Jonna wütend. Als ob ich ihr nicht zugehört, nicht mit ihr gewacht, ihr meine Schulter geboten, ihr zugeredet hätte von dem verdammten Tag an, da sie zu mir in den Laden kam und sagte, dass sie schwanger sei.

»Heute war ein ganz merkwürdiger Tag«, seufzte Eila. Merituuli schob die Flasche weg und Eila lehnte die Kleine an ihre Schulter. »Wir haben uns gefragt, was dort drüben eigentlich los ist. In dem Einrichtungsgeschäft«, ergänzte sie. »Ein Polizeiauto stand davor und drinnen liefen so seltsame Leute herum. Es waren garantiert keine Kunden, denn der Laden ist ja geschlossen.«

Du hast ja scharfe Augen, dachte Jonna. Du hast wohl am Fenster gestanden und Wache gehalten.

»Ich wundere mich nur, dass dieser VauPe Vainio den

ganzen Tag noch nicht aufgetaucht ist«, fuhr Eila mit dem Wundern fort. »Kennst du den Mann?«, wollte sie von Jonna wissen, die plötzlich Durst bekam.

»Gewissermaßen«, murmelte Jonna, während sie den Wasserhahn voll aufdrehte. »Er ist im Grunde genommen ein Verwandter, ein Onkel. Oder eigentlich der Mann meiner Tante.« Sie drehte sich plötzlich um. »Er ist übrigens verschwunden«, entfuhr es ihr, obwohl sie sich fest vorgenommen hatte, der Grauhaarigen nichts, aber auch gar nichts zu erzählen. »Seit gestern Abend hat ihn niemand mehr gesehen. Im Laden wirkt alles so, als wäre er nur rasch ausgegangen, aber er ist nicht aufzufinden. Deshalb war auch die Polizei dort.«

»Ach du meine Güte!«, rief Eila. »Aber dann …« Sie sprang auf und schloss die Küchentür.

Jonna beobachtete sie erstaunt. Was war denn los mit ihr? Sie rannte hin und her, setzte Merituuli in die Schaukelliege, nahm sie wieder hoch und übergab sie dann Jonna, schließlich setzte sie sich an die andere Seite des Tisches und brabbelte wieder ihr »Ach du meine Güte«.

»Du hast nicht zufällig gestern – oder letzte Nacht – irgendetwas bemerkt?« Jonna sah Eila von unten her an. Die Grauhaarige war eindeutig die typische Mietshausdetektivin, eine von diesen aus alten Filmen bekannten Concierges und Hausmeisterfrauen, die über jeden Bewohner genau Bescheid wussten.

»Natürlich nicht«, fauchte Eila. »Ich pflege den Leuten nicht nachzuspionieren«, fügte sie deutlich beleidigt hinzu, und Jonna dachte: Aber nein. »Außerdem herrschte letzte Nacht so dichter Nebel, dass man kaum die Hand vor Augen sehen konnte«, ergänzte Eila noch.

Und das erklärt natürlich alles, dachte Jonna spöttisch.

»Weiß Noora davon?«, fragte Eila plötzlich. Die kurzen, kräftigen Finger nestelten am Kragen der Bluse.

»Was soll sie wissen?«

»Dass ihr … sozusagen Verwandte seid?«

»Natürlich. Wieso?«

»Ja, weil …« Eila sprang auf und rannte wieder hin und her. Das Baby auf Jonnas Arm beobachtete sie und drehte den Kopf hin und her, als säße es in einem Tennismatch. »Ich muss mich jetzt noch besser um diese armen Kinder kümmern.« Eila tätschelte dem Baby sanft die Wange.

Arme Kinder …, dachte Jonna wütend. Und wieso? »Entschuldigung, aber ich sehe jetzt mal nach, ob ich Noora schon wecken kann«, sagte sie.

Jonna war kaum aufgestanden, als Eila auch schon angerannt kam und sie wieder auf den Stuhl drückte. Merituuli kreischte wütend auf. »Das tust du nicht«, zischte Eila unfreundlich, um dann etwas sanfter hinzuzusetzen: »Lass das Mädel jetzt nur schlafen.«

Jonna bekam plötzlich Angst – VauPe und der Vater und die schlafende Noora und die verschlossene Tür und vor allem diese Eila Airaksinen, die jedoch schon wieder ganz die Alte war und sich sogar ganz freundlich erbot, Kaffee zu kochen. »Noora möchte bestimmt auch welchen, wenn sie nachher aufwacht.«

»Aber ich nicht, vielen Dank. Ich trinke sowieso keinen Kaffee«, log Jonna. »Vielleicht müsste ich auch schon gehen«, fügte sie kraftlos hinzu. Sie hatte das merkwürdige Gefühl, an ihrem Stuhl festzukleben. Noora hatte mal davon gesprochen. Wenn ein Panikanfall kommt, wird man auf sonderbare Weise bewegungsunfähig, wie man es aus einem Albtraum kennt: Man möchte fliehen, aber die Beine gehorchen nicht.

Jonna setzte das Baby in die Schaukelliege und fuhr mit der Hand in die Tasche. Dort steckte immer noch das Tablettenröhrchen, das sie ihrem Vater stibitzt hatte.

»Noora und du, ihr seid doch alte Freunde«, sagte Eila dann in so alltäglichem Ton, dass sofort Jonnas Misstrauen erwachte. Sie presste das Röhrchen in der Faust. »Wir waren bisher mit dem Baby und allem anderen so beschäftigt, dass wir noch gar nicht dazu gekommen sind, uns mal richtig zu unterhalten«, fuhr Eila fort. »Stimmt's, Merituuli?« Das Baby blubberte mit den Lippen, sodass sich eine Blase im Mundwinkel bildete.

Jonna schloss die Augen. Noora und die Grauhaarige im vertrauensvollen Gespräch – ein unmöglicher Gedanke. Oder jedenfalls hoffte sie das.

»Ich weiß gar nicht viel von Noora«, Eila redete unbekümmert weiter. Sie war an den Spültisch getreten, um Kaffee aufzusetzen, hatte die Hände in die Hüften gestemmt und überwachte das Einlaufen des Wassers. »Dabei ist es so interessant, neue Menschen kennen zu lernen, vor allem junge. Es ist ein bisschen so wie eine spannende und unberechenbare Reise.«

Es fröstelte Jonna. Sie betrachtete Eilas breiten Rücken und die runden, aber kräftigen Schultern und dachte, dass sie persönlich diese Reise jedenfalls nicht freiwillig antreten würde.

»Ich habe Noora noch nicht mal gefragt, wo sie ursprünglich zu Hause ist«, sagte Eila leichthin. »Kommt sie aus Helsinki oder von auswärts.«

»Sie stammt aus Savonlinna«, sagte Jonna und ärgerte sich sofort über sich selbst. Wieso, in aller Welt, erzählte sie das dieser Frau? »Wir beide«, fuhr sie dennoch fort. »Noora ist allerdings gleich nach der Grundschule in die

Hauptstadt gezogen, ich musste noch drei Jahre bleiben und konnte erst nach dem Abi von dort weg. Gott sei Dank«, seufzte sie, so als wäre sie vor einem großen Unglück bewahrt worden. »Wir sind seit dem Kindergarten enge Freundinnen«, fügte sie noch sehr betont hinzu.

»Ach ja?«, sagte Eila entzückt, meinte aber keineswegs die Freundschaft, sondern Savonlinna. Sie goss sich Kaffee ein und nahm die Milchtüte aus dem Kühlschrank. »Ich habe immer von diesem Opernfestival geträumt, aber für einen Rentner kommt das ja gar nicht infrage. Also aus Savonlinna … Was macht sie denn beruflich?«

»Wieso?«

»Nun, was hat sie vor Merituulis Geburt getan?« Eila goss sich reichlich Vollmilch in den Kaffee und fügte noch drei Stücke Zucker hinzu. Jonna drehte sich bei dem Anblick der Magen um. »Sie hat doch sicher irgendwo gearbeitet oder studiert sie noch?« Nooras Bücher und ihre sonstige Einrichtung wiesen allerdings nicht auf irgendwelche hochfliegenden Pläne hin.

»Sie hat gearbeitet«, knurrte Jonna. »Als Kellnerin in einer Kneipe. In Kamppi.«

Erstaunlicherweise fragte Eila nicht nach dem Namen der Kneipe, sondern rührte nur in ihrem Kaffee, dann trank sie einen Schluck, den sie auf eine eigenartige Art aus der Tasse heraussaugte. Wie meine Oma, dachte Jonna. Ein alter Mensch.

»Dann hat sie auch gar keine Angehörigen hier in der Nähe«, Eila seufzte teilnahmsvoll. Sie stellte die Tasse sorgfältig auf der Untertasse ab und betupfte sich die Lippen mit einem Küchentuch. »Es ist ja wirklich ein Glück, dass wir zufällig so nah beieinander wohnen.«

Na und ob, schimpfte Jonna im Stillen. »Ich werde

jetzt jedenfalls gehen«, sagte sie. »Würdest du wohl Noora bitten, mich anzurufen, wenn sie aufwacht?«

»Ganz bestimmt«, beteuerte Eila, aber Jonna glaubte keinen Moment an das Versprechen. Die Grauhaarige hatte zu aufrichtig getan.

»Das kommt alles in Ordnung«, versicherte Eila, als sie Jonna in den Flur begleitete. »Ach, Moment, könntest du wohl ...« Sie kehrte noch einmal in die Küche zurück und brachte einen fest verschnürten Plastikbeutel. »Würdest du den wohl unten in den Müll werfen? Sonst fängt er hier noch an zu stinken. Die Container sind hinten im Hof.«

»Das kommt alles wieder in Ordnung«, versicherte sie nochmals. Es sah bedrohlich danach aus, als wollte sie Jonna umarmen, deshalb ging die schnell ins Treppenhaus. »Ja, bestimmt«, bestätigte Jonna und lief die Stufen hinunter. Außer dass alles ein einziges Chaos war.

Sie warf den Beutel in den Müll und wollte durch die Toreinfahrt auf die Straße gehen, überlegte es sich aber anders, ging wieder ins Haus zurück und stellte sich in die Tür.

Das *Retrodesign* war hell erleuchtet. Virve schien der Verkäuferin etwas zu erklären, dann fassten beide Frauen an ein schwarzes Ledersofa und schoben es einen halben Meter näher ans Fenster. Die Verkäuferin verschwand aus dem Blickfeld, aber Virve blieb mitten im Laden stehen und sah sich mit dem Blick der Besitzerin um.

Pfui Teufel, dachte Jonna und ging wieder auf den Hof.

»Was suchst du?«, wollte ein kleiner Junge, der mit einem schwarz-weißen Fußball spielte, von Jonna wissen, die buchstäblich in den Müllcontainer eintauchte.

»Erinnerungen.«

Montag, 15. März

14

Noora hatte ein seltsam schwebendes Gefühl, so als säße sie nicht nur am Küchentisch, sondern wäre gleichzeitig auch noch woanders. Ihr Befinden war völlig neutral, sie fühlte sich weder gut noch schlecht. Sie war nicht einmal müde, denn sie hatte fast den ganzen gestrigen Tag und auch noch die Nacht hindurch geschlafen. Am Abend war sie ungefähr eine Stunde lang wach gewesen, hatte ein wenig mit Merituuli gespielt und Eila herumwirtschaften lassen.

Eila war mächtig in Fahrt gewesen, hatte Kartons ausgepackt und die Sachen eingeräumt, anschließend ausgefegt und Staub gewischt. Gelegentlich hatte sie Noora gefragt, wo dieser oder jener Gegenstand platziert werden sollte, aber Noora hatte nicht die leiseste Idee gehabt. Sie hatte schon so lange zwischen den unausgepackten Kisten gelebt, dass es ihr bereits völlig normal vorgekommen war. Und Eila hatte anscheinend kein Problem damit, dass sie alles entscheiden musste oder vielmehr durfte.

Montag, dachte Noora. Wieder wartete eine ganze lange Woche, eine Kette von sieben eintönigen Tagen, und danach begann alles von vorn.

»Ich esse nie Grütze«, protestierte Noora, als Eila ihr einen großen Teller vorsetzte. »Schon als Kind habe ich sie nicht gemocht, und vor allem keine Hafergrütze.«

»Aber jetzt isst du sie«, bestimmte Eila fröhlich und setzte mitten auf den Brei eine große Butterflocke, die zu einer unappetitlichen Fettpfütze zerrann. »Du musst Kräfte sammeln – für alles.«

»Und was ist das?«, fragte Noora verwundert. Sie führte widerstrebend den Löffel zum Mund und staunte: Die Grütze schmeckte eigentlich ganz gut.

»Nun, für alles, für das Leben überhaupt«, sagte Eila unbestimmt und löffelte von ihrer eigenen Portion. »Damit wir alles schaffen, worum wir uns kümmern müssen, vor allem um Merituuli.«

›Wir alles schaffen …‹ Noora warf ihr einen misstrauischen Blick zu. Wieder sprach Eila in der Mehrzahl.

Am Abend hatte Noora erwartet, dass Eila über Nacht in ihre eigene Wohnung ginge, aber sie hatte keine Anstalten gemacht.

»Es ist bestimmt besser, wenn ich noch ein paar Nächte hier schlafe, damit du mit dem Baby in einen richtigen Tagesrhythmus findest«, hatte sie erklärt, während sie eine dünne Schaumgummimatratze auf dem Fußboden ausgebreitet hatte. »Ich werde morgen ein zusammenklappbares Campingbett vom Dachboden holen. Das ist auf längere Sicht bequemer.«

›Auf längere Sicht …‹ Noora hatte die Worte besorgt registriert. Und was meinte Eila mit ein paar Nächten? »Was ist mit der Katze?«, hatte sie jedoch nur gefragt.

»Die kommt gut zurecht, sie ist ja eine Hauskatze«, hatte Eila versichert und ihr mitgebrachtes Laken über die Matratze gebreitet. »Ich hatte schon erwogen, sie heraufzuholen, aber womöglich ist Merituuli allergisch. Nun gehe ich ab und zu runter, gebe ihr Futter und Wasser und wechsle das Katzenstreu. Ihr fehlt es an nichts.«

Noora hatte im Stillen kraftlose Proteste formuliert und verwundert gedacht, dass doch Katzen eigentlich Milch tranken, aber sie hatte keine weiteren Fragen gestellt. Stattdessen hatte sie brav die halbe Schlaftablette geschluckt, die Eila ihr gegeben hatte, und war eingeschlafen. Als sie am Morgen aufgewacht war, war die Matratze ordentlich aufgerollt gewesen, und Eila hatte in der Küche geklappert und Grütze gekocht.

»Deine Freundin war übrigens gestern hier«, sagte Eila, nachdem sie versucht hatte, Noora noch mehr Brei aufzunötigen.

»Jonna?« Noora schob ihren Teller beiseite. »Warum hast du mich nicht geweckt?«

»Das wollte sie um keinen Preis«, sagte Eila, ohne mit der Wimper zu zucken. »Und sie kam auch wirklich nur auf einen Sprung vorbei.«

»Hat sie etwas gesagt? Wollte sie etwas Bestimmtes?«

Eila stapelte die Teller und räumte sie ins Spülbecken. »Gewissermaßen«, sagte sie dann. »Der Betreiber des Einrichtungsgeschäftes von gegenüber ist angeblich verschwunden. Deshalb stand gestern wohl auch das Polizeiauto dort.«

»VauPe«, sagte Noora mit hohler Stimme. »Er ist Jonnas Onkel. Oder vielmehr der Mann ihrer Tante.«

»Ich weiß.« Eila wusch die Teller gleich ab und stellte sie in den Trockenschrank. »Jonna hat es erzählt.«

»Ein Mensch kann doch nicht so einfach verschwinden«, sagte Noora. Ihr war kalt, auf ihren Armen bildete sich eine Gänsehaut. Sie holte ihren Morgenmantel und ließ sich dann wieder auf ihren Stuhl fallen. »Wo kann er sein?«

»Das ist ja eben die Frage. Deine Jonna war jedenfalls sehr besorgt, obwohl ich natürlich nach Kräften versucht habe, sie zu beruhigen«, ergänzte Eila selbstgefällig. »Ich habe ihr gesagt, dass sicher alles wieder in Ordnung kommt – was ja auch für gewöhnlich der Fall ist.«

»Ich muss sie anrufen.« Noora sprang auf, um ihr Handy zu holen. »Sie antwortet nicht«, berichtete sie dann. »Ich schicke ihr eine Nachricht.«

»Ein komischer Zufall übrigens«, sagte Eila mit einem Lachen. »Erst vor zwei Tagen habe ich meine Schränke durchgesehen und mehrere Kartons mit Sachen voll gepackt, wie sie drüben im *Retrodesign* angeboten werden. Heute wollte ich sie zur Ansicht rüberbringen, aber vielleicht warte ich, bis der Mann wieder auftaucht. Er ist angeblich so was wie der künstlerische Leiter.« Die letzten Worte hatte sie mit einem ironischen Unterton ausgesprochen.

Noora schickte Jonna noch eine zweite Nachricht, ging dann ins Wohnzimmer und stellte sich ans Fenster. »Dort ist geöffnet!«, rief sie. »Vielleicht ist VauPe wieder da. Zumindest sind Leute im Geschäft.«

Eila gesellte sich zu ihr. »Ja, so scheint es.« Sie drückte sich fast die Nase an der Scheibe platt. »Aber den Mann kann ich nirgends entdecken.«

»Was waren das für Sachen, die du hinbringen wolltest?«, fragte Noora.

»Alter Kram, hauptsächlich Geschirr. Plastik aus den Sechziger- und Siebzigerjahren.«

»Darf ich runterkommen und mir die Stücke vorher ansehen?«, fragte Noora lebhaft interessiert. »Ich mag besonders Orange und Grün. Ich könnte dir auch was dafür bezahlen und …«

»Nun, es geht mir nicht ums Geld«, unterbrach Eila sie. Sie trat vom Fenster zurück und schüttelte das Bettzeug des Babys auf. »Außerdem ist schon alles fertig verpackt. Und irgendwelche besonderen Stücke sind auch gar nicht darunter.«

»Aber ich könnte sie mir wenigstens ansehen«, versuchte es Noora.

»Nein.« Eila schüttelte die Bettdecke, dass es knallte. »Ich bringe alles rüber in den Laden.«

Noora sah sie erstaunt an. Eila wirkte plötzlich irgendwie angespannt.

In diesem Moment meldete sich Merituuli lautstark in der Küche. Eila legte die Babydecke ins Gitterbett und eilte hinaus, um nach dem Rechten zu sehen.

Noora schloss die Jalousie, öffnete sie aber sofort wieder. Vielleicht war es endlich an der Zeit, Licht hereinzulassen.

»Einen ganz kleinen Moment bitte«, sagte Henna Ketonen ins Telefon und deckte die Sprechmuschel mit der Hand ab. Was sollte sie bloß sagen? Ihr blieb nichts anderes übrig, als Virve zu fragen.

»Hier ist ein Journalist von dieser neuen Einrichtungszeitschrift«, zischelte sie leise. Zum Glück war gerade kein Kunde im Laden. »Er will eine Story über VauPe machen.« Hennas Stimme bebte. »Was soll ich ihm sagen?«

»Gib her.« Virve griff nach dem Hörer und kehrte Henna den Rücken zu, die verdutzt dem Gespräch lauschte.

»Er ist zurzeit leider nicht da, ist mehrere Tage abwesend. – Genau, er ist unterwegs. – O nein, auf dem Handy brauchen Sie es gar nicht erst zu versuchen (Lachen). Wenn er unterwegs ist, schaltet er es oft ab und ruft im Bedarfsfall hier an. – Danke der Nachfrage, wir haben in der Tat genügend Kundschaft, können uns also wirklich nicht beklagen (erneutes Lachen). – Selbstverständlich, ich notiere Ihre Nummer und bitte ihn um Rückruf (Geräusch des Stiftes auf dem Schreibblock). – Danke, Ihnen ebenfalls (drittes Lachen).«

»So handhaben wir das mit der Presse!« Virve lächelte kühl und legte den Hörer auf. Henna konnte nur nicken. »Es besteht kein Grund zur Panik«, fügte Virve hinzu und verschwand im Hinterzimmer, wo sie damit begonnen hatte, die zuletzt eingegangene Lieferung neu auszuzeichnen.

Veli-Pekka hatte die Arbeit nicht zu Ende gebracht, aber schon an den wenigen fertig ausgezeichneten Stücken war zu erkennen, dass er die Ware viel zu billig verkaufen wollte. Virve verachtete Plastikprodukte, aber sie lagen nun mal derzeit voll im Trend. Man musste einen anständigen Preis herausholen, solange die Nachfrage anhielt. Die Leute würden nicht ewig durch vergangene Plastikwelten wandern wollen.

Am späten Sonntagabend hatte der Kunde, der sich für die Wohnung am Töölöntori interessierte, angerufen und gesagt, dass er den geforderten Preis akzeptiere, wenn auch nur zähneknirschend. Virve hatte den Mann zu seiner klugen Entscheidung beglückwünscht und mit ihm vereinbart, den Vertragsabschluss am Dienstagnachmittag in der Bank vorzunehmen. Nach dem Telefonat hatte sie die Arme hochgerissen wie ein Eishockeyspieler, der einen Treffer gelandet hat, hatte eine Flasche Champagner geöffnet und war durchs Wohnzimmer getanzt, dass ihr schier die Wände im Weg standen. »Sieg, Sieg!«, hatte sie gejubelt und Veli-Pekka und alle anderen Probleme weit von sich geschoben. Sie hatte gesiegt!

Am Morgen hatte sie dann die Freudenbotschaft telefonisch im Büro verkündet und mitgeteilt, dass sie am Nachmittag die für den Vertragsabschluss erforderlichen

Papiere abholen, ansonsten aber zwei Tage nicht im Dienst sein werde. Darauf hatte niemand etwas zu entgegnen gehabt. Sollten sich die anderen Kollegen erst mal bemühen, ähnliche Erfolge zu erzielen wie Virve Vainio.

Sie war um halb zehn ins Geschäft gekommen und hatte ihr Auto wie gewohnt auf dem Bürgersteig direkt vor der Eingangstür geparkt. Wenige Minuten später war eine Politesse aufgetaucht und hatte einen Strafzettel unter den Scheibenwischer gesteckt, sodass Virve schon schlechte Laune gehabt hatte, als Henna um Viertel nach zehn zur Arbeit erschienen war.

»Bei uns wird um Punkt zehn Uhr geöffnet«, hatte Virve erklärt, ohne sich um die rot geränderten Augen des Mädchens zu kümmern. Henna hatte anscheinend letzte Nacht nicht viel geschlafen.

Henna hatte ihren Mantel ins Hinterzimmer gebracht und dann vorsichtig gefragt, ob es etwas Neues gebe.

»Nein«, hatte Virve geantwortet. »Und wenn sich nichts tut, muss ich wohl morgen die Vermisstenanzeige aufgeben. Obwohl die Polizei wahrlich das Letzte ist, was ich gebrauchen kann.«

Henna hatte etwas Undeutliches gemurmelt und war wieder ins Hinterzimmer gerannt. Kurz darauf war energisches Schnäuzen zu hören gewesen und dann war sie wieder nach vorn gekommen, die Augen noch stärker gerötet als vorher.

Ein schlechter Start für diesen Tag, hatte Virve innerlich geschimpft, aber als dann der erste Kunde hereingekommen war, war mit Henna eine erstaunliche Verwandlung vor sich gegangen. Virve hatte verstohlen verfolgt, wie sie sachkundig die Waren angepriesen und schließlich einen schwarzen Ledersessel verkauft hatte, obwohl der

Kunde eigentlich wegen eines Couchtisches mit Chromgestell gekommen war. »Die bekommen wir ganz sicher noch in diesem Monat herein und ein solcher Tisch passt dann perfekt zu diesem Sessel«, hatte Henna eifrig erklärt, und Virve hatte sich, wenn auch etwas widerwillig, eingestehen müssen, dass Henna Ketonen die geborene Händlerin war. Nicht umsonst hatte Veli-Pekka das Mädchen dauernd gelobt.

Veli-Pekka … Virve blickte auf. An der Pinnwand über dem Schreibtisch hingen Zeitungsausschnitte von der Ladeneröffnung im Oktober. Veli-Pekka lächelte auf fast sämtlichen Fotos glücklich wie ein kleines Kind. Die Eröffnung war ein Erfolg gewesen, der ganze Anfangsweg von *Retrodesign* war ein einziger Erfolg gewesen, und jetzt …

»Entschuldigung, aber da ist eine Frau, die nach dir fragt.« Henna war leise eingetreten.

Virve schrak zusammen und wischte sich rasch die Augenwinkel aus. »Was für eine Frau?«

»Sie hat ein paar Kartons mit Geschirr dabei. Das Zeug eignet sich ganz gut für uns, ich hab' schon mal einen Blick drauf geworfen.«

»Dann übernimmst du das, ich kann jetzt nicht …«

»Aber sie will unbedingt dich sprechen.« Hennas Stimme zitterte bereits wieder besorgniserregend.

»Na gut.« Virve puderte sich rasch die Nase. »Bitte sie nach hinten.«

Eila hatte ihre Entscheidung getroffen, ohne groß nachzudenken. Sie hatte zu Noora gesagt, dass sie in der Stadt etwas zu erledigen habe und bei der Gelegenheit gleich Lebensmittel einkaufen wolle. Nooras kraftlosen Protest hatte sie mit der Bemerkung weggewischt, dass man im selben Haushalt lebe, und wer gerade Geld habe, der bezahle. Darauf hatte Noora etwas Undeutliches gemurmelt, was Eila absichtlich überhört hatte.

Unten in ihrer Wohnung hatte sie die Katze gefüttert, hatte ihre Steppjacke und feste Schuhe angezogen und die beiden Kartons ergriffen. Und während sie jetzt ins Hinterzimmer von *Retrodesign* ging, merkte sie, dass sie furchtbar aufgeregt war.

Virve Vainio erhob sich hinter dem Schreibtisch, setzte ein geschäftsmäßiges Lächeln auf und stellte sich vor.

»Eila Airaksinen«, sagte Eila ihrerseits. Die Kartons, die sie vor sich hertrug, gerieten gefährlich ins Schwanken, als sie ihre unangenehm feuchte Hand ausstreckte. Ihr entging nicht, wie die andere sie rasch von Kopf bis Fuß musterte. Offenbar ein schlechter erster Eindruck. Eila erinnerte sich, in irgendeiner Frauenzeitschrift von Panikattacken gelesen zu haben, und begann jetzt zu ahnen, was das in der Praxis bedeutete. Sie hätte die Kartons am liebsten einfach abgestellt und die Flucht ergriffen. »Ich hätte hier diese Sachen«, gelang es ihr dennoch zu sagen.

»Schauen wir mal.« Virve schuf auf dem durchsichtigen Plastiktisch Platz und nahm Eila die Kartons ab. »Aha, das sieht mir sehr bekannt aus.«

Eila wischte verstohlen ihre Hände in den Jackentaschen ab und versuchte die Miene der anderen zu interpretieren, während diese die Gegenstände auspackte und auf den Tisch stellte: rote Plastikbecher, quadratische gelbe Teller, fröhlich bunte, geblümte Tabletts und kleine Plastikschüsseln. Dann stellte Virve eine Zuckerdose und ein Sahnekännchen mit Pflaumenmuster sorgfältig nebeneinander und rümpfte die Nase.

»Diese Serie habe ich stets ganz besonders verabscheut. Allerdings sieht sie immer noch besser aus als die mit dem Erdbeermuster«, sagte sie.

Eila war absolut derselben Meinung, verkniff sich aber jeden Kommentar. Sie fühlte sich plötzlich sicherer. Mochte die andere die Ware kritisieren, so viel sie wollte, Hauptsache, sie kaufte sie am Ende und zahlte halbwegs anständig. Das alte Zeug musste weg.

»Oh, die hat wenigstens Stil«, rief Virve, während sie aus dem zweiten Karton eine weiße Emaillekaffeekanne nahm. »Die ist wirklich echt …«

»Nurmesniemi«, ergänzte Eila, ohne mit der Wimper zu zucken. Sie zog den Reißverschluss ihrer Steppjacke halb auf. »Weiß ist außerdem seltener als zum Beispiel rot. Und jetzt ist die Kanne noch im Wert gestiegen, seit der Designer kürzlich gestorben ist.«

Virve warf ihr einen leicht erstaunten Blick zu. Hatte sie es etwa mit einer Expertin zu tun? Dem äußeren Anschein nach war das nicht zu vermuten gewesen, aber das Aussehen konnte natürlich täuschen. »Sie wirkt ein wenig abgenutzt«, bemerkte Virve dann. »Und an der Seite ist eine sichtbare Beule.«

»Ich dachte, die Sachen sollen gebraucht aussehen«, wieder überraschte Eila sie mit ihrem Kommentar. »Jedenfalls habe ich es so verstanden, dass man in diesem Geschäft Patina zu schätzen weiß und dass kleine Dellen und Beulen sozusagen Garanten für Echtheit sind.«

Virve stutzte für einen kurzen Moment. Die Frau sprach genau wie Veli-Pekka. »Sie sind anscheinend Stammkundin«, sagte sie dann, obwohl sie sich nicht erinnern konnte, Eila Airaksinen je gesehen zu haben, weder im Geschäft noch anderswo.

»O nein, ich bin das erste Mal hier«, erklärte Eila. »Nur bei der Eröffnung war ich kurz im Laden. Die Torte war übrigens wirklich gut.«

»Tatsächlich? Danke.« Virve nickte. Sie selbst hatte keine Lust gehabt teilzunehmen und sie würde sich vor allem nicht an die Torte erinnern, selbst wenn sie dabei gewesen wäre. Sie verabscheute alles Süßliche, beim Essen wie auch bei Menschen.

»Wären Sie einverstanden, die Sachen zur Schätzung hier zu lassen?«, fragte Virve und gab sich wieder ganz geschäftsmäßig. »Mein Mann kümmert sich nämlich um den eigentlichen Ankauf und um die Preisbestimmung, sodass …«

»Ihr Mann?«, unterbrach Eila sie erstaunt. »Und ich dachte …« Sie vollendete den Satz nicht und sah sich verwundert um.

»Was dachten Sie?«, Virves Stimme hatte sich ein wenig gehoben.

»Ich dachte …, oder ich habe gehört, dass er verschwunden ist.«

Die beiden Frauen starrten einander an. Aus dem Laden drangen Stimmen herein, Henna schien mit einer Kundin zu sprechen.

»Von wem haben Sie das gehört?«, fragte Virve nach einem Moment.

»Von irgendjemandem«, sagte Eila unbestimmt. »Ich wohne ganz in der Nähe«, ergänzte sie, so als ob das die Sache erklärte.

Virve biss krampfhaft die Zähne zusammen, um sich zu beherrschen.

Henna, dachte sie wütend. Das verdammte Mädchen hat sich verplappert. Sonst wusste ja niemand Bescheid –

außer natürlich Sakari und seine unsympathische Tochter Jonna. Die vielleicht?

»Mein Mann ist tatsächlich vorübergehend nicht da, aber es besteht kein Grund, daraus eine größere Nummer zu machen«, sagte Virve und packte die Kaffeekanne wieder in den Karton. Sie sah Eila gar nicht an. »Sobald er kann, kommt er zurück.« Sie setzte sich hinter ihren Schreibtisch gleichsam zum Zeichen, dass das Gespräch beendet war.

›Vorübergehend nicht da …‹, wiederholte Eila bei sich. Der Mann war eindeutig verschwunden und seine Frau sprach darüber, als ginge es um eine verspätete Warensendung. Die Dame musste eiserne Nerven haben, oder gar keine.

»Natürlich können Sie die Kartons auch wieder mitnehmen und auf die Sache zurückkommen – später dann«, sagte Virve, aber Eila hatte durchaus nicht die Absicht, alles zurückzuschleppen. »Meine Anteilnahme«, sagte sie nur, während sie den Reißverschluss ihrer Jacke zuzog.

»Warum?« Virve Vainio wirkte ehrlich erstaunt.

»Mit der Ungewissheit zu leben ist immer quälend.« Ich jedenfalls würde es nicht aushalten, dachte Eila und wünschte eine schöne Arbeitswoche – trotz allem.

Im Laden stand Henna Ketonen und sprach mit einer Frau mit Brille und Ponyfrisur. Als Eila aus dem Hinterzimmer kam, verstummte das Gespräch.

»Nun, sind Sie sich handelseinig geworden?«, fragte Henna freundlich.

»Vielleicht«, erwiderte Eila. »Ich habe die Sachen zur Durchsicht dagelassen«, sie nickte zum Hinterzimmer und eilte aus dem Laden. Sie musste an der Ampel warten und sah nicht, dass die bebrillte Frau ans Schaufenster getreten war.

»Wer war das?«, fragte Tanja Ström. »Mir ist, als hätte ich die Frau schon mal irgendwo gesehen – oder vielleicht erinnert sie mich nur an jemanden.«

»Wer?« Henna trat zu ihr.

»Oh, sie ist schon ins Haus gegangen«, sagte Tanja Ström. »Sie wohnt wohl dort drüben.«

15

Noora stand am Fenster und beobachtete verwundert, wie Eila zwei gelbe Pappkartons über die Straße ins *Retrodesign* trug. Dorthin hat sie also gewollt, und dabei hat sie behauptet, dass sie etwas in der Stadt erledigen muss, haderte Noora in Gedanken mit der älteren Frau. Warum konnte sie nicht offen sagen, worum es ging, und warum war sie nicht bereit, mir die Sachen vorher zu zeigen? Vielleicht wollte sie ja einfach nur Geld und hätte es nicht fertig gebracht, von einer Bekannten einen anständigen Preis zu verlangen.

Drinnen im Laden sprach Eila allem Anschein nach mit der Verkäuferin, die für einen kurzen Moment verschwand. Kurz darauf kam sie zurück und dann verschwand Eila ihrerseits mitsamt den Kartons aus Nooras Blickfeld. Zweifellos war sie in den hinteren Teil oder ins Büro des Ladens gegangen, um Virve Vainio ihre Sachen zu zeigen.

Während Noora dort stand, begann sie unbewusst die Minuten zu zählen. Wie lange Eila wohl wegbleiben würde? Sie hatte gesagt, dass sie bei der Gelegenheit gleich einkaufen wollte. Trotzdem konnte es eigentlich nicht sehr lange dauern.

»Und wenn sie nun überhaupt nicht mehr wiederkommt?«, fragte Noora sich plötzlich laut und ohne jede Logik. Natürlich würde Eila zurückkehren, sie hatte sich ja bereits in der Wohnung ausgebreitet, als wäre es ihre eigene, hatte sich häuslich eingerichtet.

Merituuli reagierte nicht auf Nooras lautes Denken, sondern strampelte in der Schaukelliege vor sich hin und untersuchte die kleinen Fingerchen.

Noora trat hinzu und ließ die Liege mitsamt der Kleinen hin- und herschwingen. »Warum schäkerst und plapperst du mit allen anderen, nur mit mir nicht?«, fragte sie verzweifelt. Das Gesicht des Babys verzog sich bedrohlich. »Warum begreifst du nicht, dass ich deine Mutter bin? Nicht Jonna und vor allem nicht irgendeine Eila Airaksinen, sondern ich! Warum lächelst du mich nie an?«

Noora erwartete instinktiv, dass das Baby weinen und wieder ewig nicht damit aufhören würde, aber nichts geschah. Merituuli blickte sie nur ernst mit ihren dunkelblauen Augen an, die alles sagten.

Noora begann sich grenzenlos zu fürchten. Sie sank aufs Bett und drückte den Kopf auf die Knie. Sie versuchte, den ersten Abend in dieser Wohnung aus dem Gedächtnis zu tilgen – und erinnerte sich an jede Einzelheit. Die Ereignisse liefen vor ihrem inneren Auge ab wie ein Film in Zeitlupe, den man nicht anhalten konnte.

Das Baby schreit wie am Spieß und sie trägt es inmitten all der Umzugskisten herum, bis sie nicht mehr kann. Fast wie im Traum geht sie, das Baby im Arm, ins Treppenhaus und die Stufen hinauf bis zum Lüftungsbalkon der obersten

Etage, dessen verzogene Tür sich mit einer Hand nur schwer öffnen lässt. Beinah fällt ihr das Baby hinunter und dann steht sie auch schon auf dem leicht abschüssigen Balkon. Schneeregen schlägt ihr ins Gesicht wie ein nasser Lappen, das Baby schreit immer noch – und dann tritt sie plötzlich ans Geländer, fasst das Baby unter den Achseln und hält es über die schwarze Hofschlucht. Das Geschrei endet abrupt. Dadurch kommt sie zur Besinnung, und sie drückt das Baby fest an sich, registriert aber noch seinen Blick. Dieser Blick hat sich in den Augen des Babys festgesetzt, und sie wird ihn bis in alle Ewigkeit jeden Tag sehen, im Schlafen und im Wachen. Sie wird ihn niemals los.

Noora hatte niemandem von diesen Augenblicken erzählt, nicht einmal Jonna oder jenem Arzt am vergangenen Freitag, aber von da an hatte sie Angst, mit dem Baby allein zu sein. Sie vermisste niemanden, aber sie brauchte jemanden. Deshalb trat sie jetzt wieder ans Fenster, um die Minuten zu zählen, und sie verspürte grenzenlose Erleichterung, als Eila endlich mit leeren Händen den Laden verließ und direkt nach Hause kam. Oder nicht nach Hause, korrigierte sich Noora, sondern zu mir.

Eila kam irgendwie triumphierend hereingesegelt und erklärte, dass jetzt allgemeines Schlemmen angesagt sei. »Wir kaufen erst ein und dann gehen wir Pizza essen«, verkündete sie und hob die laut jauchzende Merituuli aus der Schaukelliege. »Oder doch nicht, es ist wohl noch etwas zu früh dafür«, sagte sie mit Blick auf die Uhr und hatte gleich eine neue Idee parat: »Gehen wir Eis essen, und zwar dort, wo auch solche kleinen Damen willkommen sind!«

Aus Nooras Erleichterung wurde sofort Ärger und doch versuchte sie gar nicht erst zu protestieren. Natürlich würden sie Pizza oder Eis essen, weil Eila es so beschlossen hatte, und natürlich lächelte Merituuli Eila an und ruderte mit den Armen. Und natürlich machte die Kleine die Beine steif, als Noora die Windeln wechseln wollte.

»Das kann doch nicht so schwer sein. Lass mich mal.« Eila schob Noora mit sanfter Gewalt beiseite.

Noora ballte die Hände zu Fäusten. Ich halte es nicht mehr aus, dachte sie und rannte ins Badezimmer. Ich halte es nicht aus, halte es nicht aus ..., wiederholte sie und hämmerte mit der Faust aufs Waschbecken. Ich bringe die Frau um, ich bringe alle beide um ... Noora erschrak heftig. Sie hatte hoffentlich nicht laut gesprochen? Womöglich stand Eila hinter der Tür, hörte alles und nahm ihr Merituuli endgültig weg ... Womöglich ...

Noora beugte sich über das Waschbecken und spritzte sich eiskaltes Wasser ins Gesicht. »Werde ich etwa wirklich verrückt?«, fragte sie ihr Spiegelbild so leise, dass es ganz bestimmt niemand hören konnte.

»Wir sind fertig. Kann es losgehen?«, rief Eila aus dem Flur.

»Gleich. Ich will nur ...« Nora betätigte die Spülung, atmete ein paarmal tief durch und öffnete die Tür, im Gesicht ein angedeutetes Lächeln, das wie festgeklebt schien. »Wenn du mich ohne Make-up akzeptierst.«

Gewiss, das tat Eila; die jungen Frauen schminkten sich heutzutage sowieso viel zu viel. »Andererseits, in meinem Alter brächte es auch keinen Nutzen mehr«, sagte sie mit einem Lachen und sah dabei nach dem Spiegel, der im Flur an der Wand lehnte. Sie musste unbedingt dem Hausmeister Bescheid sagen, dass er ihn anbrachte, sofern sie nicht selbst irgendwo einen preisgünstigen Elektrobohrer entdeckte. Der könnte auch noch anderweitig nützlich sein.

»O nein!«, Eila drückte auf den Fahrstuhlknopf, aber nichts geschah. Der Fahrstuhl war entweder kaputt oder es hatte wieder jemand die Gittertür nicht richtig geschlossen.

»Lernen die das denn nie!«, schimpfte Eila und befahl Noora dann, am hinteren Teil des Kinderwagens anzufassen. »Wir schaffen es auch so, wir müssen nur vorsichtig sein«, sagte sie und ging rückwärts die Stufen hinunter. Merituuli schien das Geschaukel Spaß zu machen und sie juchzte begeistert.

»Warte einen Moment«, Eila machte in der ersten Etage so plötzlich Halt, dass Noora beinah über den Wagen gestolpert wäre. »Ich hole den Einkaufsroller, dann können wir gleich eine ordentliche Menge Lebensmittel einkaufen. Rat übrigens mal, wie die Schweden das Ding nennen«, sagte sie lachend, während sie den Schlüssel aus der Handtasche kramte. »Hacken-Porsche!«

Eila fummelte am Schloss und öffnete dann die Tür gerade so weit, dass sie sich durch den Spalt schieben konnte. »Warte einen Moment«, sagte sie wieder. »Ich muss die Tür schließen, damit die Katze nicht entwischt.«

Noora merkte plötzlich, dass sie neugierig war. Sie hätte sich gern angeschaut, wie es bei Eila zu Hause aussah, aber sie erhaschte nur einen flüchtigen Blick auf die Flurgarderobe, ehe die Tür zuschlug.

Wie höflich!, dachte sie und schaukelte den Kinderwagen. Merituuli war eingeschlafen.

Eila tauchte nicht auf. Was treibt sie dort drinnen?, fragte sich Noora und drückte das Ohr an die Tür. Etwas wie Kratzen und gedämpftes Reden waren zu hören. Sie sprach bestimmt mit ihrer Katze, wie es einsame alte Menschen oft taten.

Die Tür sprang so plötzlich auf, dass sich Noora beinah den Kopf gestoßen hätte. Sie trat rasch zur Seite, aber Eila hatte nichts bemerkt. »Ich habe das Katzenstreu erneuert«, erklärte sie nur.

»Ich wunderte mich auch schon, was da so stinkt«, sagte Noora.

»Katzenpisse eben.« Eila verriegelte das Sicherheitsschloss. »Armi ist natürlich eine Hauskatze, aber es kann sein, dass sie ein bisschen beleidigt ist, weil sie so lange allein sein musste. Auch Tiere haben nämlich Gefühle«, versicherte sie noch, und Noora zweifelte keinen Augenblick daran. Die besonders, dachte sie.

»Lass uns Jonna Guten Tag sagen«, schlug Noora vor, während Eila die Haustür aufhielt.

Noora hatte an Jonna zwei Textnachrichten geschickt und keine Antwort bekommen. Nicht dass sie um die Freundin besorgt gewesen wäre, aber sie hatte Sehnsucht nach ihr. Jonna war vertraut und unkompliziert und sie war nicht aufdringlich, so wie ... Noora sah Eila an. »Sie hat einen Laden ganz in der Nähe, in der Iso Roobertinkatu.«

»Vielleicht später.« Eila beugte sich über den Wagen und zupfte Merituulis Decke zurecht. »Wir Mädels gehen jetzt erst mal Eis essen und einkaufen.«

»Aber ...«

»Später.« Eila sah nicht einmal zu Noora hin, fasste nur an die Stange des Wagens und wandte sich in Richtung Bulevardi.

Ich hasse dich!, zischte Noora innerlich und zählte langsam bis fünf, ehe sie folgte. Im selben Moment bemerkte sie, dass Eila den Einkaufsroller vergessen hatte, den sie hatte holen wollen.

»Du hast ja doch nicht diesen Hacken-Porsche genommen«, sagte sie, als sie Eila eingeholt hatte.

Eila blieb verdutzt stehen, lachte dann aber und sagte, dass die beleidigte Katze sie vermutlich aus dem Konzept gebracht habe. »Andererseits kommt man mit dem Roller auch nur schwer die Treppe hoch, falls der Fahrstuhl längere Zeit kaputt sein sollte.«

Eila schob den Wagen, Noora ging neben ihr her und zählte im Stillen die Tage ihres Zusammenseins. Es waren erst drei, und trotzdem schien es ihr, als gingen sie schon eine Ewigkeit gemeinsam durch diese Straßen – sie selbst, Merituuli und Eila Airaksinen.

Tanja Ström saß in ihrem Auto, das vor dem *Retrodesign* halb auf dem Bürgersteig geparkt war. Aus Richtung des Bulevardi näherte sich eine Politesse und griff schon in ihre Tasche, um einen Strafzettel zu zücken, schwenkte dann aber nur die Hand, als Tanja Ström ihre Dienstmarke hochhielt.

Als sie zur Arbeit gefahren war, hatte sie eigentlich nur unterwegs kurz im Laden reinschauen und sich überzeugen wollen, dass Henna halbwegs beieinander war, aber dann hatte sie doch überraschend viel Zeit dort verbracht.

Henna war wie erwartet verweint gewesen, aber Virve Vainio hatte keinerlei Gefühle gezeigt. Sie war mit ihren Stöckelschuhen durch den Laden gestakst, als wäre es ein ganz gewöhnlicher Montag, und dabei war ihr Ehemann verschwunden wie Asche im Wind.

Seit fast zwei Tagen hatte niemand mehr etwas von Veli-Pekka Vainio gehört. Henna hatte ihn am Samstagabend im *Retrodesign* gesehen, aber dann verlor sich seine Spur. Zurückgeblieben war seine Geldbörse auf dem Arbeitstisch im Hinterzimmer, sonst nichts.

Wenn ich Virve Vainio wäre, dann ... Tanja Ström ließ den Gedanken unvollendet. Sie hatte ihre Erfahrungen. Vor einigen Jahren hatte ihr damaliger Lebensgefährte nach einem heftigen Streit die Tür hinter sich zugeknallt und war nicht wieder aufgetaucht. Zwei Tage später hatte er immerhin von seiner neuen Freundin aus, die in Wahrheit bereits längere Zeit im Spiel gewesen war, angerufen und anschließend seine Sachen abgeholt, nachdem er sich vergewissert hatte, dass Tanja erst spät von der Arbeit heimkommen würde. Am Abend hatte sie den Schlüssel, den er auf dem Tisch zurückgelassen hatte, in die oberste Schublade des Küchenschrankes geworfen und ihn dort vergessen. Ebenso den Mann, oder zumindest fast.

Trotz dieser Erfahrungen fand sie es merkwürdig, dass Virve Vainio noch keine Vermisstenanzeige aufgeben wollte. Glaubte sie mit ihrer betonten Kühle das Gesicht wahren zu können? Und warum wollte sie das?

»Ist dies ein Verhör?«, hatte Virve nur gefragt, als Tanja Ström sich erkundigt hatte, ob es zwischen ihr und ihrem Mann Meinungsverschiedenheiten oder Streit gegeben hatte.

Natürlich war es kein Verhör gewesen und Tanja Ström hatte nicht nachgehakt. Henna hatte nachher, als sie allein im Laden waren, gefaucht, dass sie sich nicht wundern würde, wenn VauPe heimlich zehn andere Frauen hätte, aber diese Aussage wollte Tanja Ström auf sich beruhen lassen. Das Mädchen war ganz offensichtlich selbst ziemlich verschossen in ihren Chef.

»Bin schon unterwegs«, sagte Tanja Ström kurz und

knapp, als Jokinen anrief und sie in ihren Gedankengängen unterbrach. Das *Retrodesign* musste jetzt erst mal warten, aber sie wollte die Situation auf jeden Fall im Auge behalten. Henna hatte versprochen, sie sofort zu informieren, wenn Virve Vainio die Vermisstenanzeige aufgegeben hätte oder es irgendeine andere Wendung gäbe.

Und das Mädchen würde eifrig alles berichten und sei es nur, dass die Chefin über ihre eigenen Absätze gestolpert war, dachte Tanja Ström und startete den Motor.

Im selben Moment, als sie den Zündschlüssel umdrehte, öffnete sich die Tür des gegenüberliegenden Hauses. Die grauhaarige Frau, die vorhin bei Virve Vainio gewesen war, hielt einer jungen, schlanken Frau mit einem dunkelblauen Kinderwagen die Tür auf.

Die Frauen schienen über irgendetwas zu diskutieren, bis die Grauhaarige energisch nach dem Wagen fasste und ihn in Richtung Bulevardi schob. Die Jüngere stand einen Moment da, breitete dann resigniert die Hände aus und ging hinterher.

Tanja Ström schob sich mit ihrem Auto in die Schlange, ohne sich um die wütenden Hupsignale der anderen Fahrer zu kümmern, und musste gleich darauf an der Ampel vor der Uudenmaankatu stoppen. Plötzlich tauchte aus ihrem Unterbewusstsein ein Bild auf.

»Es sind dieselben Frauen!«, rief sie laut. Die beiden hatten am Sonntag hinter dem Fenster des gegenüberliegenden Hauses gestanden und ins *Retrodesign* geschaut. Die größere und schlankere hatte sich bald entfernt, aber die ältere, grauhaarige war am Fenster stehen geblieben.

Hatten sie möglicherweise in der Nacht etwas gesehen, und sei es nur zufällig?

16

Sakari Mäkilä konnte sich seiner eigenen Meinung nach stets gut konzentrieren. Wenn er bei der Arbeit war, dann arbeitete er, und in seiner Freizeit dachte er nicht an die Medizin. Er mochte seine Patienten und beschäftigte sich ernsthaft mit ihren Beschwerden, aber er pflegte die Probleme nicht mitzunehmen, wenn er die Tür seiner Praxis hinter sich schloss.

Am letzten Freitag hatte sich jedoch alles geändert.

Er war nicht wirklich ernsthaft auf die Patientin mit den Panikbeschwerden, Jonnas Freundin, eingegangen. Zwar hatte er versucht, ihr Mut zuzusprechen, und sie sogar aufgefordert, einen Spezialisten zu konsultieren, aber trotzdem. Da half ihm auch nicht, dass er sich immer wieder sagte, die Verantwortung liege letztlich beim Patienten selbst und man könne niemanden zwingen.

Als er am Montagmorgen wieder in die Praxis gekommen war, hatte er sich gleich als Erstes über den Fall informiert: Nein, Noora Leppänen hatte sich keinen Termin beim Psychiater geholt. Das war nicht gut. War er doch zu leichtfertig mit dem Mädchen umgegangen? Sie hatte nichts von ihrem Kind gesagt, was ein wenig befremdlich und sogar besorgniserregend war.

Ich muss sie anrufen und nachfragen, hatte er beschlossen, als er sich in sein Sprechzimmer zurückgezogen hatte, um sich auf den ersten Patienten des Tages vorzubereiten. Seine Stimmung hatte zwischen Erleichterung und Besorgnis geschwankt; erleichtert war er über das Gespräch, das er am Sonntag mit Jonna geführt hatte, und besorgt wegen Noora Leppänen, vor allem aber wegen seines verschwundenen Schwagers.

Wo, verdammt nochmal, war VauPe?

Ununterbrochen strömten Grippepatienten in die Praxis. Mäkilä horchte Lungen ab, untersuchte Ohren und Rachen, schrieb Rezepte und Rechnungen, und seine Gedanken waren ständig woanders. Nach dem dritten Patienten hatte er sogar aufs Geratewohl die Polizei angerufen, was absolut töricht gewesen war. Es gab ja noch gar keine Vermisstenanzeige und die Sache ging ihn nicht einmal etwas an.

Mäkilä war gerade dabei, in das Ohr eines heftig schniefenden Mannes mittleren Alters zu schauen, als sein Handy den *Pori-Marsch* spielte. Er sah auf das Display: Virve.

»Entschuldigen Sie einen kleinen Moment, aber dieses Gespräch muss ich annehmen.«

Mäkilä dachte beiläufig, dass er eigentlich den Klingelton wechseln müsste. Der Marsch erschien ihm mittlerweile zu pathetisch; es war Jonna gewesen, die sich das als Jux ausgedacht hatte.

»Gibt es etwas Neues?«, fragte er leise, mit dem Rücken zu dem Patienten. Die dunkle Ziegelwand von *Stockmann* wirkte irgendwie nackt ohne die gelben Fahnen, die noch am Samstag fröhlich dort geflattert hatten.

»Nein«, sagte Virve. »Aber die Polizistin war vorhin hier, Tanja Ström. Sie wirkt sehr streng.«

Nun, da seid ihr ja aus demselben Holz, dachte Mäkilä. »Sie bearbeitet also den Fall?«, fragte er gedämpft und sah sich nach seinem Patienten um, aber der war so mit Schniefen und Niesen beschäftigt, dass er vermutlich gar nichts hörte.

»Natürlich nicht, es gibt ja offiziell noch gar keinen Fall«, sagte Virve barsch. »Aber die Ström ist mit meiner Verkäuferin verwandt und hat im Vorbeifahren kurz Halt gemacht, um die Situation zu erkunden und Henna zu beruhigen. Das Mädchen ist übrigens völlig außer sich, erst vorhin hat sie weinend zu mir gesagt, dass Veli-Pekka bestimmt etwas ganz Schlimmes passiert ist.«

›Meine Verkäuferin ...‹, dachte Mäkilä ironisch. Virve hatte sich den Laden ja schnell zu Eigen gemacht. Und wenn die Verkäuferin außer sich war, so konnte man das von Virve jedenfalls nicht sagen. Sie schien sich mehr um den Ruf und den Erfolg des Ladens als um ihren verschwundenen Ehemann zu sorgen.

»Und wie geht es nun weiter?«, murmelte er leise in den Apparat.

»Nun, heute ist ja erst Montag«, erklärte Virve, als sei es eine große Neuigkeit. »Die Ström sagte zwar, dass ich die Vermisstenanzeige schon heute aufgeben könnte, aber ich habe trotzdem beschlossen, noch ein wenig zu warten. Zumindest bis morgen«, ergänzte sie nach kurzer Pause.

»Aber warum? Ich denke, man sollte schon ...«

»Ich möchte noch warten«, unterbrach sie ihn scharf. »Für den Fall, dass doch ...« Sie verstummte, dann war ein Hüsteln zu hören und: »Diese Anzeige aufzugeben erscheint mir irgendwie so endgültig.«

Dagegen gab es kein Argument. »Nun, es ist natürlich deine Sache«, konstatierte Mäkilä. Und dein Mann, ergänzte er in Gedanken.

»Versuch klarzukommen.«

»Danke gleichfalls, ich komme schon klar.« Sie betonte das Wort ›ich‹, und Mäkilä hatte den undeutlichen Eindruck, dass darin eine Botschaft enthalten war. Auf jeden Fall war es irgendwie absurd, dass seine Schwester quasi ihn beruhigte, obwohl es genau umgekehrt hätte sein sollen.

Als der schniefende Patient mit seinem Rezept und seiner Rechnung gegangen war, wurde Mäkilä von der Rezeption informiert, dass zwei hintereinander liegende Termine abgesagt worden waren.

»Nimmst du dafür andere Patienten?«, fragte die Schwester. »Das Wartezimmer ist voll mit Schniefnasen verschiedenster Sorte.«

Mäkilä hasste kurzfristige Absagen, aber jetzt passten sie ihm ausgezeichnet. Er sagte, dass er etwas Dringendes außer Haus erledigen wolle. »Ich esse bei der Gelegenheit eine Kleinigkeit und bin in spätestens einer Stunde wieder zurück«, sagte er, legte den Hörer auf und griff nach seinem Handy.

»Secondhandshop, Jonna«, sagte eine irgendwie tonlose Stimme nach dem vierten Klingelzeichen.

Mäkilä hatte sie einmal darauf hingewiesen, dass es überzeugender klang, wenn man sich am Telefon eines Geschäftes mit dem vollen Namen meldete, aber Jonna hatte nur gelacht und gesagt, dass man heutzutage keine Nachnamen mehr benutzte und sich auch nicht siezte. Außer Fossilien und anderen Dinosauriern, hatte sie freundlich hinzugefügt.

»Störe ich gerade?«, Mäkilä stellte die Frage, die er selbst aufs Äußerste verabscheute. Niemand meldete sich am Handy mehr mit seinem Namen, sondern fragte nur »Störe ich gerade?« oder »Wo bist du gerade?«. Über kurz oder lang würde man den Handybesitzer wohl auch ohne zu fragen orten können.

»Natürlich«, rief Jonna. »Ich habe die Bude voller Kunden, sodass ich kaum noch selber Platz habe.«

»Also war noch keiner da«, schlussfolgerte Mäkilä.

»Falsch«, Jonna lachte. »Zwei waren da und eine hat sogar ein fast neues Top gekauft. Fünf Euro, was sagst du nun?«

Ist ja ein toller Umsatz für einen ganzen Vormittag, dachte Mäkilä und fragte dann, ob er kurz vorbeikommen könnte.

Jonna war erstaunt. »Was, hierher?«

»Ja, genau. Bei mir wurden zwei Termine abgesagt.«

Am anderen Ende war es einen Moment still. »Kommst du allein?«, fragte Jonna dann.

»Natürlich. Ich schaue nur kurz rein und gehe dann wieder in die Praxis.«

Wieder eine kleine Pause. »Ich dachte nur …«, es war deutlich ein tiefer Atemzug zu hören. »Ich dachte an diesen Typen.«

Der Typ … Mäkilä schaltete das Handy aus und lockerte unbewusst die Krawatte. Wie lange mochte es dauern, bis Jonna in der Lage wäre, Stefan beim Namen zu nennen? Vielleicht so lange, dass der Mann gar nicht mehr aktuell wäre.

»Ich habe etwas zu essen mitgebracht«, Mäkilä warf eine braune Papiertüte von McDonald's auf den Verkaufstisch des Secondhandshop.

»O nein«, stöhnte Jonna, während sie zwei doppelte Hamburger, Pommes und zwei Halbliterbecher Cola auspackte. »Hättest du doch lieber einen Salat gebracht. Ich habe mich nämlich heute Morgen versehentlich auf die Waage gestellt und festgestellt, dass ich unbedingt auf mein Gewicht achten oder es vielmehr reduzieren muss.« Wieder einmal, seufzte sie im Stillen und bedachte ihren Vater mit einem Blick, der aussagen sollte: Das würde dir auch gut tun.

»Nun, die Cola ist immerhin von der Marke Light«, sagte er darauf und steckte den Strohhalm durch den Deckel seines Bechers.

»Und mindestens ebenso ungesund wie das Original«, befand Jonna und rümpfte die Nase. »Du als Arzt müsstest das wissen.«

»Ja, müsste ich, so wie noch eine Menge anderer Dinge«, erwiderte er und schälte einen Hamburger aus der Verpackung.

Die Ladenglocke schlug an. Ein Punker oder eine Punkerin, gepierct und komplett in Schwarz gekleidet, kam herein. Mäkilä zog sich irritiert ins Hinterzimmer zurück. Sicherheit über das Geschlecht der seltsamen Erscheinung bekam er erst, als sich diese erkundigte, ob man hier Nietengürtel bekäme. Die zarte Mädchenstimme bildete einen atemberaubenden Kontrast zu dem wilden Äußeren.

Gürtel gab es nicht und auch sonst nichts, was das Mädchen interessierte, denn nachdem sie eine Weile in den Regalen gewühlt hatte, ging sie wieder, wobei die stahlverstärkten Absätze ihrer Schlangenboots über den Fliesenfußboden kratzten.

»Wie geht es übrigens deiner Freundin?«, fragte Mäkilä, während er wieder in den Verkaufsraum trat. »Ich meine die, die am Freitag in meiner Sprechstunde war.« Er stopfte sich den Rest des Hamburgers in den Mund, knüllte das fettige Papier zusammen und zielte auf einen leeren Pappkarton in zwei Metern Entfernung. Der Wurf ging daneben.

»Noora?«, schnaubte Jonna so verärgert, dass Mäkilä sich beinah an dem Bissen verschluckt hätte. »Gut, nehme ich an.«

»Wieso nimmst du es an?«

Jonna zuckte die Achseln. »Sie ist neuerdings so beschäftigt, dass sie kein Beruhigungsmittel mehr braucht, jedenfalls im Moment nicht.« Und mich auch nicht, fügte sie im Stillen hinzu und drehte sich rasch um, um die Regalfächer zu ordnen, die die Punkerin durchwühlt hatte. Ihre Augen waren verräterisch feucht geworden und sie hatte einen Kloß in der Kehle.

»Nun, das hört sich ja gut an«, fand Mäkilä. »Mich hat das Ganze doch irgendwie beschäftigt, zumal du erzähltest, dass sie ein Baby hat.«

»Sie kommen schon zurecht – beide.«

Jonna zog eine violette Bluse heraus, riss einen Knopf ab, der nur noch an einem Faden hing, und steckte ihn in eine kleine Schachtel. Sie musste unbedingt daran denken, im Fachgeschäft nebenan Garn in der passenden Farbe zu kaufen.

»Merituuli, so heißt Nooras Baby, ist übrigens mein Patenkind«, sagte sie unvermittelt.

»Ach ja?«, Mäkiläs Stimme klang erfreut. »Ich wusste gar nicht, dass ihr so enge Freunde seid.«

Natürlich nicht, dachte Jonna. Du weißt rein gar nichts von uns. Nichts von unserer langen Freundschaft und vor allem nichts von jenem Abend, an dem Noora mir erzählte, dass sie schwanger sei, wir die ganze Nacht zusammensaßen und redeten und ich sie schließlich überzeugen konnte, dass eine Abtreibung keine Lösung war und dass ich ihr bestimmt bei allem helfen würde – und dass vor allem ich das Kind wollte. Und jetzt hat die verdammte

Grauhaarige sie beide vereinnahmt, sowohl Noora als auch Merituuli.

»Virve hat übrigens angerufen«, Mäkilä unterbrach ihre Gedankengänge.

»Aha. Was hat sie gesagt?«, wollte Jonna wissen. Ihr Herz klopfte immer noch heftig und ihre Hände fühlten sich feucht an. Sie trank einen großen Schluck Cola aus ihrem Becher.

»Eigentlich gar nichts«, seufzte Mäkilä. »Sie will nicht mal eine Vermisstenanzeige aufgeben, jedenfalls noch nicht.«

»Sie ist verrückt!«, zischte Jonna. Es tat irgendwie gut, die Gedanken auf Virve zu lenken, die eine wirklich unsympathische Person war. »Eigentlich müsste sie sogar Strafanzeige erstatten. Denk nur, falls …« Sie beendete den Satz nicht. Jonna zog die Unterlippe nach innen, so wie einst als kleines Kind. Mäkilä war selbst erstaunt, dass er sich noch so gut an die Geste erinnerte. Jonna war ein süßes kleines Mädchen gewesen, pummelig und mit strubbeligem Haar.

»Falls was?«, fragte er fast gerührt. Er nahm sich vor, Jonnas Kinderbilder hervorzukramen, sich eines davon einzurahmen und auf den Schreibtisch zu stellen. In der Antiquitätenhalle von Hietalahti würde er bestimmt den passenden nostalgischen Rahmen finden.

»Ich verstehe die Frau nicht«, brach es aus Jonna heraus. »Was hat die beiden eigentlich zusammengehalten?« Sie schlug sich rasch die Hand vor den Mund. »Hilfe, warum rede ich in der Vergangenheit? VauPe ist ja nicht …, immerhin ist er …« Sie sah ihren Vater entsetzt an, der nur resigniert die Hände ausbreitete. »Jedenfalls, was verbindet sie?«

»Zwei Dinge«, sagte Mäkilä lakonisch. »Das Geld und die Kulisse. Virve hat immer gut aussehende und zumeist deutlich jüngere Männer bevorzugt, und VauPe wiederum ..., nun, Virve hat ihm das *Retrodesign* finanziert. Mit anderen Worten, der Mann hat eine Arbeit bekommen, die ihm Spaß macht. Eigentlich eine ideale Konstellation«, ergänzte er ohne eine Spur von Neid.

»Die beiden sind jetzt ungefähr fünf Jahre verheiratet, oder?«, fuhr Jonna fort. »Ich weiß noch, wie du irgendwann ganz nebenbei sagtest, dass Virve jetzt nicht mehr Mäkilä, sondern Vainio heißt. Und dann verging fast ein Jahr, bis ich VauPe zum ersten Mal sah, und zwar auf meiner Abifete. Und ich staunte, was für einen gut aussehenden Kerl sie sich geangelt hat, noch dazu einen so jungen. Sie führte ihn da rum wie einen Rasseköter auf der Hundeausstellung. Es fehlte nur noch, dass er die Siegerschleife um den Hals und sie den Pokal im Arm getragen hätte.«

»Aber es war doch ziemlich romantisch, alles in allem«, Mäkilä lachte. »Stell dir vor, Virve kauft neue Winterreifen für ihr Auto und nimmt den Verkäufer gleich mit.«

»Dem sie dann als neuen Arbeitsplatz ein eigenes Einrichtungsgeschäft besorgt«, ergänzte Jonna, »obwohl sie selber Plastik hasst. Bei ihnen zu Hause sieht es doch aus wie in einem Antiquitätenladen.«

»VauPe soll sich angeblich schon immer für moderneres Design und besonders für Produkte aus Kunststoff interessiert haben«, wusste Mäkilä. »So wurden mit *Retrodesign* die berühmten zwei Fliegen mit einer Klappe geschlagen.«

»Welche zwei?«

»Job und Status«, erwiderte Mäkilä. »Virve stellt ihren

Mann doch lieber als künstlerischen Leiter denn als gewöhnlichen Reifenverkäufer vor.«

»Aber trotzdem«, beharrte Jonna. »Ich kann VauPe eben nicht verstehen. Was, wenn er ein Kind haben möchte. Virve ist einfach zu alt dafür, und alle Männer haben doch irgendwann den Wunsch, Vater zu werden.« Sie schlug sich wieder mit der Hand auf den Mund und lachte schrill. »Entschuldigung, ich meinte nicht ... Manchmal entstehen Kinder eben aus Versehen«, murmelte sie dann mit glühenden Wangen.

Mäkilä steckte die Hände in die Taschen und drehte sich zum Fenster um. Jonnas Worte trafen ihn mehr, als sie ahnte. Sie hatte die Wahrheit gesagt.

»Du hast VauPe ja ab und zu getroffen«, sagte er endlich. Jonna hatte inzwischen aus Nervosität ihren Colabecher gänzlich geleert. »Was waren das für Leute, mit denen er sich umgab? Waren Frauen dabei? Ich meine, gab es so was wie eine feste Begleiterin?«

»Was ist denn das für ein Verhör?«, schimpfte Jonna. »Ich hab' doch gesagt, dass er allein oder mit einer Clique von Freunden durch die Nacht zog. Und ausgerechnet mir hätte er eine neue Ehekandidatin bestimmt nicht vorgestellt.« Sie saß mit verschränkten Armen da und sah ihren Vater an. »Trotzdem wollte er sich scheiden lassen«, sagte sie dann. »Zuerst dachte ich, das sollte ein Witz sein, aber inzwischen bin ich mir sicher, dass er es wirklich ernst gemeint hat.«

Mäkilä fröstelte plötzlich. »Du meinst doch nicht, dass ...« Er vermochte den Rest nicht auszusprechen, aber Jonna verstand ihn auch so. »Genau das meine ich. Er hat bestimmt mit Virve über Scheidung gesprochen und sie ist wütend geworden oder so was. Sonst würde sie nicht so verdammt kühl auf sein Verschwinden reagieren. Sie ist bestimmt einfach erleichtert, dass ihr Alter so schön praktisch von der Bildfläche weg ist. Der Ehemann verschwindet und man hat sein Gesicht gewahrt, braucht sich nicht scheiden zu lassen.«

»Red keinen Blödsinn. Ich kann mir absolut nicht vorstellen, dass ...« Mäkilä hustete und Jonna unterbrach ihn erneut: »Warum nicht? Weil sie deine Schwester ist? Jeder hat irgendwo einen nahen Verwandten – auch ein Mörder.«

»Jetzt reicht es aber!« Mäkilä war ernsthaft wütend, was äußerst selten geschah. »Wir fangen hier nicht mit der Mördersuche an, wenn wir noch nicht einmal eine Leiche haben.«

»Eben!«, rief Jonna triumphierend. »Wo ist Veli-Pekka Vainio? Denk mal darüber nach!«

Mäkilä verlor den Streit, sowohl mit Jonna als auch mit sich selbst. Ihm fiel kein einziges Gegenargument ein. »Wir bleiben in Kontakt«, sagte er nur lahm, als er ging.

»Unbedingt«, sagte Jonna und wandte sich wieder ihren Regalen zu. »Wenn die Frau nicht bis morgen eine Vermisstenanzeige aufgegeben hat, dann mache ich es.«

Das glaubte Mäkilä ihr aufs Wort. Jonna hatte ihr Leben lang stets ihren eigenen Kopf durchgesetzt, ohne groß zu fragen, außer wenn sie Geld brauchte, dann konnte sie auf einmal ganz zahm sein.

Er machte einen Umweg durch die Fredrikinkatu und betrachtete eine Weile das Schaufenster von *Retrodesign*, ehe er eintrat.

»Hei, kann ich Ihnen helfen?« Eine junge Frau war damit beschäftigt gewesen, eine Tischdekoration aus rotem, orangefarbenem und violettem Plastikgeschirr zu fertigen, aber sie unterbrach ihre Arbeit sofort, als sich die Ladentür öffnete.

Ausgezeichneter Kundendienst, dachte Mäkilä. ›Meine Verkäuferin‹, so hatte Virve gesagt. Henna Ketonen zweifellos.

Er fragte nach Virve und erfuhr, dass sie gerade weggefahren war, um irgendwo einen Nachlass zu sichten. »Wir haben einen Wink bekommen, dass dort rauchgraues Plastikgeschirr zu finden ist, was eine wirkliche Rarität darstellt«, erklärte Henna eifrig. »Es wurde irgendwann Ende der Fünfzigerjahre hergestellt.«

Jedem sein Pläsierchen, dachte Mäkilä bei sich. Während er sich umsah, fragte er sich, wofür sich VauPe wohl mehr interessierte, für Geschirr oder für Möbel. Beides war im Angebot gleichermaßen vertreten. »Gibt es übrigens etwas Neues?«, fragte er dann.

Henna warf ihm einen misstrauischen Blick zu. Virve hatte ihr am Morgen eingeschärft, auf keinen Fall über VauPe zu sprechen. Falls ein Kunde fragte, so war er auf Reisen, und mit Freunden und Bekannten über die Firma zu tratschen, verbot sich generell. »Inwiefern?«, fragte sie endlich.

Mäkilä antwortete nicht. Er sah sich noch eine Weile um und bat Henna dann, der Chefin Grüße auszurichten. »Ich bin übrigens ihr Bruder«, ergänzte er noch, als er schon in der Tür stand.

Henna sah ihn überrascht an und Mäkilä war sich nicht sicher, was sie mehr in Erstaunen versetzte: dass Virve einen Bruder hatte oder dass sich die beiden so gar nicht ähnelten.

17

»Verflixt und zugenäht!« Virve Vainio schaltete den Laptop aus und knallte den Deckel zu. Der Luftzug fegte die Papiere vom Tisch, sie flatterten raschelnd umher, eines verschwand fast gänzlich unter dem dicken Orientteppich. Virve hatte eine Ewigkeit am PC gesessen, ohne auch nur das Geringste zu Stande zu bringen. Die Zahlen, Spalten und Paragrafen verschwammen vor ihren Augen und alles war wie ein einziger Brei, das ganze Unterfangen völlig sinnlos.

Sie konnte sich nicht konzentrieren, und zwar seit jenem Moment, als sie am Nachmittag die Tür vom *Retrodesign* hinter sich geschlossen und aus dem Immobilienbüro eine Mappe mit Papieren geholt hatte. Eine der Sekretärinnen hatte Geburtstag gehabt und im Pausenraum war eine kleine Feier im Gang gewesen. Virve hatte unter Verweis auf ihre knapp bemessene Zeit sowohl den Kuchen als auch den widerlich süßen Schaumwein abgelehnt, was an sich überflüssig gewesen war; denn sie pflegte auch sonst nicht an den Feiern der Mitarbeiter teilzunehmen. Sie sah keinen Sinn darin zu lachen, wenn ihr nicht danach zu Mute war, oder mit Leuten zu plaudern, die sie nicht besonders mochte. Mehr als der gemeinsame Arbeitsplatz verband sie nicht mit den anderen. Selbst jetzt, zu Ehren ihres geglückten Vertragsabschlusses, öffnete sie die Champagnerflasche lieber in der bestmöglichen Gesellschaft, nämlich allein. Die Leute im Büro waren vermutlich schon so an ihre Zurückhaltung gewöhnt, dass niemand mehr Anstoß nahm. Virve Vainio war eine einsame Reiterin und die mit Abstand erfahrenste und beste Maklerin der Firma, das genügte ihr selbst und es mochte auch den anderen genügen.

»Schöne Grüße an VauPe«, hatte das bereits leicht beschwipste Geburtstagskind gerufen, und Virve hatte nur kurz angebunden gesagt, die werde sie ausrichten. Das Mädchen hatte ihr noch Kuchen zum Mitnehmen aufnötigen wollen, aber den hatte sie höflich abgelehnt. Und überhaupt, wie kamen die Schnepfen im Büro dazu, ihren Mann VauPe zu nennen?

Virve sammelte die Papiere wieder ein und schichtete sie zu einem ordentlichen Stapel auf dem Tisch, dann legte sie einen Briefbeschwerer darauf, der aus farblosem Glas bestand, in dem Messingschrauben und -muttern eingeschlossen waren. Veli-Pekka hatte ihn vor fünf Jahren auf ihrer ersten gemeinsamen Reise in Mailand gekauft. Es war ihre Hochzeitsreise gewesen und Virve erinnerte sich eigentlich nur an das luxuriöse Hotelzimmer. Einige Male waren sie zum Einkaufen ausgegangen oder hatten in einem nahe gelegenen Restaurant gegessen, aber den größten Teil der Woche hatten sie im Hotel und vor allem in dem riesigen Bett verbracht. Der Zimmerservice hatte funktioniert, der Champagner war kalt gewesen und es hatte sie nicht gestört, dass es November gewesen war und in Strömen gegossen hatte. Sie hatten ausgiebiges Bewegungstraining im Bett gemacht und zwischendurch darüber gestritten, ob das prachtvolle Deckengemälde im Stile Botticellis geschmacklos war oder nicht. Veli-Pekka war von den drallen kleinen Cherubinen und der üppigen Göttin völlig fasziniert gewesen, aber Virve hatte gefunden, dass selbst die Engel auf den Abziehbildern ihrer Kindheit echter gewirkt hatten.

Nach dem Besuch in der Firma hatte Virve eigentlich ins *Retrodesign* zurückkehren wollen, aber sie hatte ihre Meinung geändert. Sie hatte für diesen Tag genug gehabt von Henna Ketonens rot geweinten Augen und unausgesprochenen Vorwürfen, und so hatte sie nur dort angerufen und gesagt, dass sie am nächsten Tag im Laufe des Vormittag kommen werde.

»Du öffnest dann um Punkt zehn Uhr«, hatte sie dem Mädchen eingeschärft. »Keine Minute später.«

»Und die …«, hatte Henna in den Apparat gepiepst, unfähig, den Satz zu Ende zu sprechen.

Es war nicht schwer zu erraten gewesen, was sie gemeint hatte. »Du brauchst mich nicht daran zu erinnern«, hatte Virve kühl gesagt. »Ich erledige das mit der Vermisstenanzeige – falls nötig.«

Henna hatte vielleicht noch etwas sagen wollen, aber Virve hatte das Gespräch beendet. Sie hatte das Stück Weg von der Firma zu ihrer Wohnung fast im Laufschritt zurückgelegt. Sie war dem Zusammenbruch nahe gewesen und dafür brauchte sie keine Zeugen.

Jetzt war es kurz nach sieben Uhr und vor ihr lag ein langer, leerer Abend. Morgen Nachmittag um zwei Uhr sollte der Vertrag über die Wohnung abgeschlossen werden und eine schöne Summe Geld würde auf ihr Konto fließen. Warum ließ sie das kalt? Warum war sie innerlich so vollkommen leer?

Virve musterte zerstreut die Bücherregale, die von Wand zu Wand und vom Fußboden bis zur Decke reichten. Alles ererbt, sie hatte nicht viele der Werke gelesen und würde es vermutlich auch nie tun. Einmal im Jahr kaufte sie ein Buch, das neueste Werk eines populären Krimiautors als Weihnachtsgeschenk für Veli-Pekka, aber sonst waren Bücher ihrer Meinung nach eher ein Einrichtungselement. Warum sollte man über das Leben erdachter Menschen lesen, wenn man mit dem eigenen genug zu tun hatte?

»Seit wann ist es schief gelaufen?«, fragte Virve laut das Fenster, in dem sich bereits ihr Spiegelbild abzeichnete. Der Himmel war bewölkt und es dämmerte. Im Haus gegenüber flammte Licht in einem Fenster auf, bald in einem zweiten und dritten. Menschen bewegten sich in den Wohnungen, Paare und Familien, ein kleiner Junge drückte die Nase und die Handflächen an die Fensterscheibe.

»Oder vielleicht hat es nie richtig begonnen?«, fuhr Virve mit ihren Fragen fort. Ein Mann holte den kleinen Jungen vom Fenster weg, er hob ihn hoch, und der Junge schlang den Arm um seinen Hals, dann wurde das Licht gelöscht. Es war Schlafenszeit für kleine Kinder.

Es war schon so lange vollkommen still gewesen, dass Virve heftig erschrak, als im Flur das Telefon klingelte. Ihr erster Gedanke war, sich auf keinen Fall zu melden. »Die Polizei«, sagte sie dann laut und zog instinktiv den Rock zurecht, während sie in den Flur ging. Aber warum sollte die Polizei bei ihr anrufen? Höchstens falls …

Virve wischte ein paar Staubflocken von dem goldgerahmten Spiegel, der über dem Telefontisch hing. Sie wartete, bis der feuchte Fingerabdruck von der Fläche verdunstet war, und hob dann den Hörer ab. Bis zu diesem Moment hatte der Apparat neun Mal geklingelt.

»Virve Vainio.«

Keine Antwort. Nur Hintergrundgeräusche, ein vorbeifahrendes Auto vielleicht.

»Virve Vainio«, sagte sie lauter und mit angespannter

Stimme. Keine Antwort. »Hallo! Ist dort jemand?«, schrie sie fast. Keine Antwort. »Was soll …« Die Verbindung brach ab und Virve starrte lange auf den tutenden Hörer, ehe ihr einfiel, ihn aufzulegen.

»Falsch verbunden«, sie lachte krampfhaft. Der Anrufer hatte wirklich schlechte Manieren, entschuldigte sich nicht mal, dass er sich verwählt hatte.

Der dreibeinige Hocker neben dem Telefontisch wankte, als Virve darauf niedersank. Sie lehnte sich an die Wand, aber sie zitterte nur immer stärker, obwohl sie die Arme fest um den Oberkörper schlang.

Es war nicht die Polizei und auch keine falsche Verbindung gewesen. Es war …

Virve schrie laut auf, als das Telefon erneut klingelte. Sie zählte sieben Rufzeichen und hob dann langsam den Hörer ans Ohr. Ihr Gesicht, das der Spiegel widergab, war so weiß, dass sich die Sommersprossen fast dunkelbraun darin abzeichneten.

Virve hielt den Hörer ans Ohr, ohne etwas zu sagen. Wieder waren nur Hintergrundgeräusche und dann so etwas wie ein leiser Atemzug zu hören.

Virve presste die Hand um den Hörer, dass die Knöchel weiß hervortraten. »Veli-Pekka«, flüsterte sie plötzlich. »Veli-Pekka«, wiederholte sie dann. »Wo bist du?«

Ein Klicken und dann Tuten, aber vorher war noch etwas anderes zu hören gewesen. Ein Lachen. Jemand hatte leise und weich gelacht. Mitleidig.

Virve sprang vom Hocker auf und riss die Leitung aus der Wand. An der Tür zum Ankleidezimmer blieb eine kleine Delle zurück, nachdem sie den Telefonapparat dagegen geschleudert hatte. Virve keuchte so schwer, dass ihr die Brust schmerzte, dann stürzte sie ins Schlafzimmer. Das Telefon, das auf dem Nachtschrank stand, landete unter dem Bett. Gab es noch weitere? Nein. Das Handy! Wo war es? Wo hatte sie es zuletzt hingelegt? Sie rannte kreuz und quer durch die Wohnung und fand es schließlich auf dem Couchtisch im Wohnzimmer, wo es unter der Abendzeitung lag. Sie schaltete es aus und warf es aufs Sofa. In ihren Ohren rauschte es wie auf einer Autobahn.

Plötzlich kam ihr eine Liedzeile in den Sinn. *Eines Abends will ich viel Wein trinken …* Sie richtete sich verwundert auf. Ein schönes altes Lied von Hector. Wieso fiel ihr das jetzt ein? Und wie lautete es weiter? *… eines Abends will ich meine Ängste vergessen …*

»Ich will viel Wein trinken …«, sagte Virve laut vor sich hin und ging ins Esszimmer. Alle ihre Glieder schmerzten, so als wäre sie eine lange Strecke durch die Kälte gelaufen. Sie wählte aus dem Weinschrank eine Rotweinflasche aus und öffnete sie, dann goss sie sich ein Kristallglas entgegen allen guten Sitten randvoll und setzte sich an die Stirnseite des ovalen Esstisches auf ihren angestammten Platz. Dort saß sie bei jeder Wochenendmahlzeit Veli-Pekka gegenüber. Der Tisch war viel zu groß für zwei Personen. Mindestens zehn Leute hätten dort sitzen müssen, eine nette, fröhliche Runde bei gutem Essen und Trinken, Erwachsene und Kinder, ganze Familien.

Virve hatte Alkohol nie etwas abgewinnen können. Dafür gab es keine moralischen Gründe und sie war auch keine Verfechterin der Abstinenz, sondern es lag schlicht und einfach daran, dass sie den Geschmack nicht mochte, nicht einmal den des Weins.

Jetzt, während sie sich das zweite Glas eingoss, beschloss sie, so lange zu trinken, bis sie umfiel. Nach dem dritten Glas registrierte sie ein wenig nebelhaft, dass dazu anscheinend nicht viel gehörte.

Sie schwankte, als sie ins Wohnzimmer ging, dort stellte sie die Flasche und das Glas auf den Couchtisch und schob mit den Füßen den Läufer beiseite. Sie nahm ein Sofakissen in den Arm und drehte sich, wobei sie vor sich hin summte: *Eines Abends will ich kein Wort sagen …*

»Wie ging der Text weiter?«, fragte Virve laut, ohne mit den Drehbewegungen aufzuhören. Sie war wie eine alte, kaputte Schallplatte, die dieselbe Stelle wiederholte, immer wieder und wieder. *Eines Abends will ich kein Wort sagen …*

Virve hielt inne, um zu trinken, und drehte sich dann weiter, jetzt ohne Kissen. In ihrem Kopf drehte sich alles, das ganze Zimmer drehte sich heftig. Virve trank und drehte sich, trank und drehte sich, bis sie über den Sessel stolperte und hinfiel. Sie blieb rücklings auf dem Fußboden liegen und begann dann Engelbilder zu machen, so wie sie es als Kind im Schnee getan hatte. Es gab ein ratschendes Geräusch, als ihr Strumpf am Parkett hängen blieb und zerriss, aber sie machte weiter ihre Engelbilder.

»Warum haben wir kein Deckengemälde?«, fragte sie sich plötzlich. »Vielleicht sollte ich dort oben kleine Botticelli-Cherubinen malen lassen, das würde Veli-Pekka gefallen.«

Veli-Pekka … Virve rollte sich auf die Seite und zog die Knie an die Brust, dann blieb sie so, in Fötushaltung, liegen. Der Fußboden fühlte sich unter ihrer Wange zuerst nur kühl und dann feucht an. Tränen rannen auf das Parkett, und Virve versuchte, sich einen alten Schlager in Erinnerung zu rufen, in dem die Tränen zu Perlen wurden.

Sie erhob sich schließlich wankend auf alle viere und

wischte sich die nassen Wangen ab. Hatte sie etwa geweint? Sie weinte nie. Vielleicht hatte sie ja so sehr gelacht, dass ihr die Tränen in die Augen getreten waren.

Ihr Blick fiel auf das Handy. Ob sie Sakari anrufen sollte? Ausnahmsweise war ihr schon der bloße Gedanke an die Stimme ihres Bruders angenehm. Oder an die Stimme irgendeines anderen Menschen. Ihr fiel kein weiterer Name ein. Kannte sie überhaupt noch andere Leute? Und es war auch völlig egal, was Sakari sagen würde, Hauptsache, sie würde eine menschliche Stimme hören.

Virve starrte das Handy an und es dauerte lange, ehe ihr einfiel, dass sie es ausgeschaltet hatte. Sie schaltete das Handy ein. *Gib den PIN-Code ein ...* Welcher verdammte PIN-Code? Natürlich, Veli-Pekkas Geburtsjahr.

»Hallo, hier bei Mäkilä.«

Die Stimme klang so fremd, dass sich Virve schon mit dem Hinweis entschuldigen wollte, sie habe sich verwählt, aber dann hörte sie im Hintergrund Lachen und scherzhafte Worte und schließlich die vertraute Stimme: »Sakari Mäkilä.«

»Ist dort jemand?« Virve drückte das Handy ans andere Ohr.

»Verzeihung.« Erstauntes Schweigen und dann die noch erstauntere Frage: »Virve?«

»Hast du jemanden da?«

»Ja ..., ich habe Besuch«, murmelte Mäkilä, und wieder war im Hintergrund Lachen zu hören. »Gibt es ..., hast du schon etwas gehört?«

»Waa... wasch denn?«, plötzlich kostete es sie eine übermenschliche Anstrengung, auch nur ein Wort richtig zu formulieren.

»Von Veli-Pekka natürlich«, sagte Mäkilä vorsichtig.

»Wiescho? Der wird schon kommen … Ich … wollte bbbloß … bloß so …«

»Du bist ja betrunken!«, unterbrach Mäkilä sie, mehr amüsiert als verwundert. Er erinnerte sich nicht, seine Schwester je richtig alkoholisiert erlebt zu haben. Virve Vainio lässt sich voll laufen, unfassbar. »Was hast du getrunken?«

»Wein.« Sie amüsierte sich plötzlich königlich. »Ich wollte auf meine alten Tage zu saufen anfangen. Wir haben jede Menge Schlaff …«, sie nieste, » … Flaschen im Schrank.«

»Vielleicht solltest du trotzdem eine kleine Pause einlegen«, schlug Mäkilä vorsichtig vor.

»Warum?« Virve angelte sich die Weinflasche vom Tisch und stellte fest, dass sie leer war. »Macht nichts«, sie kicherte ins Telefon. Die Flasche knallte auf den Tisch. »Ich muss eine neue aufmachen. Wir telefonieren.«

Sie schaltete das Handy ganz aus und steckte es unter das Sofakissen. Sakari würde garantiert versuchen, wieder anzurufen, aber sie würde nicht antworten. Und vor allem nicht die Tür öffnen, falls ihm einfiele zu kommen, um die Lage zu peilen. Aber warum sollte er kommen?, dachte sie dann nebelhaft. Er hatte ja Besuch, am Telefon hatte sich ein Mann gemeldet.

»Es kam ein Mann, er war aus Lappland …«, johlte Virve, während sie ins Esszimmer wankte. Oder hieß der Kerl Jouni? Nun, jedenfalls stammte er aus Lappland. Sie ließ sich auf Veli-Pekkas Platz am Esstisch fallen. Die Telefonstrippen waren herausgezogen und das Handy abgeschaltet und sie würde nie mehr jemandem die Tür öffnen, aber trotzdem saß sie dort und wartete vollkommen reglos, dass etwas geschah. Dass jemand kam.

Und wieder fielen ihr ohne ihr Dazutun Sätze ein, Worte und Sätze und ein Zettel, der eigentlich gar nicht mehr existieren durfte.

»Ich habe ihn doch zerrissen!«, schrie sie und schlug mit der Faust auf den Tisch, dass sich eine der Kerzen in dem fünfarmigen Leuchter lockerte und zur Seite neigte. Virve riss die Kerze ganz aus der Halterung und warf sie an die Wand. »Ich habe den verfluchten Zettel zerrissen und ins Klo runtergespült!«

Trotzdem erinnerte sie sich noch ganz genau, sogar an den kleinen überflüssigen Strich, den der Stift am unteren Rand des Blattes gemacht hatte. Sie hatte die Nachricht, die Veli-Pekka ihr am Sonnabend hinterlassen hatte, so oft gelesen, dass sie sie nie vergessen würde. Sie hörte förmlich seinen Tonfall und sah sein entschuldigendes, aber absolut entschlossenes Lächeln und die kleinen Lachfältchen in den Augenwinkeln.

Ich habe gemeint, was ich gesagt habe.
Wir reden heute Abend.
Es ist Zeit, Entscheidungen zu treffen.

»Es war eine Gedenkschrift«, schluchzte Virve und stand auf, um die Kerze aufzuheben, sie war in der Mitte durchgebrochen, die Enden hingen an dem Docht wie gebrochene Arme. Die Kerze landete wieder auf dem Fußboden.

»Nein, es war keine Gedenkschrift«, murmelte Virve dann, während sie aus dem Weinschrank eine neue Flasche wählte. »Es war eine Grabschrift.«

Sie ging wieder ins Wohnzimmer und bekam nur mit Mühe die Flasche auf. Das Glas hatte sie irgendwo vergessen, aber das spielte keine Rolle. Nichts spielte eine Rolle. Kurz nach Mitternacht streckte sie sich auf dem Sofa aus und schlief ein.

Draußen war es noch dunkel, als sie von schrecklichem Durst und einem fürchterlichen Gestank erwachte. Ihr Blick fiel auf den weißen Seidenteppich des Wohnzimmers und sie hätte sich beinah erneut übergeben. Das dunkelrote Erbrochene sah aus wie eine große Blutlache.

18

Eila stand am Fenster ihrer Wohnung in der ersten Etage und schmiedete Pläne. Es hatte eine Weile gedauert, ehe die Katze bereit gewesen war, den Platz neben ihr auf dem Fensterbrett einzunehmen. Sie war spürbar beleidigt gewesen, dass sie erst so lange hatte allein bleiben müssen und dann auch noch ins Badezimmer eingesperrt worden war, aber jetzt saß sie reglos wie eine buschige Skulptur vor dem Drachenbaum und bewachte das stille Straßenleben des Montagabends.

Irgendwie schienen sich die Dinge immer am besten einzurenken, wenn man andere Menschen beobachtete, dachte Eila. Man musste einfach seinen Gedanken freien Lauf lassen. Eines Tages würde sie für das Baby eine Betreuung organisieren und mit Noora in die Bar des *Klaus Kurki* gehen. Sie würde versuchen, ihr zu erklären, wie interessant es war, einfach nur dazusitzen und die Leute zu betrachten, zu überlegen, was ihnen wohl durch den Kopf ging, woher sie kamen und wohin sie gingen. Bei diesen Gelegenheiten sah man die aufregendsten Szenen und hörte die treffendsten Repliken und man brauchte nicht mal eine Eintrittskarte zu bezahlen. Das lebendige Leben war das interessanteste Theater und unbedingt auch das spannendste. Richtiges Leben und richtiger Tod.

Gegen acht Uhr hatte es wieder begonnen zu regnen, nicht stark, nur gerade so viel, dass die beleuchteten Fenster des *Retrodesign* glänzten und die Sicht ein wenig trübten. Das Geschäft war natürlich längst geschlossen, aber die junge Verkäuferin schien es nicht eilig zu haben. Sie ordnete Gegenstände, rückte einen Sessel an eine andere Stelle und wieder zurück, verschwand auch mal ins Hinterzimmer, aber die meiste Zeit saß sie einfach nur untätig da.

Ein paarmal stellte sie sich vor die Tür, so als warte sie auf jemanden. Beim ersten Mal zündete sie sich eine Zigarette an, warf die brennende Kippe aber schon nach ein paar Zügen in hohem Bogen auf die Straße. Der Regen löschte die Kippe schnell, aber sie blieb natürlich liegen, und Eila schüttelte im Geiste die Faust. Sie konnte es nicht ertragen, wenn geraucht wurde, und vor allem nicht, wenn die Leute ihre Kippen achtlos wegwarfen. Auf den Straßen und in den Parks nahmen die Kinder sie dann auf und steckten sie in den Mund, oder die Hunde fraßen sie und bekamen schlimme Vergiftungen und Krankheiten.

Eila musste wieder an Ostern denken, während sie die gelbe Schaufensterdekoration des *Retrodesign* betrachtete. In knapp einem Monat war es so weit, und das war auch der Grund, warum sie hier stand und sich Gedanken machte. Sie musste sorgfältig planen, damit sie die Reservierungen für die Reise rechtzeitig vornehmen konnte. Und sie würden verreisen, Eila, Noora und Merituuli.

Der Gedanke war Eila gekommen, als Noora in der

Stadt im Vorbeigehen das Fenster eines Reisebüros betrachtet hatte. Dort waren die französischen Alpen beworben worden, aber Eila würde ihre Mädchen nicht zum Skiurlaub einladen. Sie selbst hatte noch nie in ihrem Leben auf Abfahrtsskiern gestanden und auch seit ihrem letzten Skilanglauf war schon fast ein kleines Menschenalter vergangen. Doch ein paar Tage in irgendeinem Kurort könnten Wunder wirken, oder, wenn das zu teuer würde, täte es auch eine beliebige kleine Pension mit Vollverpflegung. Sie würden gut essen, lange Spaziergänge machen und dabei über Gott und die Welt reden, würden einander richtig gründlich kennen lernen und es sich zusammen gut gehen lassen. Quasi als Nebeneffekt bekäme Noora ein wenig Farbe auf ihre blassen Wangen und Merituuli würde sich bestimmt einfach nur über alles freuen.

Eila war stehenden Fußes in die Bank marschiert, um sich die Saldi ihrer beiden Konten anzusehen, und war freudig überrascht gewesen. Sie hatte nie verschwenderisch gelebt und so besaß sie einiges an Erspartem; das Geld würde sogar für eine ganze Woche in einem besseren Hotel reichen. Nach Verlassen der Bank hatte sie Noora nur geheimnisvoll angelächelt, ohne etwas zu verraten, und Noora hatte natürlich keine Fragen gestellt. Die Mädchen bekämen das ganze Paket als Überraschung präsentiert, eine Reise samt Unterbringung und Verpflegung. Und Merituuli bekäme natürlich das größte Schokoladenei aller Zeiten, obwohl sie noch viel zu klein war, um es selbst zu essen.

Kurz darauf, während sie im Restaurant von *Stockmann* beim Eis gesessen hatten, hatte Eila einen ordentlichen Schreck bekommen. Der ganze großartige Plan wurde infrage gestellt, ehe er überhaupt in Angriff genommen werden konnte.

»Ich glaube, ich muss mal nach Hause fahren«, hatte Noora ganz ruhig gesagt, während sie das Eis für das Baby verrührt hatte.

»Jetzt?«, fragte Eila erstaunt. »Lass uns doch erst in aller Ruhe ess...«

»Nein, ich meine, ich müsste unbedingt mal nach Hause«, Noora betonte die beiden letzten Worte. Sie schob dem Baby vorsichtig den Löffel in den Mund und bemerkte Eilas Verwunderung nicht. »Nach Savonlinna. Zu meinen Eltern ... oder vielmehr zu jedem einzeln. Sie sind geschieden, aber sie wohnen beide in der Stadt.«

Eila schluckte. Das hatte sie nicht erwartet. Noora hatte nie von ihrer Familie gesprochen. Jonna hatte zwar erwähnt, dass sie beide aus Savonlinna stammten, aber Eila hatte nicht weiter darüber nachgedacht. Savonlinna lag mehrere hundert Kilometer entfernt und Noora gehörte nicht dorthin; sie gehörte in die Fredrikinkatu zu Eila, sie und das Baby. Und nun ... »Wann?«, brachte sie heraus.

»Weiß nicht«, Noora zuckte die Achseln. »Im späteren Frühjahr, vielleicht Ostern.«

»Ja, gewiss«, bestätigte Eila und hatte dabei einen merkwürdigen Kloß in der Kehle. Nicht Ostern, nicht Ostern, flehte sie innerlich in leiser Panik. Fahrt nicht zu Ostern weg ... »Sie würden sich natürlich freuen«, sagte sie steif, »als Großeltern. Aber wäre es nicht besser, erst im Sommer zu fahren, wenn es warm ist und wenn Merituuli schon ...«

»Mein Vater hat die Kleine überhaupt noch nicht gesehen«, unterbrach Noora sie leise. Wie wird er sich wohl nennen lassen?, fragte sich Noora. Opa, Großvater oder einfach nur Pertti? »Ich selbst habe ihn vor fünf Jahren das letzte Mal getroffen«, fügte sie hinzu. Oder genau genommen vor sieben, korrigierte sie im Stillen. Der Vater war da und auch wieder nicht. Nach Merituulis Geburt hatte Noora ihm eine Karte geschickt, aber es war keine Antwort gekommen. Vielleicht war er umgezogen und hatte seine neue Adresse niemandem mitgeteilt.

An den Tischen um sie herum wurde Finnisch und Schwedisch und noch eine dritte Sprache gesprochen, die Eila nicht kannte, aber trotzdem kam es ihr plötzlich so vor, als hätten sie allein dort gesessen, in einer lautlosen, luftdichten Blase.

Noora presste die Serviette zwischen den Fingern, den Blick fest auf den Tisch geheftet. Ihre Wangen waren leicht gerötet. Sie hatte zum ersten Mal von ihrer Familie gesprochen. Vielleicht bereute sie es bereits.

Tja, dachte Eila, gibt es auf dieser Welt überhaupt noch komplette, heile Familien nach altem Muster? Aber ich werde dich nie enttäuschen, dich und Merituuli. Wir bleiben zusammen, immer.

Eila sah ihre Mädchen gerührt und mit feuchten Augen an und im selben Moment patschte das Baby mit der Hand in das geschmolzene Eis, das nach allen Seiten spritzte. Die Blase war zerplatzt und das Stimmengewirr ringsum klang wieder ganz normal.

Noora versuchte hilflos, die Hand des Babys mit der viel zu kleinen Serviette abzuwischen, gab aber bald genervt auf: »Könntest du …?«

»Selbstverständlich.« Eila hob die lachende Merituuli aus dem Kinderstuhl und holte vom Tresen zusätzliche Servietten.

Noora saß mit gesenktem Kopf da und versuchte verzweifelt, eine Panikattacke abzuwehren. Sie war verlegen und schämte sich, und sie versuchte, die anderen Leute nicht zu beachten. Was mochten sie von ihr denken? Sie war nicht mal im Stande, die Hand ihres eigenen Kindes zu säubern. Sie war eine jämmerliche Mutter.

»Wie machst du es eigentlich, dass du immer alles im Griff hast?«, fragte Noora, als Eila mit dem blitzblank geputzten Baby auf dem Schoß wieder am Tisch saß. »Du hast mir nie erzählt ... Hast du eigene Kinder?«

»Hab' ich«, sagte Eila kurz und zog dem Baby das Jäckchen an. »Einen Sohn.«

»Und wo ...« Noora brach den Satz verlegen und ein wenig verwundert ab. Eila hatte irgendwie abweisend gewirkt, einen Riegel vorgeschoben. Vielleicht gab es zwischen den beiden etwas, worüber Eila nicht sprechen mochte. Außerdem musste der Sohn natürlich bereits erwachsen sein. Aber trotzdem ... für eine Mutter blieb ihr Kind immer das Kind, auch noch im Rentenalter.

Noora betrachtete Merituuli, die in ihrem roten Jäckchen wieder zufrieden im Wagen saß. Die Psychologen und andere kluge Leute behaupteten, dass man in die Mutterrolle langsam hineinwuchs, aber Noora konnte nicht mehr daran glauben. Sie versuchte es schon seit vielen Monaten und brachte es doch immer noch nicht fertig, ihr Kind wenigstens einen ganzen Tag lang ununterbrochen zu lieben.

»Du willst wissen, wo mein Sohn wohnt?«, unterbrach Eila schließlich Nooras Gedanken und sah sie nachdenklich an. »Im Ausland.«

Noora fragte nicht weiter und Eila erzählte keine Einzelheiten. Sie fuhren mit dem Fahrstuhl nach unten und traten den Heimweg an. Eila kaufte unterwegs bei traten den Heimweg an. Eila kaufte unterwegs bei *Sesto* ein und Noora wartete mit Merituuli draußen. Die Kleine lachte begeistert einen Rauhaardackel an, der an einem Pfeiler festgebunden war, und er antwortete darauf mit fröhlichem Schwanzwedeln. Noora war sich ganz sicher, dass die beiden einander vollkommen verstanden.

Zu Hause bei den Mädchen – so nannte Eila inzwischen in Gedanken die beiden, sie waren ihre Mädchen – wärmte Eila die Wurstsuppe auf und zwang Noora, einen ganzen Teller davon zu essen.

Von der Pizza sagte sie nichts mehr und Noora erinnerte sie auch nicht daran.

Anschließend räumten sie weiter auf, und Eila gewann den Eindruck, dass die kleine Wohnung allmählich wie ein richtiges Heim aussah. Als sie das laut äußerte, zuckte Noora nur wie gewohnt die Achseln und kehrte Eila abweisend den Rücken zu.

»Was machen wir damit?« Eila hob den Karton mit den Fotoalben hoch, und da kam Leben in Noora. Sie riss Eila den Karton aus den Händen, stopfte ihn in den ohnehin schon vollen Flurschrank und sagte, dass sie ihn später in die Bodenkammer schaffen würde, zu all dem anderen überflüssigen Krempel.

»Kommt ihr ein paar Stunden allein zurecht? Ich müsste ein paar Dinge erledigen«, sagte Eila, als sie bei Kaffee und Kuchen saßen. Noora wollte erst nichts von dem Schokoladenkuchen, aß schließlich aber doch brav davon. »Ich würde bei der Gelegenheit auch gleich unten bei mir die Fenster putzen.«

Noora verschluckte sich beinah an ihrem Kuchen. »Du gehst Fenster putzen?«, krächzte sie. »Warum gerade jetzt?«

»Die Fenster muss man putzen, wenn einem danach ist«, sagte Eila heiter. »Dann stinkt es auch nicht mehr so nach Katzenpisse.«

Noora bot ein wenig lahm ihre Hilfe an, aber Eila lehnte das strikt ab. Sie nahm die Zeitung und ging, nachdem sie Noora zuvor um einen Zweitschlüssel für die Wohnung gebeten hatte. »So ist es viel praktischer«, sagte sie und steckte den Schlüssel ein, den Noora ihr mit deutlichem Widerstreben ausgehändigt hatte. »Dann brauchst du nicht unbedingt hier zu sitzen und zu warten.«

Unten in ihrer eigenen Wohnung saß Eila lange am Küchentisch und studierte die Reiseangebote in der Zeitung. Erstaunlich, wie viele Kurorte es im eigenen Land gab. Ob die sich alle rentierten? Eila war zunächst unschlüssig, entschied sich aber am Ende für das Schlosshotel Haiko. Das hatte Tradition und Stil, dorthin würden sie zu Ostern fahren. Sie würde gleich am nächsten Morgen dort anrufen und die Zimmer bestellen. Noora würde Savonlinna vergessen müssen, zumindest über Ostern.

Dann hatte Eila die Katze im Badezimmer eingeschlossen, hatte alle Fenster geputzt und sie noch zwanzig Minuten sperrangelweit offen gelassen. Zwischendurch hatte es einmal an der Tür geklingelt, aber sie hatte nicht geöffnet. Als die Wohnung gut durchgelüftet war, hatte sie die Fenster geschlossen und noch überall Raumspray versprüht.

In der Wohnung hatte es schließlich geduftet wie in einem Kiefernwald und das tat es jetzt immer noch, als Eila um halb neun Uhr abends den Fernseher einschaltete. Sie stellte sich wieder ans Fenster und lauschte mit halbem Ohr den Nachrichten. In diesem Moment erlosch im *Retrodesign* das Licht. Die Verkäuferin kam heraus und verschloss sorgfältig die Tür. Sie zündete sich eine Zigarette an und verschwand bald um die Straßenecke.

Eila überlegte eine Weile, ob sie die Katze mitnehmen sollte, verwarf den Gedanken aber wieder. Das Baby war möglicherweise allergisch. Sie füllte der Katze Wasser nach und die ahnte anscheinend den Entschluss ihres Frauchens, denn sie huschte unter die Flurkommode und fauchte, als Eila die Tür hinter sich abschloss. Eila stieg die Treppe hoch und machte auf der Zwischenetage kurz Halt. Sie fühlte sich unsagbar glücklich und ausgefüllt. Sie war auf dem Weg nach Hause, zu ihren Mädchen.

Noora wusste nichts Rechtes anzufangen, nachdem Eila gegangen war. Merituuli hielt einen verspäteten Mittagsschlaf, der hoffentlich lange dauerte.

Noora betrachtete das schlafende Baby und versuchte wieder, zärtliche Gefühle zu wecken, die irgendwo in ihr schlummern mussten. Trotzdem konnte sie nur schwer glauben, dass das Kind wirklich ein Teil von ihr war und dass sie mit ihm auf die eine oder andere Weise bis zum Ende ihres eigenen Lebens verbunden sein würde. Ein Kind der Liebe – wie sie diesen Ausdruck hasste! Ein Modebegriff, der ursprünglich schwedischen Frauenzeitschriften entlehnt war und den man heute auf der Titelseite jedes zweiten Klatschblattes fand. Alle waren vor Glück aus dem Häuschen, wenn ihr Baby da war, die Aussicht auf durchwachte Nächte erschien ihnen als ein einziges Fest und eine mögliche Kolik betrachteten sie nur als eine vorübergehende pikante Zusatzwürze.

Alles Quatsch, seufzte Noora. Kinder kommen einfach zur Welt und sind wirklich nicht immer die Frucht einer großen Liebe. Und sie bleiben vor allem nicht so süß und sitzen auch nicht zur Zierde in der Sofaecke, da kann man machen, was man will.

Noora wanderte gedankenverloren durch die Wohnung und blieb schließlich am Fenster stehen. Sie fuhr mit dem Zeigefinger über die Scheibe; auf dem Glas blieb ein heller Streifen und auf dem Finger grauer Staub zurück. Eila könnte auch gleich bei mir die Fenster putzen, dachte sie und wischte den Finger an den Jeans ab.

Sie bekam Durst, Eilas Wurstsuppe war zweifellos gut, aber zu salzig. Noora ging in die Küche und setzte sich mit einem Glas Wasser an den Tisch. Alles war aufgeräumt, es herrschte Ordnung à la Eila, nur der gestreifte Flickenteppich lag ein bisschen schief. Noora stand abrupt auf und stieß mit dem Fuß dagegen, sodass er noch weiter verrutschte. Jetzt sah es besser aus, ein kleiner Riss im langweiligen Gesamtbild.

Noora erinnerte sich, dass sie am Vormittag flüchtig befürchtet hatte, Eila würde nicht wiederkommen, aber jetzt empfand sie es nur noch als angenehm, allein zu sein.

In der Nacht würde es wieder anders sein, aber bis dahin war noch Zeit. Noch brauchte sie die langen, träge dahinfließenden Stunden und das endlose Geschrei des Babys nicht zu fürchten. Eila würde zurückkommen und darauf bestehen, das Baby zu baden und ins Bett zu bringen, sie würde Tee kochen und Noora wieder zwingen, eine halbe Schlaftablette zu schlucken, und sie würde über alles Mögliche reden, nur nicht über ihren Sohn.

Ein Sohn … Eila war herzlich und empathisch, aber Noora vermochte in ihr trotzdem nicht die Frau oder die Mutter zu sehen. Sie schien irgendwie geschlechtslos, grau und alltäglich. Totzdem war sie vor Jahren schwanger geworden und hatte ein Kind geboren. Vielleicht hatte sie sogar ein ganz normales Familienleben geführt. Über all das wollte sie jedoch offensichtlich nicht sprechen, und Noora gedachte nicht zu fragen. Und dennoch: Eila hatte irgendwo einen Sohn, der einmal ein kleines Baby gewesen war, so wie Merituuli. Ein kleiner Junge, aus dem ein erwachsener Mann geworden war und der irgendwo im Ausland lebte.

»Eigenartige Type«, sagte Noora laut. »Ganz normal und trotzdem echt seltsam.«

Nach einer Stunde wurde Noora unruhig. Sie lauschte, aber unten war es ganz still, nur vom Hof kam ein Knallen, als jemand den Deckel des Müllcontainers schloss. Gleich darauf war im Kinderbett leises Jammern zu hören.

Noora eilte hin, um Merituuli hochzunehmen, ehe sie ganz aufwachte. Erstaunlicherweise schrie die Kleine nicht los, so wie sonst, sondern legte den Kopf an Nooras Schulter. Das Gefühl von Nähe war atemberaubend, aber blitzschnell wieder vorbei. Noora vermochte es nicht wieder einzufangen.

»Weißt du was?«, flüsterte sie der Kleinen ins Ohr. »Wir gehen jetzt runter und sehen nach, was Eila dort so lange treibt.«

Noora nahm den Wohnungsschlüssel aus ihrer Schultertasche, die im Flur an einem Haken hing, und schloss leise die Tür hinter sich. Eine Etage tiefer drückte sie auf die Türklingel, einmal, zweimal.

Niemand öffnete und von drinnen war kein Geräusch zu hören. Noora bückte sich mit dem Baby im Arm und spähte durch den Briefschlitz. Aus Wohnzimmer und Küche fiel Licht in den dunklen Flur. Ein kühler Luftzug wehte ihr entgegen.

Noora wollte sich gerade aus ihrer unbequemen Stellung aufrichten, als hinter der Badezimmertür ein lang anhaltendes und forderndes Maunzen zu hören war. Eila war anscheinend ausgegangen und hatte die Katze solange dort eingeschlossen. Noora fand die Vorstellung schlimm; selbst wenn sich die Katze in Innenräumen wohl fühlte, so sehnte sie sich doch sicher nach Gesellschaft. Sie war an Eila gewöhnt und hatte Gefühle, das hatte Eila selbst gesagt.

Noora schrak zusammen, als das Licht im Treppenhaus erlosch. Ihr Herz begann heftiger zu schlagen, ein Panikanfall drohte. Ohne Licht zu machen, stolperte sie die Stufen hoch zu ihrer Wohnungstür. Der Schlüssel fiel ihr zweimal aus der Hand, ehe es ihr gelang, ihn ins Schloss zu stecken.

»Ich muss raus, raus, raus«, murmelte sie, während sie Merituuli die Jacke anzog. Die Kleine protestierte immer noch nicht, und zum Dank versprach Noora ihr, sie bis an ihr Lebensende zu lieben oder sich zumindest darum zu bemühen.

Der Wagen konnte jetzt zu Hause bleiben. Noora zog sich die erstbeste Jacke an, die ihr in die Hände fiel, und setzte das Baby in das Tragegestell. Die Last war unerwartet schwer, so als würde sie eine volle Einkaufstasche schleppen.

Der Fahrstuhl kam ihr gar nicht in den Sinn, sie eilte die Treppe hinunter und aus dem Haus.

Draußen überquerte sie die Straße und blickte zurück. Eine geblümte Gardine blähte sich im Abendwind in Eilas offenem Fenster.

Die Jacke war viel zu dünn und Noora fror schon jetzt. Sie schlug den Kragen hoch und wandte sich in Richtung

Eira. »Wir schauen mal, ob Jonna vielleicht da ist«, erklärte sie Merituuli, als sie in die Iso Roobertinkatu einbog.

Jonna hatte den ganzen Tag nicht auf Nooras morgendliche Nachricht geantwortet, und Noora hatte nicht versucht, sie erneut anzurufen. Vielleicht hätte sie es tun sollen, denn Jonna war eine Freundin, war es zumindest gewesen – vor Eila.

Der Secondhandshop lag im Dunkeln. Natürlich, es war ja schon spät, und Jonna beleuchtete ihr Schaufenster nie. »Wozu?«, pflegte sie lachend zu sagen. »Die Lumpen in meinem Laden sehen im Dunkeln auf jeden Fall besser aus als im Licht.«

Noora ging langsam bis ans Ende der Straße und versuchte, an den Sommer zu denken. Dann würde die Fußgängerzone ganz anders aussehen: Belebte Terrassen und Parkbänke, die Geschäfte würden ihre Waren draußen präsentieren und auch Jonna könnte einen Kleiderwagen vor ihren Shop stellen. Die Sonne würde scheinen und Merituuli würde vielleicht erste Gehversuche machen oder zumindest in einer Sportkarre sitzen – die Eila wie eine stolze Großmutter schieben würde.

Eila ... Noora lief durch die Uudenmaankatu wieder zurück. Sie blieb nicht an Eilas Tür stehen, um zu klingeln oder zu horchen, sondern ging direkt hoch in ihre eigene Wohnung.

Als sie ihre Jacke aufhängte, entdeckte sie eine Handtasche, die unter der Flurgarderobe an einem Nagel hing. Es war Eilas altmodische, hellbraune Tasche mit den abgewetzten und dunkel verfärbten Griffen.

Noora schälte Merituuli aus ihrem Anorak, setzte sie in die Schaukelliege, trug sie in die Küche und machte sich daran, Milch zu erwärmen. Sie versuchte nicht daran zu denken, wie lange Eila schon mit ihren Besorgungen und Fensterputzen beschäftigt war. Es war ja noch nicht sehr spät. Sobald sie fertig wäre, würde sie kommen.

Die Tasche … »Aber nicht verraten«, flüsterte sie Merituuli zu, legte den Finger an die Lippen und schlich in den Flur. Ich verletze ja kein Briefgeheimnis, redete sie sich ein, als sie die Tasche vom Haken nahm.

Noora roch an der Tasche, die aus festem und billigem Kunststoff war. Der Verschluss schnappte auf.

In den Fächern herrschte die für Eila typische Ordnung, alles war an seinem Platz: Brieftasche und Kleingeldbörse, Notizbuch, Kugelschreiber, ein geblümtes Baumwolltaschentuch, Lippenfett, die Zeitkarte für den Bus, ein Kamm und ein kleiner Spiegel. Die Schlüssel hatte sie natürlich bei sich.

Noora öffnete vorsichtig den Reißverschluss der Seitentasche, die ein wenig ausgebuchtet war, und zog ein Bündel sauber gefalteter Zeitungsausschnitte heraus. »Das kann nicht wahr sein …«, sagte sie erstaunt und ließ sich auf die Knie nieder. Sie legte die Ausschnitte nebeneinander auf den Fußboden wie eine Patience, schaukelte mit dem Oberkörper hin und her und starrte nur vor sich nieder. »Was hat das zu bedeuten?«

Dann hörte sie, wie unten leise die Tür ins Schloss fiel. Eila! Keuchend und mit zitternden Fingern faltete Noora rasch die Artikel zusammen und steckte sie wieder in das Fach. Sie sprang auf, hängte die Tasche an den Haken, und da drehte sich auch schon der Schlüssel im Schloss.

»Bin wieder da, Mädels!«, rief Eila fröhlich und marschierte herein.

Im selben Moment begann es in der Küche zu zischen, und Eila rannte an Noora vorbei, um den Topf mit der überkochenden Milch vom Herd zu nehmen. »Was machst du denn für Sachen?«, rief sie lachend. »Die Babymilch muss man in der Flasche warm machen, nicht im Topf.«

»Hab' nicht dran gedacht ...«, murmelte Noora und wollte Eila in die Küche folgen. Plötzlich nahm sie aus den Augenwinkeln etwas wahr, bückte sich rasch und steckte den Zeitungsartikel, der unter die Flurgarderobe gerutscht war, in ihre Hosentasche.

Dienstag, 16. März

19

Henna Ketonen bemühte sich nach besten Kräften, eine Kundin zu bedienen, eine große, dunkelhaarige Frau mit offensichtlicher Sachkenntnis, und gleichzeitig die wachsende Panik abzuwehren. Sie fürchtete, innerhalb der nächsten zehn Minuten durchzudrehen, und hatte Lust, die Sache hinzuschmeißen und einfach abzuhauen – sollten doch alle zur Hölle fahren, vor allem Virve Vainio.

Virve war kurz zuvor aufgetaucht und schon da wäre Henna fast aus der Rolle gefallen. Madame hatte kaum gegrüßt, war mit einer riesigen Sonnebrille auf der Nase und dem Laptop unter dem Arm nur hereingerauscht. Das Haar hatte sie im Nacken zu einem nachlässigen Knoten geschlungen, was noch nie vorgekommen war, und auch ihre Kleidung hatte eigenartig gewirkt, so als hätte sie die Stücke aufs Geratewohl herausgegriffen. Und vor allem hatte sie eine Fahne gehabt. In den Geruch der starken Pfefferminzpastillen hatte sich deutlich ein dumpfiger Alkoholgeruch gemischt.

Jesses, sie hat gesoffen, hatte Henna erschüttert und zugleich amüsiert gedacht. »Mach du den Laden«, hatte Virve nur befohlen, hatte sich die gerade eingetroffene Post gegriffen und war mit klappernden Absätzen ins Hinterzimmer verschwunden. »Ich habe zu tun!« Hätte es an der Tür eine Ampel gegeben, wäre die sofort auf Rot gesprungen. Kein Wort von VauPe. Nur ein Türenknallen. Ein nasser Lappen ins Gesicht.

Unmittelbar danach war eine neue Warenlieferung gekommen, die Kundin war erschienen und das Telefon hatte geklingelt. Der Journalist von der Einrichtungszeitschrift, der bereits früher angerufen hatte, hatte wissen wollen, warum der künstlerische Leiter Veli-Pekka Vainio immer noch keinen Kontakt zu ihm aufgenommen hatte. Die Sache eilte, der Artikel war für die nächste Nummer vorgesehen und der Layouter verlangte reichlich Zeit, denn es handelte sich immerhin um den Hauptartikel. Das bedeutete mindestens zwei Doppelseiten und eventuell auch das Titelbild. Die Termine der Druckerei ließen sich ebenfalls nicht verschieben und so weiter. Zum Glück hatte der Mann das Gespräch hauptsächlich als Monolog geführt, sodass Henna erst gar keine Notlügen hatte erfinden müssen. Zumindest fürs Erste war es damit getan, dass sie versprochen hatte, alles auszurichten und dafür zu sorgen, dass der künstlerische Leiter sich sofort meldete, wenn er wiederkam.

Falls er wiederkommt, dachte Henna deprimiert, als sie auflegte. Ihr kamen schon wieder die Tränen.

In diesem Moment parkte Tanja Ström ihr Auto draußen auf dem Bürgersteig, tätschelte im Vorbeigehen den Rauhaardackel, der vor der Tür wachte, und kam hereinmarschiert.

»O nein!«, stöhnte Henna. Sie warf rasch einen Blick auf die Tür zum Hinterzimmer, aber die war geschlossen und würde es vermutlich auch bleiben. Also müsste sie sich allein um Tanja kümmern, ebenso um die Kunden, die Lieferanten, die Journalisten und alles andere. In diesem Augenblick hasste sie Virve Vainio mehr denn je.

»Entschuldigung, was sagten Sie gerade?«, mit diesen Worten wandte sich Henna wieder der Kundin zu. Tanja Ström musste sich mit einem bloßen Nicken begnügen.

»Ich stellte nur fest, dass er jetzt da ist«, sagte die Kundin erfreut und drehte einen braunen Plastikaschenbecher in den Händen. »Ich hatte mich am Freitag hier umgesehen und für alle Fälle eine Bestellung aufgegeben. VauPe Vainio hatte versprochen, mich zu benachrichtigen.«

»Er wird wohl nicht ...«, stotterte Henna in ihrer Not und sah die Kundin hilflos an, aber die wirkte durchaus nicht verärgert. Tanja Ström stand am Fenster wie in Gedanken versunken. Allerdings wusste Henna genau, dass sie im Rücken Augen und an den Ohren Antennen hatte und stets alles sah und hörte. »Wir haben erst gestern dieses eine Exemplar bekommen«, fuhr Henna mit ihren Erklärungen fort. Und das stimmte sogar; sie hatte am vergangenen Abend zum Zeitvertreib die Kartons ausgepackt, die Eila Airaksinen gebracht hatte, und bereits einen Teil der Ware ausgezeichnet. Eines der Stücke war der Aschenbecher gewesen.

»Den nehme ich.« Die Kundin stellte den Aschenbecher auf den Verkaufstisch und suchte in ihrer riesigen sackförmigen Schultertasche nach dem Portmonee.

Bitte mehr solcher Kunden!, wünschte sich Henna mit symbolischem Blick zum Himmel und wickelte den Aschenbecher in umweltfreundliches braunes Papier. Die Frau kam rein, suchte sich den Gegenstand aus, den sie haben wollte, und fragte nicht mal nach dem Preis, geschweige denn, dass sie gefeilscht oder eine spezielle Geschenkverpackung gewünscht hätte. Henna liebte es, Waren zu präsentieren und zu verkaufen, aber was das Verpacken anging, war sie vollkommen hilflos. Das Geschenkpapier, das nicht unter ihren Händen zerriss, war noch nicht erfunden worden.

»Herzlichen Dank – und viele Grüße an VauPe«, sagte die Kundin, während sie ihr Päckchen und das Portmonee in die Tasche steckte. »Von Anna Laine«, fügte sie hinzu. Sie strich sanft über den roten Kugelsessel, der neben dem Verkaufstisch stand, und gab ihm Schwung. Henna eilte hinzu, um ihn anzuhalten, ehe er eine volle Drehung gemacht hatte. Es war VauPes Lieblingsstuhl und niemand durfte ihn anfassen, denn er war heilig.

Anna Laine verließ den Laden, wobei sie unmerklich die Brauen hob.

Im Geschäft war es eher kühl, aber Henna wischte sich den Schweiß von der Stirn. Gott sei Dank hatte die Frau keine Fragen nach VauPe gestellt.

Aber andere würden umso mehr fragen, dachte Henna, während Tanja Ström in ihren Schuhen mit den dicken, leisen Sohlen den Laden durchquerte. Die Polizistin setzte sich auf einen hohen Stahlhocker an der anderen Seite des Verkaufstisches und faltete die Hände. »Wie geht es dir?«

»Unverändert«, seufzte Henna. »Und du, hast du eigentlich nichts Ordentliches zu tun?«, fragte sie flapsig.

»Mehr als genug«, erwiderte Tanja Ström. »Ich bin gerade unterwegs zu dieser ordentlichen Arbeit und wollte nur mal vorbeischauen.«

»Schon wieder.«

»Genau, schon wieder. Nun?«

»Was ›nun‹?«

»Wie ist die Lage?«

Henna beugte sich über den Tisch. »Sie ist da drinnen«, flüsterte sie und wies mit dem Daumen zum Hinterzimmer, »die Frau Direktor.«

»Ich werde mich mal ein bisschen mit ihr unterhalten.« Tanja Ström schwang sich von ihrem Hocker.

»Du solltest aber Abstand halten«, riet Henna ihr. »Sie

stinkt wie ein alter Speisewagen, hat wahrscheinlich den schlimmsten Kater des Jahrhunderts.«

Tanja Ström hatte ihre Nichte seit Veli-Pekka Vainios Verschwinden nicht mehr so breit lächeln sehen.

Allerdings verschwand das Lächeln beider Frauen abrupt, als aus dem Hinterzimmer ein Gebrüll zu hören war, das bald in einen schrillen Schrei auslief, der einer Fabriksirene ähnelte.

Am Morgen, als Virve Vainio zum wiederholten Male das Toilettenbecken umklammert hatte, war ihr die alte Definition eines Katers eingefallen, die Veli-Pekka stets viel Spaß gemacht hatte. Demzufolge erkannte man einen richtigen Kater daran, dass man morgens nach dem Aufwachen fürchtete zu sterben, und am Nachmittag fürchtete, dass man doch nicht sterben würde. In jenem Moment hatte sie vollkommen verstanden, was damit gemeint war. Sie hatte sich noch nie im Leben so elend gefühlt, sowohl physisch als auch psychisch. Außerdem fühlte sie sich alt, verbraucht und hässlich, spätestens nachdem sie es gewagt hatte, einen Blick in den Badezimmerspiegel zu werfen.

»Du hast den ersten Kater deines Lebens«, hatte sie zu ihrem Spiegelbild gesagt, während sie versuchte, mit dem Kajalstift den oberen Lidrand zu treffen. »Manch einer würde wohl sagen, dass es auch Zeit wurde.« Der Stift rutschte ab und traf sie ins Auge, das sofort zu tränen begann. Virve stellte die Schminktasche frustriert wieder in den Schrank. Mit so zitteriger Hand hätte sie nur eine Zickzacklinie zu Stande gebracht.

Wenn ihr nicht so schrecklich zu Mute gewesen wäre, hätte sie wenigstens versuchen können, das Komische an der Situation zu sehen. Aber ihr war der Spaß absolut vergangen. Veli-Pekka war weg, sie musste ins Geschäft, notfalls mit einer Spucktüte in der Handtasche, und am Nachmittag stand der Termin in der Bank mit dem Abschluss des Immobilienkaufvertrages an. Spätestens dann musste sie topfit sein, was ihr unmöglich erschien, auch wenn bis dahin noch viel Zeit blieb.

Virve hatte sich, vom bloßen Gedanken angeregt, erneut über das Toilettenbecken gebeugt, aber es kam nur ein Rülpsen, das ein Brennen in der Kehle zurückließ. Ihr Magen war leer und ihr Befinden schrecklich.

Sie zog sich Kleidungsstücke an, die ihr gerade in die Hände fielen, und band die Haare im Nacken zusammen. Im Stillen segnete sie den Menschen, der die Sonnenbrille erfunden hatte. Sie bestellte sich ein Taxi. Der Fahrer hatte entweder mit seiner gemischten Klientel entsprechende Erfahrungen gemacht oder einfach einen scharfen Blick, denn nachdem er nur kurz in den Rückspiegel gesehen hatte, reichte er ihr ohne ein Wort zu sagen eine Schachtel mit Pfefferminzpastillen über die Schulter. Am Ziel angekommen, zahlte sie mit einem Zwanziger und verzichtete auf das Wechselgeld. Sie war bereit, den Mann zum Schutzheiligen aller Taxikunden auszurufen.

Es war ihr fast gelungen, den Atem anzuhalten, als sie in den Laden und auf direktem Wege ins Hinterzimmer geeilt war. Zum Glück war kein Kunde im Laden gewesen, aber schon Henna Ketonen hatte ihr völlig gereicht. Virve spürte immer noch die Blicke des Mädchens im Rücken. In Hennas Augen hatte kein Funken Mitleid gelegen, sondern nur Verwunderung und vor allem Schadenfreude.

Virve saß nahezu reglos in dem eleganten, aber unbequemen Bürosessel. Sie würde auf der Stelle auseinander fallen, wenn sie auch nur eine einzige abrupte Bewegung machte. Sie bestand aus kleinen durchsichtigen Teilchen, die nur durch dünne, unsichtbare Fäden zusammengehalten waren. Außerdem stank sie. Die Dusche hatte kaum geholfen, weil sie das Haar nicht gewaschen hatte. Der gestrige Abend stank aus all ihren Poren. In ihrem Kopf hämmerte es, ihr Rachen war geschwollen und die Zunge klebte am Gaumen. Allein das Schlucken bereitete ihr Qualen.

Virve sah in den Kühlschrank und schlug die Tür gleich wieder zu. Leer. Veli-Pekka hatte stets dafür gesorgt, dass Mineralwasser und, auf Virves Wunsch, auch Sekt vorrätig war, aber jetzt stand nur eine einzelne Bierflasche einsam in der Ecke. Virve drehte sich der Magen um.

Die kleine Ketonen vernachlässigt ihre Pflichten, schimpfte Virve im Stillen. Sie soll gefälligst Getränke und etwas zu essen holen. Aber was soll man essen, wenn man den schlimmsten Kater des Jahrhunderts hat? Je fetter, desto besser, hatte Veli-Pekka mal gesagt, wie sie sich erinnerte. Bauernfrühstück oder Pizza oder Pasta mit Sahnesauce. Und Eis; Süßes tat angeblich auch gut.

Virve mochte den Gedanken nicht weiterverfolgen. Außerdem wurde ihr schon wieder schlecht. Vielleicht würde es helfen, wenn sie sich einen starken Kaffee machte. Sie trank ein Glas abgestandenes, übel schmeckendes Wasser und griff dann zerstreut nach dem Poststapel. Sichten musste sie ihn früher oder später sowieso.

Einige Rechnungen, die Einladung zu einer neuen Einrichtungsmesse und ein brauner, leicht ausgebeulter weicher Briefumschlag.

Virve drehte den Umschlag in den Händen. Die

Adresse war mit einem dicken schwarzen Filzstift geschrieben. Die Sendung war an sie persönlich adressiert.

Sie riss den Umschlag auf, fuhr mit der Hand hinein – und begann zu schreien.

Der Schrei riss erst ab, als Henna Ketonen und Tanja Ström gleichzeitig und ohne anzuklopfen hereinstürzten.

»Was hat das zu bedeuten, was hat das zu bedeuten?!«, kreischte Virve hysterisch und stieß den Umschlag, der ihr aus der Hand gefallen war, über den Fußboden.

Henna war an der Tür zur Salzsäule erstarrt, aber Tanja Ström hob den Umschlag seelenruhig auf, wobei sie fast von Virves stilettartiger Schuhspitze getroffen wurde. Sie blickte in den Umschlag und schnupperte, ihrer Miene war nichts zu entnehmen.

»Was ist das?«, schrie Virve.

Tanja Ström steckte die Hand in den Umschlag. »Es ist eine Babywindel.« Ihre Mundwinkel zuckten. »Gebraucht, wie man sieht«, fügte sie hinzu und hielt die gelb und senfbraun beschmierte Windel zwischen Daumen und Zeigefinger.

Keine der beiden Frauen merkte, wie Henna verstohlen den Raum verließ und die Tür hinter sich schloss. Sie konnte sich nur mit Mühe beherrschen, stürzte nach draußen, ließ sich auf die Eingangsstufe fallen und brach in Gelächter aus, ohne sich um die Passanten zu kümmern. Sie lachte, bis ihr der Bauch wehtat.

»Tun Sie die weg!«, kreischte Virve und zog sich hinter den Schreibtisch zurück. In ihrem Kopf dröhnte es schmerzhaft, als sie sich in den Sessel warf. »Was für ein kranker Humor«, flüsterte sie dann.

»Ist es das wirklich?« Tanja Ström steckte die Windel wieder in den Umschlag. »Humor, meinen Sie?«

»Was sonst?« Jetzt hämmerte in Virves Kopf eine ganze Armee von Schmieden.

»Sagen Sie es mir.« Tanja Ström legte den Umschlag auf die Ecke des Schreibtisches. »Die Sendung ist an Sie adressiert. Was vermuten Sie?«

Virve sagte nichts, wurde sich aber plötzlich bewusst, dass sie immer noch die Sonnenbrille trug. Zweifellos ein fragwürdiger Anblick. Sei's drum, dachte sie. Ihre Augen, die an reife Tomaten erinnerten, würde sie der Beamtin jedenfalls nicht zeigen.

»Vielleicht ist es eine Art Botschaft«, sagte Tanja Ström. Sie stand Virve gegenüber auf der anderen Seite des Schreibtisches und hatte die Arme verschränkt. »Hängt es womöglich zusammen mit ...«

»Nein!«, unterbrach Virve sie entschieden.

»... mit dem Verschwinden Ihres Mannes?«, fuhr die Ström seelenruhig fort.

»Wie soll ich das wissen«, flüsterte Virve. Sie versuchte, den Umschlag nicht anzusehen, aber ihre Blicke verirrten sich immer wieder dorthin. Ekelhaft, ein kranker Scherz.

Tanja Ström musterte die zitternde Frau, die allem Anschein nach in der Nacht mit ihren Dämonen gekämpft hatte. Die dunkle Sonnebrille ließ sie nur noch kläglicher wirken. »Haben Sie sich die Sache überlegt?«, fragte sie dann. »Ich meine die Vermisstenanzeige.«

»Ja, hab' ich.« Virve nickte und räusperte sich. Ihre Kehle war nicht nur trocken, sondern staubtrocken. Schon das bloße Formulieren von Worten kostete sie übermenschliche Anstrengung. »Ich habe überall angerufen, in den Krankenhäusern und ...«

»Was ist mit Freunden und Verwandten?«, warf Tanja Ström dazwischen.

»Veli-Pekka hat keine Angehörigen. Seine Eltern sind tot und es gibt keine Geschwister. Die Freunde …«, Virves Blick irrte umher. »Ich weiß nicht, wir sind nie ausgegangen …, das heißt, wir haben eigentlich keine gemeinsamen Freunde. Vielleicht hat Veli-Pekka welche, ich weiß es einfach nicht. Ich …, also ich möchte tatsächlich diese Anzeige erstatten.« Virve nahm die Brille ab, setzte sie aber sofort wieder auf. »Ich glaube nicht, dass …« Sie wankte, als sie versuchte aufzustehen. Die korallenrot lackierten, langen Fingernägel kratzten über die Glasfläche des Tisches. Das Geräusch jagte Tanja Ström einen Schauer über den Rücken.

»Ich bin mir ganz sicher, dass …« Virve schien mit jedem Wort, dass sie aus sich herauspresste, mehr zusammenzuschrumpfen. »Letzte Nacht ist mir klar geworden …, ist mir vieles klar geworden.« Sie musste sich lange räuspern, ehe sie im Stande war zu flüstern: »Ich bin mir irgendwie sicher, dass Veli-Pekka tot ist.«

Es war vollkommen still, auch aus dem Laden war kein Geräusch zu hören. Vielleicht stand Henna Ketonen hinter der Tür und horchte.

»Sie müssen persönlich aufs Polizeirevier gehen, um die Anzeige zu erstatten«, sagte Tanja Ström und zog sich einen Stuhl heran.

»Wohin soll ich gehen?«, fragte Virve nervös.

»Das nächste Revier ist fast um die Ecke, auf der Iso Roobertinkatu.« Tanja Ström schlug die Beine übereinander. »Aber lassen Sie uns erst reden.«

20

»Die Beratung!«, Noora fuhr hoch, ohne zu ahnen, dass sie laut gerufen hatte. Sie sah sich unruhig um, ehe sie begriff, dass sie in ihrem eigenen Bett saß.

»Was hast du gesagt?« Eila kam in ihrem wattierten, lachsfarbenen Morgenmantel aus der Küche. Nooras Großmutter hatte einst ein ähnliches Exemplar zum Muttertag geschenkt bekommen und es so lange getragen, bis die Watte aus den Säumen gequollen war.

»Mir ist gerade eingefallen, dass ich mit Merituuli heute einen Termin bei der Säuglingsberatung habe«, sagte Noora nervös und sprang aus dem Bett. Sie rannte durchs Zimmer. Um wie viel Uhr war das, und wo hatte sie nur den Beratungsausweis gelassen?

Sie hatte einmal einen Termin vergessen und daraufhin einen schlimmen Panikanfall bekommen. Sie hatte geglaubt, sich nie mehr auch nur in die Nähe der Beratungsstelle wagen zu können. Bei ihrem nächsten Termin hatten sich die Mitarbeiter ihr gegenüber scheinbar ganz normal verhalten, aber sie hatte sich eingebildet, die professionelle Freundlichkeit zu durchschauen. Die Schwestern hatten ihr zwar nichts vorgeworfen, ihr das Nichterscheinen aber eindeutig verübelt. Sie war in deren Augen ein gleichgültiger Mensch, eine schlechte Mutter. Was ja auch zutraf.

Sie fand den Ausweis schließlich dort, wo er hingehörte, nämlich in ihrer Schulterasche, die im Flur hing. Noora erschauerte, als sie daneben Eilas abgewetzte Handtasche sah. Sie hatte die Geschichte mit den Zeitungsausschnitten also nicht geträumt. Und wenn Eila nun auf die Idee käme, darin zu blättern, und feststellen würde, dass einer fehlte? Er steckte immer noch in Nooras Hosentasche und war mittlerweile so zerknittert, dass sie ihn unmöglich wieder zurückbefördern konnte. Sie konnte nur hoffen, dass Eila nichts merkte.

»Wann ist denn der Termin?« Eila setzte sich zu Noora, die mit dem Ausweis in der Hand auf dem Bett saß. Eila roch nach Kaffee und noch nach etwas anderem, Muffigem. Nach alter Frau.

Noora rückte ein wenig ab, Eila rutschte wieder heran. »Ich könnte ja mitkommen«, schlug sie vor.

»Vielleicht besser nicht …«, Noora blätterte in dem Ausweis und bemühte sich, nicht wütend zu werden. »Merituuli und ich gehen besser allein hin. Sie mögen es dort nicht, wenn noch mehr Leute mitkommen«, log sie. Eilas süßsaurer, feuchter Atem streifte ihre Wange.

»Und wann ist also der Termin?«, fragte Eila erneut. Noora hörte aus ihrer Stimme leichte Verärgerung heraus und triumphierte heimlich. Endlich hatte sie einmal einen Ort gefunden, zu dem Eila Airaksinen sie nicht begleiten konnte.

»Um elf. Wie spät ist es jetzt?« Noora steckte den Beratungsausweis wieder in ihre Tasche.

Eilas Knie knackten, als sie aufstand. »Noch nicht mal halb zehn. Dir bleibt noch genug Zeit, Kaffee zu trinken. Und Grütze zu essen«, fügte sie noch hinzu, während sie in die Küche ging. »Merituuli habe ich schon gefüttert.«

Natürlich. Noora sah in das leere Kinderbett. In der Küche sang Eila Merituuli das Lied von den Lämmchen vor und die Kleine lallte fröhlich dazu. Nooras Großmutter hatte einst dasselbe Lied gesungen, aber sie hatte auch im Alter noch einen erstaunlich reinen und schönen Sopran gehabt. Und sie hatte sich nie aufgedrängt, sondern war da gewesen, wenn sie gebraucht wurde. Sie hatte den anderen ihre Freiräume gelassen.

Am Abend hatte Eila genau das getan, was Noora erwartet hatte: Sie hatte – zu dünnen – Tee gekocht und Noora wieder eine halbe Schlaftablette aufgenötigt.

Trotzdem hatte Noora schlechter geschlafen als während der ganzen letzten Zeit. Immer wieder war sie aus einem unruhigen Schlaf erwacht. In den frühen Morgenstunden hatte sie mindestens eine halbe Stunde lang wach gelegen und verwundert die Stille registriert. Merituuli hatte leise geatmet, während aus Eilas Campingbett, das sie sich vom Boden geholt hatte, überhaupt kein Geräusch zu hören gewesen war. Noora hatte immer geglaubt, dass ältere Menschen beim Schlafen schwer atmeten oder sogar schnarchten. Sie war sich plötzlich ganz sicher gewesen, dass Eila wach war. Vielleicht lag sie die ganze Nacht so da und bewachte den Schlaf von Muter und Tochter. Ein schrecklicher Gedanke. Noora wäre gern in die Küche geschlichen, um Wasser zu trinken, aber sie hatte nicht gewagt, sich zu rühren. Und schließlich war sie wieder in einen unruhigen Schlaf gefallen.

Noora trank zwei Tassen Kaffee und aß eine Scheibe Roggenbrot mit Käse, lehnte die Hafergrütze aber strikt ab. Eilas Zureden half nicht.

»Wir sind aber eigensinnig heute«, murmelte Eila, während sie den restlichen Brei aus dem Topf in eine Plastikdose füllte. Sie hatte die Notzeiten miterlebt und warf nichts weg, alles musste aufgehoben werden. »Vielleicht darf ich mich trotzdem vergewissern, dass die Kleine eine saubere Windel umhat«, blubberte sie beleidigt und nahm

Merituuli aus der Schaukelliege. »Damit sie bei der Beratung nicht sagen, das Kind würde schlecht betreut.«

Noora war sich sicher, dass Eila sie unter einem Vorwand zumindest ein Stück begleiten würde, aber überraschenderweise erklärte sie, sie wolle zu Hause bleiben.

›Zu Hause ...‹ wiederholte Noora im Stillen und prüfte noch einmal, ob sie den Ausweis eingesteckt hatte. Bei uns zu Hause also. Bald kannst du deine Bude unten vermieten. Oder wir bohren ein Loch durch den Fußboden und bauen eine Wendeltreppe ein, dann wohnen wir richtig schick auf zwei Etagen.

»Ihr kommt nachher sicher direkt nach Hause«, sagte Eila wie selbstverständlich beim Abschied. »Wir denken uns dann irgendetwas Schönes für den Nachmittag aus.«

Ja, mach nur, dachte Noora und schob den Kinderwagen in den Fahrstuhl.

»Das Baby hat sich prima entwickelt«, erklärte die Schwester, nachdem sie Merituuli gemessen und gewogen hatte. Sie streckte und schwenkte die Arme und Beine der Kleinen und kitzelte sie schließlich unter dem Kinn, sodass Merituuli laut lachte. »Man sieht, dass das Kind gut versorgt wird.«

Noora nickte und schluckte. Zum Glück hörte Eila das Lob nicht, sonst würde sie vor Stolz platzen.

Die Schwester war neu. *Marjaana* stand auf dem kleinen Namensschild an ihrem Kittel. Sie weiß nichts von uns, dachte Noora. Sie sieht nur die Zahlen und Wachstumskurven im Beratungsausweis, hat aber noch nie mit uns zu tun gehabt. Und jetzt sitzt sie da, bewundert ein zufriedenes Baby und gratuliert der vorzüglichen Mutter.

»Wie ist es dir selbst ergangen?«, fragte Marjaana, während sie die Ergebnisse in den Ausweis eintrug. Sie hatte eine ausgesprochen warme Stimme. Ganz sicher begegnete sie täglich unzähligen Müttern und Babys, aber trotzdem vermittelte sie den Eindruck, als ob sie wirklich bei der Sache, in diesem Moment ausschließlich für Noora und ihr Kind da wäre.

Die beiden Vorgängerinnen hatten dasselbe gefragt und Noora hatte ebenso geantwortet, doch sie hatten nie wirklich zugehört. Wenn sie der jungen Mutter wenigstens richtig ins Gesicht geschaut und auf sie eingegangen wären, hätten sie gemerkt, dass die völlig fertig war. Wie hätten die Schwestern wohl reagiert, wenn Noora gesagt hätte, dass sie unendlich müde und deprimiert war und am liebsten das Baby vergessen und nur noch schlafen wollte? Dass sie keinerlei Muttergefühle aufbringen und ihr Kind nicht mal richtig betreuen konnte. Dass sie eines Abends nahe daran gewesen war, es vom Balkon zu werfen. Dass ihre Schuldgefühle sie fast erdrückten, vor allem in den langen, schlaflosen Nächten.

Aber Marjaana schien anders zu sein, in ihren Jeans und dem pinkfarbenen T-Shirt wirkte sie auch kaum älter als Noora. Ihr Haar war lustig nach oben gegelt und an ihrer Nase glänzte ein winziges goldenes Herz.

Ich glaube, ihr kann man vertrauen, dachte Noora aufgeregt. Ihr könnte ich vielleicht erzählen … »Danke, mir geht es sehr gut«, sagte sie jedoch nur. Vielleicht würde sie beim nächsten Mal reden oder beim übernächsten … Das Stuhlbein schrammte über den Boden, als sie sich zurechtsetzte.

»Du siehst allerdings etwas blass aus.« Marjaana musterte sie prüfend, als sie ihr den Ausweis überreichte. »Aber vielleicht gibt sich das, wenn erst der Sommer da ist und ihr beiden in die Sonne gehen könnt.« Sie beugte sich wieder über das Baby und kitzelte es unter dem Kinn.

»Ganz sicher.« Noora nahm Merituuli hoch und legte sie in den Wagen. Wir beide – und Eila. Ein dunkler Schatten drängte sich in ihre Gedanken.

»Und denkt daran, gut zu essen, ihr braucht es beide«, mahnte Marjaana noch, nachdem sie den nächsten Termin in den Ausweis eingetragen hatte. Anschließend lachte sie fröhlich und unbeschwert.

Und ob wir essen, dafür wird Eila schon sorgen.

Noora war schon im Gehen, als Marjaana sie noch einmal zurückrief. Marjaana stand auf und kam zur Tür. »Du brauchst dich nicht unbedingt an diese vereinbarten Zeiten zu halten. Du kannst jederzeit anrufen oder herkommen, wenn dir danach ist«, sagte sie, »auch wenn du nur reden willst. Dafür sind wir ja hier.«

Ein Kloß stieg in Nooras Kehle auf. Dasselbe hatten auch die anderen gesagt, aber aus deren Mund hatte es wie eine hohle Phrase geklungen. Marjaana hingegen meinte eindeutig, was sie sagte.

Ihr kommt dann direkt nach Hause … Eilas Worte hallten in Nooras Ohren, als sie mit dem Kinderwagen wieder auf der Straße war. »Das werden wir allerdings nicht tun«, protestierte sie laut und machte eine Kehrtwendung. An der Ecke der Yrjönkatu blieb sie stehen und sah auf die Uhr.

»Wollen wir Jonna besuchen?« Sie beugte sich über den Wagen, Merituuli war eingeschlafen. Noora zog die Decke zurecht und ging durch die Iso Roobertinkatu.

Eine Händlerin, die Kinderkleidung verkaufte, hatte, um Kunden anzulocken, draußen vor ihrem Laden einen

Wühltisch aufgestellt, aber Noora blieb nicht stehen. Sie hatte es eilig, zu Jonna zu kommen, wollte die Freundin umarmen, mit ihr schwatzen, vielleicht sogar wieder über ihre Ängste sprechen – und sich bei ihr entschuldigen. Eila würde sie mit keinem Wort erwähnen.

Noora sah auf die große runde Reklameuhr am Uhrengeschäft: 11.43 Uhr. Es war Dienstag. Noora zählte die Tage zusammen: Freitag, Sonnabend, Sonntag, Montag … Sie kannte Eila erst seit drei Tagen und ein paar Nächten, und doch hatte sich inzwischen schon alles verändert.

Wer ist die Frau eigentlich? Warum drängt sie sich ohne zu fragen in unser Leben und bestimmt über alles? Warum lässt sie nicht los? Was soll das alles? Und warum trägt sie die Zeitungsausschnitte mit sich herum? Fragen über Fragen gingen Noora durch den Kopf, aber sie würde sie niemals laut stellen, und schon gar nicht Eila gegenüber. Das wollte – und wagte – sie nicht.

Mir ist die Frau nicht geheuer, gestand sich Noora schließlich ein und machte vor einem Laden mit Lederbekleidung Halt. Und nicht nur das: Ich habe Angst vor ihr.

Das hohe und schmale Schaufenster war mit einer planlos zusammengestellten Auswahl an Lederjacken und -hosen gefüllt. Von Ästhetik keine Spur, der Händler wollte offenbar nur zeigen, dass es reichlich Ware gab, noch dazu preisgünstig: braune, schwarze, weinrote und naturfarbene Stücke aus Nappa- oder Wildleder, hauptsächlich für Männer. Die Jacken hingen dicht an dicht auf Bügeln, mit Ausnahme eines hellroten Damenlederblazers, den eine Schaufensterpuppe trug, die mitten in den Auslagen prangte. Der Blazer war so eng, dass es aussah, als würden jeden Moment die Knöpfe abspringen.

Ziemlich geschmacklos, dachte Noora, während sie

zerstreut die Ware betrachtete und an die Reise nach Alania dachte, die sie vor zwei Jahren unternommen hatte. Dort waren haufenweise ähnliche Lederjacken angeboten worden, aber die Preise waren noch weit günstiger gewesen. Und eine maßgeschneiderte Jacke hätte man innerhalb weniger Tage bekommen. Vielleicht war auch dieser Händler ein Türke.

Noora versuchte, in den Laden zu spähen, aber das Schaufenster war so voll, dass der Blick verstellt war. Sie ging weiter und kam zu Jonnas Ladentür, aber plötzlich hielt sie inne.

»Was habe ich da eigentlich gesehen?«, fragte sie laut, vergewisserte sich, dass Merituuli noch fest schlief, ließ den Wagen stehen und ging langsam zum Ledergeschäft zurück. Dort stand sie lange und starrte ins Schaufenster. Ich leide bestimmt unter Verfolgungswahn, sagte sie sich. Oder auch nicht.

»Prima Ware, kommen Sie nur rein, junge Frau, und sehen Sie sich um.«

Der Händler war in der Tür aufgetaucht, er sah tatsächlich wie ein Türke aus, aber Noora murmelte nur eine undeutliche Antwort und kehrte fast im Laufschritt zum Kinderwagen zurück.

Jonna stand draußen vor der Tür und schaukelte den Wagen. »Ich habe euch vorhin kommen gesehen«, sagte sie. »Dann bist du auf einmal verschwunden. Wohin musstest du denn so eilig?«

»Nirgendwohin, ich wollte nur ...« Noora sah über die Schulter und dann vorsichtig zu Jonna, die wieder ganz die Alte, die Freundin war. Alles könnte wie früher sein, wenn nicht ... »Kannst du kurz auf Merituuli aufpassen?«, fragte sie. »Ich muss eine Sache erledigen.«

»Na klar«, sagte Jonna ganz natürlich. Nicht der kleinste Hinweis auf Eila, keine spitze Bemerkung über die amtierende Großmutter.

»Danke.« Gerührt umarmte Noora ihre Freundin schnell und fest. »Für alles.«

Jonna fragte nicht, was sie damit meinte, sondern bat sie nur, ihr mit dem Wagen hineinzuhelfen, und vergewisserte sich, dass diesmal Ersatzwindeln dabei waren. Und in der Tat, Eila hatte dafür gesorgt.

»Rate mal, was ich neuerdings mit gebrauchten Windeln mache«, sagte Jonna mit einem seltsamen Lächeln. Aus dem Wagen war ein leises Wimmern zu hören, das aber sofort wieder verstummte. Merituuli hatte sich nur im Schlaf gedreht.

»Und?«

»Ich verschicke sie mit der Post«, Jonna lachte.

Noora glaubte, sich verhört zu haben. »Du machst was?«

»Ich verschicke sie in braunen Briefumschlägen an eine Type, die Kinder verabscheut – und die ich verabscheue. Und dann rufe ich sie abends an – und sage keinen Ton.«

Offenbar ist außer mir noch jemand dabei, verrückt zu werden, dachte Noora und schüttelte den Kopf. Die ganze Welt drehte durch. »Ich muss jetzt gehen«, sagte sie nur und wechselte nervös das Standbein. »Ich habe keine Ahnung, wie lange es dauern wird, aber …«

»Keine Eile«, Jonna winkte ab und tauchte fast in den Kinderwagen hinein. »Wir kommen schon klar, so wie immer. Und dein Handy ist eingeschaltet, falls doch mal Not am Mann ist?«, vergewisserte sie sich noch.

»Natürlich. Und diesmal antworte ich auch bestimmt.«

Sie hat Gott sei Dank nicht gefragt, was ich erledigen

muss, dachte Noora, als sie in die Fredrikinkatu einbog. Und ich hätte es ihr nicht mal sagen können, selbst wenn ich gewollt hätte. Ich weiß es ja selbst nicht genau.

Sie heftete den Blick auf die Straße und ging zum *Retrodesign,* vor dessen Eingang wieder ein Auto parkte. Sie tat, als ob sie das Schaufenster betrachtete, und stand da, die Hände in den Taschen, die Schultern hochgezogen. Hier wird wirklich zeitig für Ostern geworben, dachte sie, während sie all die gelben Gegenstände musterte. Sie hatte Gelb nie gemocht, die Farbe war ihr zu hart und zu grell.

Das gegenüberliegende Haus, ihr Wohnhaus, spiegelte sich schemenhaft im Fensterglas. Die erste und die zweite Etage. Ein unheimlicher Ort.

Noora schrak zusammen. Irgendjemand starrte sie an. Sie blickte sich nach allen Seiten um, draußen war niemand, aber drinnen hinter dem Fenster stand eine Frau mit Brille und Ponyfrisur und sah sie direkt an. Die Frau starrte nicht eigentlich, sondern blickte eher neugierig, forschend.

Noora steckte die Hände tiefer in die Taschen und stellte sich rasch vor den benachbarten Laden. Dann drehte sie sich langsam um und sah zu ihrem Haus hinüber.

Im ersten Stock saß die Katze hinter dem Fenster und bewachte die Straße, sie drehte den Kopf und wedelte mit ihrem buschigen Schwanz. Und im selben Moment zeigte sich am Fenster schemenhaft ein Mensch.

In Nooras Bauch gluckste es. Mit festem Griff packte sie, wie um Halt zu finden, den Riemen ihrer Schultertasche, wartete, bis der Verkehr an der roten Ampel zum Stehen kam, und lief über die Straße.

Noora schlich leise die Treppe hoch und drückte das

Ohr an die Tür. Sie glaubte, gedämpftes Reden zu hören, so als liefe drinnen das Radio. Oder Eila spricht mit sich selbst, dachte sie, holte ein paarmal tief Luft und drückte auf die Türklingel.

Niemand öffnete, aber das Radio wurde ausgeschaltet – oder Eila beendete ihr Selbstgespräch.

Noora drückte erneut auf die Klingel, lehnte sich fast dagegen.

Leise Schauer liefen ihr über den Rücken, als drinnen Geräusche zu hören waren, Schritte näherten sich, machten hinter der Tür Halt. Noora spürte, wie sie sich ganz dicht gegenüberstanden, nur eine Tür zwischen sich, sie und Eila. Kein Laut war zu hören, beide hielten den Atem an.

Dann knackte das Schloss und die Tür öffnete sich.

»Was ist denn los?«, rief Eila. Sie trug eine schlammfarbene Steppjacke, über ihrem Arm hing die Handtasche. Typisch alte Frau, dachte Noora nebelhaft.

»Wo hast du Merituuli gelassen?«, fragte Eila wütend und versuchte, über Nooras Schulter zu spähen.

»Nirgendwo ... oder vielmehr ...«, Noora machte einen halben Schritt vorwärts, sodass sie die ganze schmale Türöffnung ausfüllte. »Ich wollte nur ...«

Weiter kam sie nicht, denn etwas Weiches und Warmes huschte um ihre Beine. Die Katze war ins Treppenhaus geflüchtet.

»Zurück!«, Eila rief sie wie einen Hund, aber die Katze kümmerte sich nicht darum, sie sprang bereits die Treppe hoch. Auf dem Absatz machte sie Halt und blickte zurück, den Kopf schräg geneigt, den buschigen Schwanz steil aufgerichtet.

»Verdammtes Vieh!«, zischte Eila, ohne sich um Noora

zu kümmern, die völlig erschrocken war. Sie hatte Eila Airaksinen noch nie fluchen hören. »Hierher!«

Die Katze rührte sich nicht.

»Vielleicht kriege ich sie ...«, bot sich Noora an, aber Eila stieß sie beiseite. »Auf dich hört sie nicht.« Die Handtasche polterte zu Boden. »Warte hier!« Das war ein Befehl und keine Bitte.

Eila schloss die Tür bis auf einen Spalt und ging langsam die Treppe hoch. Sie blickte über die Schulter zurück, gerade als Noora im Begriff war, die Tür ein wenig weiter zu öffnen. »Ich hab' doch gesagt, du sollst da warten!!«

Der Befehl war mit mindestens zwei Ausrufungszeichen versehen, aber Noora kümmerte sich nicht darum. Sie öffnete die Tür und trat wie im Traum in den Flur.

Im Treppenhaus war ein Fauchen und Maunzen zu hören, Eila war es gelungen, die Katze zu fassen. Entschlossene Schritte näherten sich, aber Noora achtete nicht darauf. Sie stand in dem kleinen Flur und starrte auf die Garderobe. Ihr Atem ging pfeifend, aber sie merkte es nicht. Sie stand immer noch reglos da, als die Katze erneut um ihre Beine strich und die Wohnungstür mit einem gedämpften Knall ins Schloss fiel.

Noora hatte noch nie in ihrem Leben ein beängstigenderes Geräusch gehört.

21

Ich bin mir irgendwie sicher, dass Veli-Pekka tot ist. Tanja Ström hatte immer noch Virve Vainios Worte im Ohr. Sie hatten resigniert und endgültig geklungen. Und gleichzeitig schien Virve zusammenzuschrumpfen, sich auf ihre richtige Größe zu reduzieren. Sie versuchte nicht länger, die erfolgreiche Immobilienmaklerin und perfekte Gattin zu spielen. Sie wirkte nur noch wie eine Frau, die unglücklich, besorgt und verängstigt war. Und schrecklich verkatert. Das gab sie unumwunden zu, nachdem sie auf der Toilette gewesen war, um sich zu übergeben.

»Ich hätte vielleicht in jungen Jahren ein wenig trainieren müssen.« Ihr gelang sogar ein trockenes Lachen, als sie mit roten Augen wieder ins Hinterzimmer kam. Die Sonnenbrille hatte sie auf der Spiegelkonsole in der Toilette zurückgelassen, sie hatte keine Verwendung mehr dafür, brauchte nichts mehr zu verbergen.

»Augenblick noch«, Virve ging kurz in den Verkaufsraum und bat Henna, kalte Getränke zu holen, die Sorte war egal. »Nur kein Bier«, fügte sie dennoch sicherheitshalber hinzu.

Das würde mir nie einfallen, Henna kicherte in sich hinein und fragte dann, ob Virve solange im Laden aufpassen würde. »Oder soll ich schließen?«

Virve überlegte nur kurz. »Schließ ab«, entschied sie dann. »Wir hängen das Schild raus. *Retrodesign* ist für den Rest des Tages geschlossen.«

Endlich mal eine gute Entscheidung, dachte Henna, während sie ihre Jacke aus dem Hinterzimmer holte. Hinter Virves Rücken zwinkerte sie Tanja Ström zu.

Virve setzte sich und faltete die Hände auf dem Tisch. »Fragen Sie«, sagte sie schlicht.

Tanja Ström sagte eine Weile gar nichts. Sie überlegte sich ihre Taktik. Virve Vainio schien reif für alle nur erdenklichen Geständnisse, aber man musste stets auf Überraschungen gefasst sein. Vielleicht war es am besten, nur zu plaudern und hauptsächlich die andere reden zu lassen, falls das denn klappen würde. Den Umschlag mit der Windel hatte Tanja Ström verstohlen in ihre Tasche gesteckt, sie hatte sozusagen vor Beginn des Gesprächs reinen Tisch gemacht.

»Sie sagten vorhin, Sie seien sicher, dass Ihr Mann tot ist«, fing sie schließlich an. »Woraus schließen Sie das?«

»Aus dem Schweigen.«

Die Polizistin verstand nicht. »Also …«

»Aus dem absoluten Schweigen«, präzisierte Virve. »Daraus, dass alles auf halbem Wege stehen geblieben ist. Der Rest ist Schweigen, wie es bei Hamlet heißt.«

Reichlich melodramatisch, fand die Ström und fragte dann, was Virve damit meinte: ›auf halbem Wege stehen geblieben‹.

Virve erhob sich und ging auf und ab, soweit es der enge Raum zuließ. Das Ganze dauerte so lange, dass Tanja Ström zweifelte, ob sie überhaupt eine Antwort bekäme.

»Veli-Pekka ließ nie etwas unvollendet.« Virve setzte sich wieder, wirkte aber unruhiger als vorher. Sie fingerte an ihrer Halskette, faltete anschließend die Hände auf dem Tisch, so als wollte sie eine Beratung oder ein Gebet beginnen, und fingerte schließlich wieder an ihrer Kette. »Tatsache ist nämlich, dass …«, sie räusperte sich und sah Tanja Ström dann offen in die Augen: »Tatsache ist nämlich, dass sich Veli-Pekka scheiden lassen wollte.«

»Hatten Sie bereits gemeinsam über das Thema gesprochen?«, fragte Tanja Ström ohne das geringste Erstaunen. Etwas Ähnliches hatte sie erwartet.

»Nicht wirklich«, Virve lachte trocken. »Nur in Andeutungen, gewissermaßen probeweise. Aber am Samstag hat mir Veli-Pekka dann eine Nachricht hinterlassen.« Wieder räusperte sie sich in die Faust.

»Auf dem Handy?«

»Nein, einen richtig altmodischen hangeschriebenen Zettel. Er hat sich sinngemäß so ausgedrückt, dass sich die Sache nicht mehr aufschieben ließe. Er wollte am Abend mit mir reden. Über die Scheidung.« Virve ließ das letzte Wort nachklingen.

»Haben Sie den Zettel noch?«, fragte Tanja Ström, obwohl sie die Antwort ahnte.

»Nein. Ich habe ihn zerrissen und in der Toilette hinuntergespült.«

Tanja Ström fragte gerade, ob eine andere Frau im Spiel sei, als Henna munter anklopfte, mit einer Tasche voller Getränke hereinkam und sie in den Kühlschrank räumte. »Darf ich gleich einschenken?«, fragte sie, öffnete eine Anderthalbliterflasche mit Vichywasser und nahm drei Gläser aus dem Schrank. »Ich bin noch eine Weile vorn im Laden, falls ich gebraucht werde«, erklärte sie, nahm ihr Glas und schloss die Tür hinter sich. Tanja Ström war sich ziemlich sicher, dass Henna hinter der Tür lauschen würde, dazu kannte sie ihre neugierige Nichte gut genug.

»Eine andere Frau?« Virve wiederholte die Frage. »Offen gesagt, ich weiß es nicht. Früher dachte ich, dass es mich gar nicht interessiert, aber jetzt bin ich mir nicht mehr so sicher.« Sie wischte sich die Augenwinkel aus und seufzte. »Veli-Pekka war eine Art Szenegänger, er war abends oft in der Stadt unterwegs, im *Storyville,* im Theater und anderswo. Ich habe mich in den Kreisen nie wohl gefühlt, aber ich hatte nichts dagegen, dass Veli-Pekka hinging. Allen Ernstes«, fügte sie hinzu, als Tanja Ström zweifelnd die Brauen hob. »Veli-Pekka wartete sehnsüchtig auf die Neueröffnung des renovierten *Kaivohuone* und besonders des Kasinos *Fennia.* Er war ein kleiner Hasardeur, ein Glücksspieler. Er glaubte immer, dass ihm der letzte Einsatz den Jackpot bescheren würde. Veli-Pekka war ein unglaublicher Optimist. Ich wünschte, er hätte mich wenigstens ein bisschen damit angesteckt.«

»Er hätte?«, wiederholte die Ström. »Sie sprechen hartnäckig in der Vergangenheitsform. Warum wollte er sich übrigens scheiden lassen, nannte er einen Grund?«

»Braucht man für eine Scheidung immer einen ganz konkreten Grund?«, fragte Virve zurück. »Zum Beispiel eine dritte Person? Ich meine, nein«, antwortete sie sich selbst. »Veli-Pekka wollte nur …«, sie suchte nach Worten, »weg, frei sein.«

»Und Sie selbst?«

»Niemals!«, rief Virve. »Ich hätte die Scheidung auf keinen Fall gewollt. Ich finde, wir führten eine gute Ehe, wir hatten unsere eigene Art gefunden miteinander zu leben, zusammen und jeder für sich. Deshalb fand ich es auch so befremdlich und geradezu ungeheuerlich, dass Veli-Pekka anfing, von Scheidung zu reden.« Sie leerte ihr Glas mit kleinen, energischen Schlucken und drehte es dann in der Hand. Sie sah Tanja Ström fest an, ehe sie sagte: »Es gibt da allerdings eine kleine Sache, die vielleicht einiges erklärt. Oder vielleicht ist sie auch gar nicht so klein.«

»Nun?«

»Ich glaube, dass Veli-Pekka in letzter Zeit an einer Art Babyfieber litt«, sagte Virve und wandte rasch den Blick ab. »Er hat nie direkt darüber gesprochen, aber ich hatte einfach so ein Gefühl; ich kann nicht einmal sagen, wann es anfing. Das Thema hatten wir schon vor der Heirat klargestellt, dahingehend, dass wir uns keine Kinder anschaffen wollten. Und es wäre damals auch gar nicht mehr möglich gewesen. Ich war schon über das Alter hinaus, aber …« Ein wehmütiger Schimmer zeigte sich flüchtig in ihren Augen, so als wollte sie etwas einfangen, was längst weit fort war. »Tatsache ist jedenfalls, dass ich diesen Mann bis zum Schluss wahnsinnig geliebt habe, wenn Sie mir diesen etwas pathetischen Ausdruck gestatten.«

Ich habe ihn geliebt … bis zum Schluss …, wiederholte Tanja Ström im Stillen. Wieder die Vergangenheitsform. Und Babyfieber. Die benutzte Windel im Briefumschlag. Bestand da ein Zusammenhang? »Aber Sie hätten die Scheidung ja nicht verhindern können«, sagte sie dann. Außer vielleicht mit Geld. »Wem gehört das hier übrigens?« Sie beschrieb einen weiten Bogen mit der Hand.

»Mir«, sagte Virve. »Alles. Aber ohne Veli-Pekka gäbe es den Laden gar nicht. Ich war das Portmonee und er war die Seele.«

Offenbar, dachte Tanja Ström. »Mal angenommen«, sagte sie, »also mal angenommen, dass er wirklich tot ist, was machen Sie dann mit alledem?«

»Mit dem *Retrodesign?*« Virve sah sich um, als würde ihr das Problem jetzt erst bewusst. »Keine Ahnung. Der Laden läuft sehr gut, aber …«, sie breitete die Hände aus. »Ich kann ihn mir trotzdem nur schwer ohne Veli-Pekka vorstellen.«

Tanja Ström schenkte sich Wasser nach und versuchte, sich zu konzentrieren. Kein Mord und keine Leiche. Nur ein verschwundener Mann und eine angemessen besorgte Ehefrau. Ein Fall, der sie gar nichts anging. Was mache ich hier überhaupt?, fragte sie sich gereizt.

»Die Vermisstenanzeige«, sie kam auf das eigentliche Thema zurück. »Es wäre gut, wenn Sie ein möglichst aktuelles Foto Ihres Mannes hätten.«

»Ein Foto?« Virve erschrak.

»Natürlich. Zu einer richtigen Anzeige gehört auch ein Foto.«

»Großer Gott!« Virve wühlte in der Schreibtischschublade. »An ein Foto habe ich überhaupt nicht gedacht …« Sie stieß die Schublade abrupt zu. »Dann erfährt ja die Öffentlichkeit davon.«

»Aber das ist doch gerade Sinn der Sache«, sagte Tanja Ström seufzend und leicht verzweifelt. Nicht dass die Frau alles wieder zurücknahm. »Ihr Mann soll schließlich gefunden werden.«

»Tot oder lebendig«, sagte Virve hohl und musterte die Zeitungsausschnitte an der Pinnwand. »Wie in den alten Westernfilmen.«

»Da handelte es sich allerdings um Steckbriefe«, sagte die Ström. »Hätten Sie also ein Foto?«

Virve öffnete die Schublade widerwillig ein zweites Mal und entnahm ihr eine blau-schwarz gestreifte Mappe, die sie so schwungvoll über die glänzende Glasplatte schob, dass sie Tanja Ström direkt in den Schoß fiel.

»Computerausdrucke«, konstatierte sie, nachdem sie die Mappe geöffnet hatte.

»Die Fotografen schicken Fotos heutzutage per E-Mail«, erklärte Virve. »Wählen Sie bitte das beste – oder das geeignetste aus.«

Es schauderte Virve. Veli-Pekkas Foto würde in der Presse veröffentlicht und vielleicht auch im Fernsehen gezeigt, die Telefone würden heiß laufen, die Hyänen würden sich ums Aas versammeln und ein qualvolles Warten würde beginnen, Warten darauf, dass sich die Sache irgendwie aufklärte, dass Veli-Pekka gefunden wurde.

Tanja Ström sah sich die Ausdrucke lange und in aller

Ruhe an. Ein gut aussehender Mann mit einem Funkeln in den Augen, auch wenn er ernst blickte.

Sie legte die Aufnahmen bis auf ein, wieder in die Mappe und ließ die Gummibänder zuschnappen.

»Eine Sache noch.« Sie reichte Virve die Mappe und sah sie forschend an. »Eigentlich würde mich interessieren, was und wie viel Sie mir verschwiegen haben.«

Virve schnaubte nur zur Antwort und steckte die Mappe wieder in die Schublade. Sie war müde und konnte einfach nicht mehr, ob ihr die Polizistin nun glaubte oder nicht.

»Ich habe um zwei Uhr einen wichtigen Termin in der Bank«, sagte sie mit Blick auf die Uhr, faltete das Foto, das Tanja Ström ausgesucht hatte, und steckte es in ihre Handtasche. »Ich schaffe es vorher gerade noch, aufs Polizeirevier zu gehen und mich zu Hause umzuziehen. So, wie ich jetzt aussehe, kann ich nicht vor einem Kunden erscheinen.«

Natürlich, alles in der richtigen Reihenfolge, dachte Tanja Ström und folgte Virve in den Laden. Henna saß am Verkaufstisch mit einer Miene, als ob sie gerade erst von ihrem Horchposten an der Tür dorthin geeilt wäre. Was vermutlich zutraf.

»Passiert jetzt endlich was?«, fragte Henna, nachdem Virve, mit einem Seidentuch um die Haare und der dunklen Sonnebrille auf der Nase, gegangen war.

»Hoffentlich. Ich muss jetzt allerdings los – zu meiner richtigen Arbeit.«

»Ich bleibe noch eine Weile.« Henna schichtete betrübt Papiere von einem Stapel auf den anderen. »Irgendwie kann ich nicht weg. Falls doch …«

… falls Veli-Pekka Vainio doch plötzlich vom Himmel

fällt, setzte Tanja Ström im Stillen den Satz fort. Sehr unwahrscheinlich.

Tanja Ström stellte sich ans Fenster. Draußen stand jenes große, magere Mädchen, das sie zu einem früheren Zeitpunkt mit einer älteren Frau und einem Kinderwagen gesehen hatte.

Als das Mädchen sie entdeckte, erschrak es und trat vom Fenster zurück. Wenige Minuten später überquerte es mit steifen Schritten die Straße und verschwand im gegenüberliegenden Haus.

Im mittleren Fenster der ersten Etage saß eine weiße Katze im Schatten eines prächtigen Drachenbaumes, den buschigen Schwanz steil aufgerichtet.

Das erste alarmierende Spuckgeräusch kam genau in dem Moment aus dem Kinderwagen, als Virve Vainio mit raschen Schritten am Secondhandshop vorbeieilte.

Jonna rannte zur Tür und sah ihrer Tante nach. Sie hat bestimmt schon die heutige Post gekriegt, dachte sie schadenfroh, aber auch ein wenig nervös. Und es geschieht ihr ganz recht. Sie kriegt auch in Zukunft mindestens eine Windel pro Woche – natürlich gebraucht.

Aus dem Kinderwagen war erneutes Spucken zu vernehmen und gleich darauf erschrockenes Weinen.

»O nein!«, rief Jonna, als sie nachschaute. Merituuli hatte nicht nur gespuckt, sondern heftig erbrochen, eine klumpige, weißliche Soße. Die kleinen Fäuste fuhren wütend durch die Luft und das Gesicht war dunkelrot und verfärbt.

»Was ist denn auf einmal mit dir?« Sie befühlte Merituulis Stirn. Heiß und verschwitzt. »Was mache ich jetzt nur?«

Sie nahm die Kleine vorsichtig aus dem Wagen und bekam den nächsten Schwall von Erbrochenem ab. Darauf zerrte sie das erstbeste T-Shirt aus dem Regal und versuchte damit, sich selbst und das Baby abzuwischen. Beißender Gestank breitete sich aus. Merituuli in ihrem Arm glühte.

»Jetzt rufen wir deine Mama an.« Während Jonna auf Antwort wartete, lehnte sie das Baby, das kraftlos weinte, an ihre Schulter. Und wieder ein Strahl, der diesmal über ihren Rücken rann.

»Warum antwortet sie nicht?« Jonna wurde nervös. »Sie hat gesagt, sie lässt das Handy an und antwortet bestimmt.«

Habe ich vielleicht falsch gewählt?, fragte sie sich und versuchte es erneut. Nach ein paar Rufzeichen meldete sich die Mailbox.

»Verdammt nochmal!«, fluchte Jonna und warf das Handy auf den Tisch. »Das verzeihe ich dir nie!«

Wohin hatte Noora gewollt? Etwas erledigen. Und was? Jonna hatte nicht gefragt und extra noch versichert, dass sie mit Merituuli ausgezeichnet klarkommen würde, auch wenn es länger dauern würde.

Aber jetzt klappt es nicht, dachte sie verzweifelt und rief schließlich laut: »Papa!« Sie griff nach dem Handy.

Sakari Mäkilä hatte gerade einen besonders schwierigen Patienten in seiner Sprechstunde, aber er ging wie stets geduldig auf seine Tochter ein. »Bleib erst mal ganz ruhig«, sagte er, nachdem er sich Jonnas verworrenen Bericht angehört hatte. »Es handelt sich wahrscheinlich um eine Magenverstimmung, so was kommt und geht bei Babys. Wichtig ist jetzt, dass du ihr ausreichend Flüssigkeit gibst. Ganz gewöhnliches abgekochtes Wasser, aber es darf nicht zu kalt sein. Und ruf mich in zwei Stunden wieder an, falls sich ihr Zustand nicht bessert. Oder geh ins Medizinische Zentrum.«

»Woher soll ich denn jetzt abgekochtes Wasser kriegen?«, schrie Jonna. »Und in welches verdammte Zentrum muss ich gehen? Ich weiß nicht mal, wo hier das nächste ist!«

»Dann komm mit dem Baby hierher.«

Jonna schaltete das Handy aus und legte Merituuli wieder in den Wagen. Die Kleine schien inzwischen noch stärker zu fiebern und vor allem brauchte sie saubere Sachen.

Eila, dachte Jonna plötzlich. Die hilfreiche Nachbarin, die unter Noora wohnte, jene perfekte Alleskönnerin. Jetzt sollte sie mal zeigen, wie sie wirkliche Krisensituationen meisterte. Falls sie denn zu Hause war.

»Wir machen jetzt einen Besuch«, erklärte Jonna der Kleinen, während sie ins Hinterzimmer ging, um den Pullover zu wechseln. Vergebliche Liebesmüh, denn das Erbrochene war überall, auch auf ihrer Unterwäsche und in den Haaren.

Wie hieß diese Frau noch gleich mit Nachnamen?, grübelte Jonna, während sie an die verschlossene Ladentür einen Zettel pinnte: *Noora, sofort anrufen!* Fing der Name nicht mit einem A an? Na egal, die Frau wohnte jedenfalls direkt unter Noora und war also leicht zu finden. Jonna schob den Kinderwagen im Laufschritt zur Fredrikinkatu.

Als sie vor der Tür stand, musste sie in ihrer Aufregung erst eine Weile überlegen, wie der Code lautete. Das Baby schien in einen erschöpften Halbschlaf gefallen zu sein und weinte jedenfalls nicht. Vermutlich war das eher ein schlechtes Zeichen. Jonna wurde nur noch nervöser, aber endlich fiel ihr der Code wieder ein.

Sie zog den Wagen Stufe für Stufe zur ersten Etage hoch. Das Baby gab bei dem Gerüttel leise Laute von sich, wachte aber nicht auf.

Airaksinen. Jonna drückte auf die Türklingel und wartete. Sie klingelte erneut und wartete weiter. Umsonst. Sie lugte durch den Briefschlitz und erschrak. Die Zwischentür war geschlossen, sodass sie nichts sehen konnte, aber in der Wohnung stank es, und zwar nicht nach dem Erbrochenen eines Babys, sondern nach etwas anderem, viel Schlimmerem.

Sie vergewisserte sich, dass Merituuli schlief, rannte in die nächste Etage und klingelte bei Noora. Warten, erneutes Klingeln und wieder Warten. Niemand öffnete. Jonna machte sich nicht die Mühe, durch den Briefschlitz zu spähen, sondern lief wieder nach unten.

Hinter der Tür der Airaksinen war ein Laut zu hören. Jonna fuhr zusammen. Ein Maunzen? War da drinnen eine Katze? Das Tier würde an dem Gestank ersticken.

Jonna holte ihr Handy heraus und rief die Auskunft an.

»Airaksinen, Eila, Fredrikinkatu. Danke, du kannst mich gleich verbinden.«

Sie ließ das Telefon viele Male klingeln und erwartete gar nicht erst, dass sich ein Anrufbeantworter einschalten würde. Die alte Schachtel hatte von der Existenz dieses Gerätes vermutlich nie gehört. Und noch ein Versuch auf Nooras Handy. Keine Antwort.

Jonna bugsierte den Kinderwagen wieder auf die Straße und überlegte. Es hatte begonnen zu regnen.

»Gehen wir rüber«, sagte sie zu dem schlafenden Baby, als sie Henna Ketonen im *Retrodesign* entdeckte. Henna war patent, die würde keine Fragen stellen. Schwere Tropfen klatschten herunter, als Jonna an die verschlossene Ladentür hämmerte.

»Warum habt ihr mitten am Tag geschlossen?«, fragte sie, als Henna öffnete.

»Madame will es so. Sie hat die Nerven verloren.«

Ganz bestimmt, spätestens, nachdem sie die Post bekommen hat, dachte Jonna zufrieden und fragte, ob sie drinnen eine Weile warten könnte.

»Na klar«, sagte Henna und wollte dann wissen, wem das Baby gehörte, das da im Wagen schlief.

»Einer Freundin. Sie wohnt dort gegenüber. Eigentlich warten wir auf sie.«

»Es stinkt«, konstatierte Henna sachlich.

»Wer? Ach so, das Baby. Ja, stimmt, aber es ist nicht gefährlich, da ist nur ein kleines Malheur passiert. Wir warten hier, damit wir uns waschen und umziehen können.«

»Okay.« Henna kehrte zu ihren Papieren zurück und Jonna setzte sich ans Fenster. Ich warte hier so lange, bis sie nach Hause kommt oder wenigstens anruft, entschied sie und setzte sich so bequem zurecht, wie es der niedrige Schalensessel irgend erlaubte. Notfalls warte ich bis zum Weltende.

Es regnete mittlerweile in Strömen. Gegenüber an Nooras Fenster war die Jalousie geöffnet, aber in der Wohnung darunter war die Gardine zugezogen. Eine weiße Katze erschien auf dem Fensterbrett und sprang sofort wieder hinunter.

Wenigstens lebt sie noch, dachte Jonna und nahm sich eine Handvoll winziger Ostereier aus einer großen, gelben Plastikschale.

22

Eila hatte die Hände in die Hüften gestemmt und stand im Flur vor Noora, so dicht, dass Noora ihren feuchten, sauren Atem riechen konnte. Eila atmete schwer durch die Nase, den Mund hatte sie zu einem schmalen Strich zusammengekniffen.

Sie sieht aus wie ein Stier, dachte Noora plötzlich und wäre in hysterisches Lachen ausgebrochen, wenn sie sich nicht so grenzenlos gefürchtet hätte. Auch den Kopf hatte Eila wie ein angreifender Stier eingezogen, es fehlte nur noch der Ring in der Nase. Sie hatte überhaupt nichts Vertrautes, nichts Mütterliches oder Herzliches mehr, nichts, an das sich Noora hätte halten können. Eila war ein vollkommen fremder Mensch. Und sie war wütend.

Noora hatte keine Ahnung, wie lange sie dort schon standen und sich gegenseitig belauerten. Vielleicht nur ein paar Sekunden, vielleicht aber auch schon mehrere Minuten. Sie verlor das Zeitgefühl und in ihren Ohren rauschte es. Ihre Füße waren am Boden festgewachsen, sie war unfähig, sich zu bewegen. Sie hätte nie für möglich gehalten, dass sie sich dermaßen fürchten konnte, dass es kein Klischee war, wenn jemand erzählte, er sei vor Schreck erstarrt.

»Gib sie her!«, befahl Eila plötzlich heiser. Ihre Stimme klang völlig fremd. Ihre Augen bildeten, ähnlich wie der Mund, nur mehr schmale Schlitze, und trotzdem loderten sie in dem dunklen Flur, böse und drohend.

Noora presste die braune Lederjacke nur noch fester an sich. Sie hatte sie instinktiv im selben Moment von der

Garderobe gerissen, als Eila die Wohnungstür zugeknallt und anschließend die Zwischentür geschlossen hatte. Noora hatte so heftig daran gezerrt, dass der Aufhänger und ein Stück des abgewetzten Seidenfutters abgerissen waren. Ein Ratschen war zu hören gewesen und danach nur noch Eilas keuchender Atem, der kein Ende zu nehmen schien.

Noora schüttelte langsam den Kopf. Sie fürchtete, ohnmächtig zu werden, aber sie würde Eila die Jacke nicht geben, um keinen Preis. Nichts schien ihr in diesem Moment wichtiger, nichts sonst war mehr von Belang. Die Jacke erschien ihr als die einzige Verbindung zur übrigen Welt, dorthin, wo es Menschen und Gespräche und Lachen gab. Und Merituuli.

»Warum hast du sie hier bei dir?«, flüsterte Noora und drückte das Gesicht an die Jacke. Sie roch gut, nach abgenutztem, altem Leder, sie verströmte Sicherheit.

»Geht dich nichts an!« knurrte Eila und versuchte, die Jacke an sich zu reißen. Noora wich steif zurück und Eila kam auf sie zu, beide Hände ausgestreckt.

Sie tötet mich!, begriff Noora plötzlich. Sie versuchte, an Eila vorbei zur Tür zu gelangen, aber Eila wich nicht zur Seite, sondern näherte sich wie ein schwerer Tank, die Arme ausgestreckt.

»Du gehst nirgendwohin!«, zischte sie, »Nicht bevor ich es erlaube«, fügte sie etwas ruhiger hinzu, versetzte Noora jedoch gleichzeitig einen heftigen Stoß.

Noora verlor das Gleichgewicht und konnte nur noch ein paar taumelnde Schritte machen, bevor sie der Länge nach hinfiel und mit dem Kopf gegen die Badezimmertür schlug. Ohrenbetäubendes Kreischen ertönte, denn sie hatte die Katze unter sich begraben. Nooras Kopf dröhnte, alles drehte sich und sie war sicher, dass die Katze sie angreifen und ihr das Gesicht blutig kratzen würde. Die beiden würden sie gemeinsam töten, die Katze und Eila.

Noora schloss die Augen und dachte wieder an Merituuli. Es schnürte ihr die Kehle zu, mehr denn je, und sie sank langsam in unendliche Tiefen.

»Hoch mit dir!«, sie hörte Eilas Stimme ganz in der Nähe. »Du brauchst dich gar nicht zu verstellen.«

Noora öffnete langsam die Augen. Eila kniete neben ihr, die Lederjacke nachlässig über dem Arm. Ihre eigene Steppjacke hatte sie ausgezogen und ordentlich auf einen Bügel gehängt.

»Du solltest sie nicht finden«, sagte Eila mit fast normaler Stimme und hob die Hand. Sie zerrte Noora hoch. »Du solltest von alledem nichts wissen.«

Noora lehnte sich an die Badezimmertür und schloss wieder die Augen. Wovon sollte ich nichts wissen?, dachte sie. Der süßliche, muffige Gestank in der Wohnung wurde unerträglich. Sie konnte kaum atmen und hatte das Gefühl, ihr Kopf würde gleich platzen.

»Es ist VauPes Jacke«, flüsterte sie dann, die Augen immer noch geschlossen.

Eilas Knie knackten, während sie sich wieder neben Noora hockte. »Du meinst bestimmt Veli-Pekka Vainio«, korrigierte sie. »VauPe ...«, sie zog die Silben spöttisch in die Länge. »So heißt doch kein erwachsener Mann. Aber es ist tatsächlich seine Jacke.«

VauPes herrliche, vom vielen Tragen weich gewordene Lederjacke, die fast wie eine zweite Haut war. Es gab keine zweite dieser Art, aber eine schlechte Kopie hatte Noora vorhin im Schaufenster des Ledergeschäfts auf der Iso Roobertinkatu gesehen. Auch sie war braun gewesen und hatte vorn auf der Brust das weiße Friedensabzeichen gehabt, aber sie war nicht echt gewesen. VauPes Jacke war mindestens dreißig Jahre alt, ein kostbares Erbe aus den herrlichen Hippiezeiten des Blumenvolkes. Make love, not war.

Noora hatte die Jacke am Vortag an Eilas Flurgarderobe gesehen, aber nur so flüchtig, dass sie es nicht begriffen hatte. Nicht bevor sie die Kopie in dem Schaufenster entdeckt und die Verbindung hergestellt hatte. Trotzdem verstand sie absolut nichts. Nur dass sie hier in Todesangst bei Eila auf dem Fußboden saß. Sie würde Merituuli nie mehr sehen. Sie musste sich etwas einfallen lassen, irgendwas. Sie musste raus aus dieser stinkenden Höhle.

Eila stieg plötzlich über Nooras Beine hinweg und zog im Zimmer die Gardine zu. Sie zerrte so heftig daran, dass sich der Stoff aus einem der Clips löste und an der Stelle herunterbaumelte. Eila blickte wütend hin, unternahm aber nichts.

Noora überlief es kalt. Sie saß in der Falle. Von gegenüber würde niemand in die Wohnung sehen können, da könnte sie noch so viel winken und Zeichen geben. Sofern sie überhaupt je in die Nähe des Fensters käme.

Das Zimmer war altmodisch eingerichtet. Ein abgenutztes senfgelbes Plüschsofa und dazu passende Sessel, ein schwerer Palisandertisch und ein Bücherschrank mit Glastüren, in dem jedoch mehr Ziergegenstände als Bücher standen. An den Wänden Landschaften in hässlichen verschnörkelten Rahmen. Spitzendeckchen und gesteppte Kissen mit Troddeln. Muffig und langweilig. Die Wohnung einer alten Frau.

An der Wand lag ein großer, aufgerollter Teppich mit grünlichem Orientmuster. Obwohl es im Raum dämmerig war, konnte man auf dem Fußboden deutlich die hellere Fläche erkennen, wo der Teppich gelegen hatte.

Nachdem Eila die Gardine zugezogen hatte, kam sie wieder in den Flur und blieb mit gekreuzten Armen in der Tür stehen. Ihr Atem ging erneut schwer und keuchend. »Jacke aus!«, kommandierte sie.

In diesem Moment klingelte in Nooras Schultertasche das Handy. Noora starrte die Tasche ohnmächtig an. Ein Versuch war sinnlos, Eila würde sich auf sie stürzen, ehe sie auch nur in die Nähe der Tasche käme. Das Handy verstummte und klingelte bald darauf erneut. Jonna, dachte Noora. Das musste Jonna sein. Großer Gott, mit Merituuli war irgendwas passiert. Jonna und das Baby waren nur einen Anruf weit entfernt und doch unerreichbar.

Noora stand langsam auf. Ich muss mir etwas einfallen lassen, unbedingt etwas einfallen lassen, hämmerte sie sich ein, während sie ihre Jacke auszog und Eila übergab. Das Panikgefühl wurde unerträglich. Sie steckte die Hände in die Taschen ihrer Jeans und der zu einem Ball zusammengeknüllte Zeitungsausschnitt kam ihr in die Finger. Der ganze Vorgang fiel ihr wieder ein. Vielleicht lohnte es den Versuch.

Sie zog das Papierknäuel heraus und glättete es. »Was willst du damit?«, fragte sie und hielt Eila den Ausschnitt vors Gesicht. Ihre Hände zitterten wie Elektroquirle, aber das kümmerte sie jetzt nicht. Die Angst verlieh ihr überraschenderweise Mut. »Warum sammelst du VauPe wie irgendein Idol? Warum hast du seine Jacke und all diese Zeitungsartikel über ihn? Was willst du eigent...«, der Satz brach abrupt ab. Noora starrte Eila entsetzt an. Blitzartig war ihr klar geworden, was sie wirklich wissen wollte. »Was hast du mit ihm *gemacht?*«, flüsterte sie.

Eila sagte nichts, versuchte nicht einmal, nach dem Zeitungsausschnitt zu greifen. Sie sah Noora nur an und nickte dann. Plötzlich lachte sie leise und schien gleichsam weicher zu werden. Sie erinnerte wieder entfernt an die frühere Eila, was Nooras Panik nur noch steigerte. Eila Airaksinen war ein völlig unberechenbarer Mensch, sie war im Stande, alles Mögliche zu tun, sogar …

»Veli-Pekka Vainio war ein gut aussehender Mann«, sagte Eila in lockerem Plauderton. Sie setzte sich mitten aufs Sofa, die Lederjacke immer noch über dem Arm, und nahm ein dickes Kissen mit Kreuzstichmuster auf den Schoß, hell- und dunkelrote Rosen in einem brauen Korb. »Hast du etwa nie Bilder von Popstars gesammelt?«, fragte sie dann.

Doch, dachte Noora. »Nein«, flüsterte sie.

Eila zupfte zerstreut an der fransigen Troddel des Kissens. Sie schien in Gedanken versunken und murmelte vor sich hin, dann lächelte sie ein seltsames kleines Lächeln.

Ich könnte jetzt verschwinden, erkannte Noora erregt. Nur ein paar Meter und ich wäre draußen und weg von dieser Verrückten, ich könnte wieder atmen und Merituuli sehen und … Sie blickte vorsichtig zur Tür – und dann stolperte sie in ihren Gedanken plötzlich über ein kleines Wort: *war.*

»Warum hast du gesagt, VauPe *war* ein gut aussehender Mann?«, flüsterte sie. »Warum benutzt du die Vergangenheitsform?«

»Weil man von Toten in der Vergangenheitsform zu reden pflegt«, fauchte Eila ungeduldig. »Und Veli-Pekka Vainio ist tot.«

Es schwindelte Noora und sie lehnte sich an die Wand.

»Woher weißt du das?« Sie versuchte zu schlucken, aber ihre Kehle war wie zugeschnürt.

Eila sah sie erstaunt an. »Ich habe ihn getötet«, sagte sie dann ganz sachlich und scheuchte die Katze, die sich in der Ecke zusammengerollt hatte, vom Sofa.

Nooras Beine gaben nach. Sie glitt langsam an der Wand hinunter und hockte sich hin. Sie würde nie wieder aufstehen können. »Warum?«, gelang es ihr schließlich zu fragen, nachdem eine Minute oder eine halbe Stunde vergangen waren. Die Zeit hatte vollkommen ihre Bedeutung verloren.

»Ich wollte mich rächen.« Eine Feder im Sofa quietschte, als Eila erstaunlich behände aufstand. »Wer, wenn nicht du, sollte das verstehen.«

Sie fügte noch etwas hinzu, aber die Worte verflüchtigten sich, als wären sie vom Schlund eines großen Staubsaugers aufgesogen worden.

Noora wurde ohnmächtig und fiel um.

Ganz weit weg waren Schritte, das Maunzen einer Katze und Wasserrauschen zu hören, dann hockte Eila wieder neben ihr und flößte ihr eiskaltes Wasser ein, wovon das meiste an ihren Mundwinkeln hinabrann. Noora war kaum fähig zu schlucken.

»Ich würde dir Kognak geben, aber den habe ich jetzt nicht da«, sagte Eila und wischte Nooras Kinn und Hals mit dem Handrücken ab. »Ich habe generell nicht gern Alkohol im Haus.«

Nooras Kopf war kurz davor zu bersten und nur ein einziger schrecklicher Gedanke hatte darin Platz: Eila hatte VauPe getötet. Sie versuchte, Eila wegzustoßen, aber die rührte sich nicht, wankte nicht einmal.

»Setzen wir uns«, Eila riss sie wieder hoch. »Du erkältest dich da auf dem Fußboden«, fügte sie hinzu, so als sorgte sie sich um ein Kleinkind. Sie führte Noora ins Wohnzimmer und stieß sie aufs Sofa, dessen Federn so lose waren, dass der Sitz fast auf den Fußboden stieß. »Bleib da sitzen, ich hole noch etwas Wasser.«

Noora hatte keine Ahnung, wie viel Zeit vergangen war. Die dicken geblümten Vorhänge verdeckten das Fenster und Eila hatte nur eine kleine Tischlampe eingeschaltet. Eine Uhr war im Zimmer nicht zu entdecken. Auf ihrem Handy könnte sie die Zeit ablesen, aber das war unerreichbar, es steckte in der Schultertasche, die im Flur lag.

Die Katze war wieder aufs Fensterbrett gesprungen, ihr scheußlicher weißer Schwanz blitzte durch den Gardinenspalt. VauPes Lederjacke hatte Eila inzwischen über den aufgerollten Teppich gebreitet. Es schauderte Noora, als sie das Arrangement betrachtete, das an ein abgebrochenes Kreuz erinnerte.

»Da.« Eila stellte die Wasserkanne auf den Tisch, nachdem sie zuvor zwei Gläser gefüllt hatte. »Trink.«

Noora machte nicht mal den Versuch, das Glas zu ergreifen, aber Eila leerte das ihre mit lauten Schlucken und goss sich sofort nach.

Noora fürchtete, erneut ohnmächtig zu werden. Auf der Straße hinter den dicken Gardinen rauschte der Verkehr, ein kleines Kind kreischte wütend und irgendwo bellte ein Hund, aber das war eine andere Welt. Dort lebten gewöhnliche Menschen ein gewöhnliches, richtiges Leben, und bis dorthin waren es tausend Kilometer.

»Verstehst du immer noch nicht?«, fragte Eila plötzlich. Sie hatte ihre Augen wieder zu wütenden, schmalen

Schlitzen verengt und ihre Mundwinkel hingen herab, wie bei einem beleidigten Kind, das nicht seinen Willen bekam.

Noora drückte sich tiefer in das Sofa. »Nein«, flüsterte sie. Ich verstehe überhaupt nichts, fügte sie im Stillen hinzu, unfähig, die Worte laut zu äußern.

Eila warf ihr einen Blick zu und sprang plötzlich auf. »Warte hier, ich will dir etwas zeigen.« Sie holte aus dem stabilen Eckschrank einen alten Pappkarton, stellte ihn auf den Couchtisch und hob den Deckel ab.

Der Karton enthielt Ansichtskarten und Fotos. Eila kramte eine Weile darin herum und nahm schließlich ein kleines Foto in die Hand. Auf der Rückseite waren Reste von Klebstreifen zu erkennen, es hatte also einmal in einem Album gesteckt.

Ein zärtliches Lächeln huschte über Eilas harte Züge, als sie die Aufnahme betrachtete, dann legte sie sie vor Noora auf den Tisch.

Es war ein Schwarz-Weiß-Foto und so klein, dass Noora sich wider Willen vorbeugen musste, um etwas zu erkennen. Eine hochschwangere Frau, oder eigentlich ein junges Mädchen, war darauf zu sehen. Sie stand da, hatte die Arme schützend um den Bauch gelegt und blickte ernst und irgendwie trotzig direkt in die Kamera.

»Es ist das einzige Foto, das ich von meinem Kind habe«, sagte Eila leise. »Und ich wusste damals noch nicht mal, dass es ein Junge sein würde.«

Noora schrie instinktiv auf. Sie war so verwirrt, dass sie für einen Moment ihre Angst vergaß. Sie sah das Foto und die alternde Frau neben ihr und wieder das Foto an. Eila hatte nur ein einziges Mal von ihrem Sohn gesprochen, damals im Restaurant von *Stockmann.* Was hatte sie noch gleich gesagt? Dass der Sohn im Ausland lebte, sonst nichts.

»Er wurde mir sofort weggenommen«, fuhr Eila fort, »noch in der Klinik. Und ich wollte ihn auch gar nicht sehen, weil ich wusste, dass ich ihn sowieso hergeben musste. Ich habe meinen Sohn lediglich geboren, ihn aber nie gesehen. Ich weiß nicht einmal seinen Namen.«

Eila schluchzte, und Noora versuchte, anderswo hinzusehen. Sie hätte sich am liebsten die Ohren zugehalten; sie wollte überhaupt nichts weiter hören und wissen. Sie fand es grauenhaft und irgendwie furchtbar ungerecht, dort sitzen und um ihr Leben fürchten zu müssen und gleichzeitig den Schmerz eines fremden Menschen mit anzusehen, den dieser nicht einmal mehr zu verbergen versuchte.

»Ich habe meinen Sohn in Gedanken immer Veli-Pekka genannt«, fuhr Eila fort. »Begreifst du allmählich?« Statt des Schmerzes lag auf einmal Verschlagenheit in ihrem Blick.

Eila wartete eine Antwort gar nicht ab. Sie stand wieder auf und nahm die Lederjacke von der Teppichrolle. Sie drehte und drückte sie in den Händen, zerrte daran herum und rieb schließlich mit der Hand über das weiße Friedensabzeichen.

»Jener Mann, der Vater meines Kindes, besaß ein großes, schwarzes Motorrad und eine braune Lederjacke, ähnlich wie diese. Das blöde Abzeichen war nicht darauf, aber sie war aus dem gleichen weichen, braunen Leder.« Eila presste die Worte durch ihre Zähne. »Ich liebte den Mann mehr als alles andere auf der Welt, und ich dachte, dass .... Aber als er von der Schwangerschaft erfuhr, war Schluss. Nicht sofort, sondern erst als nichts mehr zu machen war, als die Schwangerschaft schon zu weit fortgeschritten war. Eines Tages erschien er und sagte, dass er von dem Kind nichts wissen wolle – und auch nichts mehr von mir. Er hatte zu dem Zeitpunkt bereits eine andere Frau und mit ihr gründete er dann eine Familie.« Eila schluchzte wieder und schleuderte die Lederjacke auf den Fußboden.

Veli-Pekka, Veli-Pekka …, hämmerte es in Nooras Kopf. Glaubte Eila, dass …? Großer Gott, sie dachte doch wohl nicht …?

»So was darf man nicht tun!«, schrie Eila plötzlich so laut, dass Noora zusammenzuckte. »Man darf jemanden nicht erst lieben und ihm das Blaue vom Himmel versprechen und ihn dann verlassen. Mehr als vierzig Jahre lang habe ich versucht, zu vergessen, und ich dachte schon fast, dass ich es geschafft hätte, und dann – dann traf ich dich und Merituuli und jenen Typen dort.« Sie nickte zum Fenster in Richtung *Retrodesign.*

»Aber …« In Nooras Kopf überschlugen sich die wildesten Vermutungen – und da klingelte es an der Wohnungstür.

Eila kam um den Tisch gerannt, drängte sich neben Noora aufs Sofa und drückte ihr die Hand auf den Mund. »Sieh dich vor!«, zischte sie.

Noora atmete verzweifelt durch die Nase und fürchtete zu ersticken. Eila roch nach Schweiß und Zwiebeln, und als Noora versuchte, sich zu bewegen, drückte Eila ihr die Hand nur noch fester auf den Mund.

Am Briefschlitz raschelte es und bald darauf klingelte das altmodische Telefon, das auf einem Beistelltischchen stand. Einmal, zweimal, dreimal …, siebenmal, zählte Noora. Und anschließend klingelte ihr Handy im Flur.

Erst nach mehreren Minuten ließ Eila sie loß, stieß sie in die Sofaecke und setzte sich ihr gegenüber in den Sessel.

Nooras Atem ging pfeifend und ihre Augen tränten. »Lass mich gehen«, flüsterte sie. »Ich kann nicht …«

»Du bleibst jetzt da und hörst mir zu!«, unterbrach Eila sie scharf und trank ein paar Schlucke aus ihrem Glas. »Ich habe vorhin die falsche Zeitfolge benutzt, denn ich traf ja zuerst Veli-Pekka Vainio«, fuhr sie etwas ruhiger fort. »Als ich bei der Eröffnung im Laden war und die Visitenkarte bekam und nachrechnete, begann ich zu glauben, dass ….« Sie sah Noora plötzlich fast flehentlich an, » … dass er mein Sohn war. Mein Veli-Pekka. Dass der Name nicht nur ein Zufall, sondern eine Fügung war. Genau so hatte ich mir meinen Sohn immer vorgestellt, dunkelhaarig und gut aussehend – wie sein Vater.«

Nooras Magen rebellierte, ihr Kopf schmerzte und in der Stirnhöhle hämmerte es. Eila war verstummt und schien wieder in ihre alten schmerzhaften Erinnerungen und die neu erwachten und gleich wieder erloschenen Hoffnungen versunken, und Noora vermochte trotzdem nicht aufzustehen und zu gehen. Sie war gezwungen, sich die Geschichte bis zu Ende anzuhören.

Eila kam erst wieder zu sich, als die Katze das Fensterbrett verließ und auf ihren Schoß sprang.

»Ich habe ihn fast täglich beobachtet«, fuhr Eila fort. »Ich bin nie in den Laden hineingegangen, sondern habe hinter dem Fenster gestanden und geschaut. Er sah so gut aus und wirkte so nett, und manchmal habe ich mir sogar ausgemalt, dass ich zu ihm gehe und mich vorstelle. Dass ich einfach reinmarschiere und sage: Ich bin deine richtige Mutter. Und dann letzten Freitag …«

Eila schlug plötzlich mit der Faust auf den Tisch und

Noora sah bestürzt zu, wie das kleine Schwarz-Weiß-Foto auf den Fußboden flatterte.

»Tratest du und Merituuli in mein Leben«, zischte Eila. Noora war unfähig, etwas zu sagen, aber sie dachte bei sich, dass es eher umgekehrt gewesen war: Eila war in ihr Leben getreten. »Als ich begriff, dass Veli-Pekka Vainio der Vater deines Babys war, beschloss ich, mich zu rächen. Der Mann durfte dir nicht dasselbe antun, was sein Vater mir angetan hatte. Er durfte sein Kind nicht verleugnen. Ich beschloss, euch zu retten, und dachte, dass wir dann eine komplette Familie sind, du, Merituuli und ich, und dass uns dann niemand mehr etwas anhaben kann. Aber du hast selbst alles verdorben. Du solltest eigentlich nichts von der Sache erfahren.« Eila wirkte wieder trotzig wie ein beleidigtes Kind.

Noora presste die Hand um die Sofalehne, dass die Knöchel weiß hervortraten. Ihr Rücken war gespannt wie eine Feder. »Meinst du damit, dass du …, dass du VauPe meinetwegen getötet hast?«, vermochte sie nur mit Mühe zu flüstern.

»Veli-Pekka«, korrigierte Eila wieder ganz sachlich. »Natürlich, wegen dir und Merituuli.« Dann begriff sie plötzlich, dass etwas fehlte. »Wo ist das Baby übrigens?«, schrie sie wild. »Wo hast du es gelassen?«

»Merituuli ist bei Jonna«, sagte Noora. In Sicherheit, fügte sie im Stillen hinzu. Dann räusperte sie sich mehrere Male, ehe sie im Stande war zu sagen: »Veli-Pekka Vainio ist nicht Merituulis Vater.«

Die Worte fielen langsam in den Raum, und Eilas Welt schien stillzustehen. Sie starrte Noora ungläubig an und schüttelte dann heftig den Kopf.

»Was sagst du da?«, krächzte sie. »Aber ich habe doch

die Fotos in dem kleinen Album gesehen ..., ich habe sie betrachtet, als du geschlafen hast.«

»Welche Fotos?«

»Sie sind von irgendeinem Fest ... Auf fast jedem bist du Arm in Arm mit ihm zu sehen und dann habe ich ihn und Merituuli verglichen, die beiden sind sich ja absolut ähnlich, Vater und Tochter ...«

Noora brach in ein seltsames, trockenes Lachen aus und erschrak über ihre eigene Stimme; sie glaubte, seit hundert Jahren nicht mehr gelacht zu haben. »Die Fotos stammen von einem Betriebsfest«, sagte sie dann, »in dem Restaurant in Kamppi, in dem ich vor Merituulis Geburt gearbeitet habe. Wir haben dort eine Feier für unsere Stammgäste veranstaltet, und VauPe, einer der treuesten, war natürlich mit von der Partie.«

Eilas Mienenspiel wechselte heftig. Sie trank wieder von ihrem Wasser und knallte dann das Glas auf den Tisch. »Ich glaube dir nicht!«, schrie sie.

»Das brauchst du auch nicht«, sagte Noora leise. »Es ist trotzdem die Wahrheit. Du hast nie den Namen deines Sohnes erfahren. Ich wiederum weiß von Merituulis Vater nur den Vornamen. Das Abenteuer einer einzigen Nacht, mit dem ich bis zum Ende meiner Tage leben muss.«

Eila versuchte verzweifelt, an ihrer Wahrheit festzuhalten, gab aber schließlich auf. Sie erhob sich langsam, nahm die Lederjacke und trat an die Teppichrolle. »Dann war ja alles ganz umsonst«, sagte sie und ließ die Jacke auf den Teppich fallen.

Noora starrte auf die Lederjacke und den aufgerollten Teppich und durchschaute blitzartig auch den Rest von Eilas abstruser Gedankenwelt. Sie sprang auf, stürzte ans Fenster und riss die Vorhänge auf.

Ostersonntag

23

»Irgendwie tut mir die Frau leid, trotz allem«, seufzte Noora und schnitt sich eine dünne Scheibe von dem Lammbraten ab. Er war fertig gekauft, sah aber aus und schmeckte auch wie selbst gemacht, war innen leicht rosa und mit reichlich Rosmarin und nicht zu viel Knoblauch gewürzt.

»Eine Verrückte, was gibt es denn da zu bemitleiden?«, schimpfte Jonna. »Außerdem kommt sie sowieso in die Psychiatrie oder kriegt höchstens ein paar Jahre Knast.«

»Das weiß man nicht, es gibt ja erst mal einen Prozess. Auf jeden Fall hat sie alles gestanden.«

»In der Tat«, murmelte Jonna und schaufelte sich Knoblauchkartoffeln auf den Teller. »Der Teppichmord. Es war der Aufhänger in beiden Nachmittagszeitungen. Komisch, dass die sich nie was Eigenes ausdenken, immer stehen in beiden dieselben Texte. Der Teppichmord ...«, Jonna sprach das Wort gedehnt aus und schob sich eine Fuhre Kartoffeln in den Mund. »Aber kaltblütig war die Frau, das muss man sagen. Bewahrt seelenruhig Tage lang eine in den Teppich gewickelte Leiche bei sich auf und betreut nebenbei liebevoll das Baby der Nachbarin ...«

»Hör auf«, unterbrach Noora sie. Sie hatte Jonna zum Osteressen eingeladen, aber ausdrücklich, um zu essen und nicht um über die vergangenen Ereignisse zu reden. Trotzdem waren sie natürlich schon bei der Vorspeise auf das Thema zu sprechen gekommen.

Eila Airaksinen hatte in der Tat alles gestanden, vollkommen ruhig und fast würdevoll. Sie hatte gesagt, dass sie geglaubt habe, richtig zu handeln, was sich leider später als Irrtum und als Verbrechen erwiesen habe, wofür sie die volle Verantwortung übernehme. Sie war lediglich besorgt um ihre Katze gewesen und hatte die Hoffnung geäußert, dass die Polizei eine gute Unterbringung für sie finden würde.

Sogar Hauptwachtmeisterin Tanja Ström hatte leicht die Brauen gehoben bei Eilas pathetischem Geständnis. Noora hatte in Eilas Wohnzimmer still in der Ecke gesessen, alles mit angehört und sich nur gewünscht, bald nach Hause und zu Merituuli gehen zu dürfen. Jetzt, während der vergangenen Tage, hatte sie versucht zu vergessen und sich auf die Gegenwart zu konzentrieren, aber Eilas monotoner Bericht ließ sie nicht los. Immer wieder und wieder fiel er ihr ein, verfolgte sie bis in ihre Träume. Sie würde die Szene niemals vergessen:

Eila, die mitten auf dem Sofa saß, mit der weißen Katze im Schoß, und gegenüber die Ström, die den Monolog kein einziges Mal unterbrach. Sie brauchte nicht mal eine Zwischenfrage zu stellen.

Ich war wirklich wütend an dem Samstagabend, oder eigentlich beleidigt, so hatte Eila begonnen. *Ich war sauer auf Noora, die meine Hilfe anscheinend überhaupt nicht zu schätzen wusste. Sie war dort oben allein mit ihrem Baby –* Eila hatte zur Decke gezeigt – *und ich wusste, dass es nicht klappen würde. Wieder würde es die ganze Nacht lang Geschrei geben, was dann auch eintrat, bis sich Noora herabließ, mich um Hilfe zu bitten. Und ich half ihr natürlich, aber zuvor …*

Eila war ans Fenster getreten. *Zuvor war ich auf ein Bier im* Klaus Kurki *gewesen. Ich war Veli-Pekka Vainio nachgegangen, obwohl ich nicht einmal wusste, was ich ihm sagen wollte. Nun, darüber brauchte ich dann gar nicht weiter nachzudenken, denn der Mann …* Eila hatte sich wild umgedreht und die Ström mit lodernden Blicken angesehen. *Der Mann erkannte mich nicht mal! Stellen Sie sich vor, monatelang hatte ich täglich am Schaufenster von* Retrodesign *gestanden und einmal sogar ein wenig mit Vainio geplaudert, aber dort in der Bierbar konnte er sich nicht mal zu einem Gruß durchringen. Ich war niemand, ich war so unsichtbar, dass mir der Mann bei seinem Aufbruch sogar auf die Füße trat. So als wäre ich ein Stück Dreck, so als brauchte man mich nicht zu beachten!* Eila hatte die Stimme erhoben und die Worte rausgeschrien, aber dann hatte sie sich wieder zum Fenster umgedreht und war lange still gewesen. Nur ihr schwerer Atem war zu hören gewesen.

Später am Abend stand ich hier am Fenster und bemerkte, dass Veli-Pekka Vainio noch drüben arbeitete, obwohl es schon recht spät war, war sie schließlich fortgefahren. *Der Mann wohnte ja fast in seinem Laden. Ich war immer noch sehr aufgebracht, und dann verfestigte sich alles irgendwie in mir, Noora und das Baby und Vainio – und die Vaterschaft.*

Eila hatte sich wieder aufs Sofa gesetzt. *Und gerade da passierte dann der Irrtum, denn Vainio ist offenbar gar nicht Merituulis Vater.* Sie hatte Noora, die in der Ecke saß und auf den Fußboden starrte, einen Blick zugeworfen, so als zweifelte sie immer noch daran. *Jedenfalls ging ich rüber und Vainio ließ mich ein und war sehr nett und höflich, wie es sich einem Kunden gegenüber gehört. Vom* Klaus Kurki *erwähnte ich kein Wort, aber ich sagte ihm, dass ich einen ziemlich großen Vorrat an Gegenständen aus den Siebziegerjahren hätte und dass er sie sich an Ort und Stelle ansehen könnte. Von mir aus sofort, sagte er und nahm nur sein Handy und jene Lederjacke mit.*

Eila hatte die Lederjacke, die gefaltet über der Sessellehne hing, fast zärtlich angesehen. *Er war ziemlich angetan von den Stücken, unter denen sich angeblich sogar richtige Perlen befanden, wie zum Beispiel die weiße Kaffeekanne von Nurmesniemi. Er sagte, dass er sich alles am Montag abholen wollte, um es zu schätzen, und er war schon im Gehen, als ich ihm eine Frage stellte.*

Die Ström hatte ihre Brille zurechtgerückt und Noora in ihrer Ecke hatte sich ein wenig bewegt. Jetzt würde es kommen. *Ich fragte Vainio, warum er sein Kind verleugnete. Er wirkte zunächst ehrlich erstaunt und sagte dann, dass er seines Wissens keine Kinder habe, obwohl ihm das Gegenteil höchst angenehm wäre. S e i n e s W i s s e n s – bei diesen Worten hakte ich ein. Ich sprach von Noora und Merituuli, und Vainio schüttelte nur den Kopf und brach dann in Lachen aus. Das konnte ich nicht ertragen. Ich erzählte wieder und wieder von den beiden und sagte, dass wir sie ja von oben holen und die Wahrheit ans Licht bringen könnten, notfalls mit Gewalt, aber Vainio widersprach die ganze Zeit – und lachte. Irgendwie wurde alles um mich dunkel. Und da geriet mir die weiße Kaffeekanne in die Hand und ich schlug zu. Zunächst nur einmal, aber von dem Schlag fiel Vainio bereits um. Er versuchte aufzustehen, aber ich schlug wieder zu, ich weiß nicht mehr, wie oft.*

Eila hatte der Ström fest in die Augen gesehen. *Es war kein Versehen. Ich wollte ihn töten. Während ich zuschlug, hatte ich das Gefühl, gleichzeitig auch den Vater meines Kindes zu töten, jenen Mann, der das größte Verbrechen der Welt begangen hat. Er hat sowohl mich als auch sein Kind verlassen. Es ist das Grausamste, was es gibt. So etwas darf man einfach nicht tun.*

Eila hatte die Augen geschlossen und war lange ganz still gewesen, aber die Ström hatte sie nicht gedrängt. *Ich hatte keine Ahnung, was ich mit der Leiche machen sollte,* war Eila schließlich fortgefahren. *Ich wickelte sie in den Teppich und dachte, dass es auf jeden Fall eine Weile dauern würde, ehe sie so stark stinkt, dass sich die Nachbarn wundern. Bis dahin könnte ich mir die verschiedenen Möglichkeiten überlegen.*

Noora war ins Badezimmer gestürzt, um sich zu übergeben. *Dann zog ich quasi zu Noora und Merituuli und kam nur hierher, um der Katze Futter und Wasser zu geben. Ich versuchte, den Mann aus meinem Gedächtnis zu verdrängen, und früher oder später wäre es mir bestimmt auch gelungen, wenn Noora nicht die Lederjacke entdeckt hätte. Warum musstest du dich einmischen und alles verderben?* Sie hatte Noora traurig angesehen. *Wir hätten sämtliche Möglichkeiten gehabt. Wir hätten zusammen glücklich sein können, wie eine richtige Familie, wir drei.*

Viel mehr hatte Eila Airaksinen an jenem Abend nicht gesagt, es war nicht nötig gewesen. Sie hatte ein paar Sachen in eine große karierte Tasche gepackt, sich noch einmal vergewissert, dass für die Katze gesorgt würde, und war mit Tanja Ström gegangen. Noora hatte sie nicht weiter beachtet und sich erst ganz zum Schluss noch einmal an sie gewandt.

»Weißt du, was sie als Allerletztes sagte?« Noora füllte sich nachdenklich Pfefferminzgelee auf den Teller. Merituuli war in ihrer Schaukelliege neben dem Tisch eingeschlafen.

»Nun?«

»Sie sagte, dass die Schlussszene immer gleich ist, auch wenn eine Person fehlt. Es ist angeblich eine Replik aus irgendeiner Oper. Ich grüble immer noch darüber nach, was sie wohl damit gemeint haben kann.«

Jonna füllte beide Weingläser neu. »Na, das ist doch völlig klar. Sie meinte natürlich, dass sich nichts ändert.« Jonna hob ihr Glas, um mit der Freundin anzustoßen. »Auch dahingehend, dass es immer Leute geben wird, die verlassen, und solche, die verlassen werden.«

Weitere Krimis von Outi Pakkanen

Macbeth ist tot

Deutsche Erstausgabe
Aus dem Finnischen von Regine Pirschel
ISBN 3-89425-509-9

»Outi Pakkanen erzählt äußerst spannend und temporeich. Stilistisch sicher baut die Autorin den Spannungsbogen und bevölkert die psychologisch dichte Handlung mit lebendigen Charakteren. Spannend und stimmig bis zum Schluss.« do4u.de

»Dass gerade beim Theater nicht alles so ist, wie es nach außen scheint, macht die Autorin in ihrem Krimi mehr als deutlich: Menschliche Abgründe tun sich auf. ... Spannende Unterhaltung ist garantiert.« Bergsträßer Anzeiger

Party-Killer

Deutsche Erstausgabe
Aus dem Finnischen von Regine Pirschel
ISBN 3-89425-519-6

»Die in Helsinki spielende Geschichte ist sowohl Psychogramm der so genannten besseren Kreise als auch Kriminalroman. Ein sehr solider, lesenswerter Krimi mit überraschendem Plot.« Buchprofile

»Outi Pakkanen lässt dem Kriminalisten wie auch dem Leser keine Chance, lange bei einer Theorie zu verharren. Die Romanfiguren geben immer wieder neue Hinweise, die auf neue Spuren führen. Das ist spannend und macht Spaß. Erfreulich ist auch die psychologisch stimmige und lebendige Zeichnung der Figuren. Nichts wirkt hier unglaubwürdig.« schwedenkrimi.de

Aus dem Spiel

Deutsche Erstausgabe
Aus dem Finnischen von Regine Pirschel
ISBN 3-89425-531-5

»Vor uns liegt ein einfühlsamer Krimi, basierend auf einem Geflecht von Hass, Neid und Eifersucht. Outi Pakkanen reiht sich damit ein in die Reihe erfolgreicher nordischer Krimiautorinnen.« Neue Luzerner Zeitung

Morden im Norden: Pentti Kirstilä

Tage ohne Ende

Aus dem Finnischen von Gabriele Schrey-Vasara

Deutsche Erstausgabe ISBN 3-89425-537-4

»Den eigenbrötlerischen Hanhivaara werden alle Leser lieben, die Krimis im Stil von Raymond Chandler schätzen.« Darmstädter Echo

»... ein richtig guter Finnland-Krimi für alle Fans der nordischen Thriller.« Südkurier

»Achtung, hier wird scharf mit Platzpatronen geschossen! Raffiniert ist Kirstilä auch.« Tobias Gohlis, DIE ZEIT

»Das Ende des Romans wird Sie schockieren. Sie werden danach etwas Ruhe brauchen.« Deutsch-Finnische Rundschau

»... ein derart raffiniertes Strickmuster für eine Geschichte gibt es tatsächlich nur selten... Autor Kirstilä setzt auf den großen Bluff - und der Rest ist Staunen.« Westdeutsche Zeitung

Nachtschatten

Aus dem Finnischen von Gabriele Schrey-Vasara

Deutsche Erstausgabe ISBN 3-89425-548-X

»Unglaublich spannend!« Neue Luzerner Zeitung

»Der Finne Pentti Kirstilä erzeugt mit sprödem nordischem Charme und einem sarkastischen Ermittler eine dichte Atmosphäre. ›Nachtschatten‹ spielt in der gehobenen Gesellschaft in Tampere, wo lauter erfolgreiche Menschen mit viel Aufwand versuchen, eine glückliche Fassade aufrechtzuerhalten. Der Mörder hat ein Alibi, der Ermittler traut keinem und fällt doch auf eine Frau herein, und auch sonst geizt der eigenwillige Autor nicht mit Überraschungen.« Der Standard

»›Nachtschatten‹ ist ein souverän geschriebener Krimi für alle, die schon alles kennen und sich gerne an den entlegenen Plätzen der Krimiwelt umschauen, ob da nicht doch noch etwas Neues lauert. In Finnland: ja.«
www.hinternet.de: Watching the detectives

»›Nachtschatten‹ entwickelt sich in kurzer Zeit zu einem so spannenden Buch, dass man es kaum aus der Hand legen mag.«
ap – Susanne Gabriel, in: Rheinische Post

»Nichts zum Nörgeln gibt es bei ›Nachtschatten‹ von Pentti Kirstilä.«
Thomas Wörtche, kaliber .38, Leichenberg Nr. 11/2005

grafit